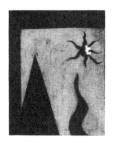

BECK & GLÜCKLER

Helena Marques

# Raquels Töchter

Roman

Aus dem Portugiesischen von
Karin von Schweder-Schreiner

BECK & GLÜCKLER

Titel der Originalausgabe:
**O ÚLTIMO CAIS**
© Helena Marques, 1992
by arrangement with Dr. Ray-Güde Mertin,
Literarische Agentur, Bad Homburg

Wir danken dem
Instituto Português do Livro e das Bibliotecas
und der Portugal-Frankfurt S.A.
für die freundliche Unterstützung
bei der Herausgabe des Buches.

Deutsche Erstausgabe
© 1997 Beck & Glückler Verlag
Maximilianstr. 30, D-79100 Freiburg
Gestaltung: Michael Wiesinger, Freiburg
unter Verwendung eines Fotos von Georges Dussaud
Gesetzt aus der Bembo
Satz: Barbara Herrmann, Freiburg
Druck und Bindung: Clausen & Bosse, Leck
Printed in Germany
All rights reserved
ISBN 3-89470-217-6

*«Die Zeit beginnt mit der Frau.»*
Herberto Helder

Für Rui
wie alles
wie immer

*«Bordtagebuch»*

«Am 4. September 1879 sind wir gegen Mittag mit dem Kanonenboot *Mandovi* von Quelimane mit Kurs auf die Insel Moçambique ausgelaufen. Vom 5. September an hatten wir widrige Winde und Strömungen und konnten die Insel erst am 9. gegen 7 Uhr morgens erreichen. Ein Matrose ist an Wechselfieber erkrankt. Kein verdächtiges Schiff.

14. September – Gegen 9 Uhr morgens haben wir die Anker gelichtet und Kurs auf die Siedlung Quelimane genommen. Gleichzeitig lief das Schiff der Royal Mail ein. Der Ingenieur ist an Sumpffieber erkrankt und zehn Matrosen an einfachem Wechselfieber.

20. September – Wir sind wieder ausgelaufen und haben in Mongical Anker geworfen. Der Oberleutnant Apio und der Oberfähnrich zur See Silva gingen bewaffnet an Land, um Informationen über den *pangaio* einzuholen, der Sklavenhandel betreibt. Sie haben nichts in Erfahrung gebracht. Am Nachmittag tauchte ein weiterer *pangaio* auf, der Oberfähnrich zur See Sérgio wurde mit einem

Matrosen unter Waffenschutz an Bord geschickt, um in Erfahrung zu bringen, woher der *pangaio* kam und wohin er wollte. Er kam von der Insel Moçambique und wollte nach Mormo. Nachdem die Neger an Bord des Kanonenboots geholt und verhört worden waren, kam Mißtrauen im Hinblick auf ihre tatsächlichen Aktivitäten auf. Man brachte sie an Land in Gewahrsam, dort werden sie weiter verhört. Erst kürzlich konnten wir in einer ganz ähnlichen Situation verhindern, daß Sklaven an Bord eines holländischen Sklavenschiffes gebracht wurden.

Bis zum 25. sind wir weiter gekreuzt und am Abend in der Mocambo-Bucht vor Anker gegangen. Dann wurde nach Proviant zur Insel Moçambique geschickt, da der an Bord vorhandene verdorben war. Der Proviant traf vier Tage später ein.

1. Oktober – Die Kranken genesen allmählich. Wir sind nach Angoxe ausgelaufen. Unterwegs begegneten wir einem englischen Kriegsschiff, drei Offiziere kamen an Bord, um Informationen über den Sklavenschmuggel auszutauschen.»

Das *Bordtagebuch* von Marcos Vaz de Lacerda, eine zum persönlichen Gebrauch bestimmte Aufzeichnung, in der sich Ausführlichkeit mit der telegrammstilartigen Sprache des Mißmuts abwechselt und zwischen den Daten etliche Tage ohne Eintrag liegen, fiel mir hundert Jahre später in die Hände, als das Haus im Vale Formoso nach Carlotas Tod leerstand. Das *Bordtagebuch* lag in dem Sekretär, den Carlota mir vermacht hatte, ein wunderschönes italienisches Stück, wohl schon zweihundert Jahre alt, das Marcos' Frau von ihren Großeltern geerbt hatte. Beim Blättern in den blauen Seiten, deren Farbe ebenso wenig verblaßt war wie die noch vollkommen leserliche Tinte, erfuhr ich, daß Marcos als Chirurg auf Kriegsschiffen gedient hatte, die zur Station Moçambique gehörten, wie man damals sagte, und den Auftrag hatten, durch Kontrollen den Sklavenhandel zu unterbinden. Der Sekretär enthielt sonst nichts, auch nicht in den Geheimfächern, die sich mühelos öffnen ließen. Ich legte die Bücher, die ich mir ausgesucht hatte, in die Schubladen, außerdem die Häkeldecke, die Catarina Isabel gehört hatte, und ein Dutzend Fotografien, aus den siebziger Jahren datiert und mit *Vicentes Photographos* signiert. Die Menschen auf den Fotografien wirkten ernst und streng, als hätten sie niemals gesungen und getanzt, gestritten, geküßt und geliebt. Auf einem Foto entdeckte ich Marcos in der Uniform der Kriegsmarine, mit blondem Bart und einer Pfeife in der Hand, neben einer hübschen Frau, helle Augen, sehr schlanke Taille und ein vages, verhaltenes, bezauberndes Lächeln. Außerdem zwei Halbwüchsige, sie genau wie die Mutter, er dem Vater ähnlich, man konnte ihn sich unschwer zehn Jahre später mit blondem Bart und Pfeife vorstellen, Clara war noch nicht geboren, diese Fotografie von schönen Menschen beschäftigte mich noch lange.

Ein Besuch in einem leeren Haus, das Generationen hat zur Welt kommen und sterben sehen, ist ein wehmütiges Erlebnis. Ich wanderte durch die Räume, die zu Marcos' und Raquels Zeiten elegant gewesen sein mußten, jetzt aber in einer von Verlassensein und Trostlosigkeit geprägten Atmosphäre verkamen, nicht weil Carlota tot war, sondern weil Carlota, eine Tochter des halbwüchsigen

Mädchens auf dem Foto, für nichts mehr Interesse aufgebracht und sich in eine endgültige, gekränkte Abgeschiedenheit zurückgezogen hatte, einzig das große Begoniengewächshaus regte ihre über und über mit Ringen besetzten Finger zur Betätigung an. Nein, ich bin ungerecht, Carlota interessierte sich auch für mich, sie erzählte mir unermüdlich Geschichten und Erinnerungen aus jener Zeit, die schließlich auch mich hervorgebracht hatte, von jener anderen Seite der Zeit, in der meine eigene Individualität, mein Wesen, meine Seele wurzelten. Carlota erinnerte sich an Marcos, als er bereits ein stiller alter Herr war mit schlohweißem Bart, stundenlang in einem *georgian* Armstuhl, auf den sich sonst niemand zu setzen wagte, vor dem riesigen Trichtergrammophon saß und Enrico Caruso Opern singen hörte. Marcos lebte damals in Penha, in einem Haus oberhalb des Hafens, hatte auf der Terrasse Sonnendeck-Stühle aufgestellt, legte sich in die Sonne und beobachtete durch sein starkes Fernglas die Schiffe – ein alter Seemann auf der Brücke eines vor Anker liegenden Schiffs, der darauf wartete, sein letztes Ufer zu erreichen.

Das Leben war geordnet und vorhersehbar in jenem letzten Viertel des 19. Jahrhunderts, in dem Marcos seine Dienstaufträge in Afrika absolvierte. Carlota hatte natürlich keine unmittelbaren Erinnerungen an diese Zeit, doch hatte sie ihr Echo, ihren Abglanz und ihre Regeln noch erlebt. Und die Regeln waren strikt, die Umgangsformen gehorchten strengen Mustern, die Gesellschaft gestattete keine Abweichung in der Öffentlichkeit, es war eine von Vorhersehbarkeit und Konformismus geprägte Epoche, die im darauf folgenden Jahrhundert als viktorianisch bezeichnet werden sollte. Was mochte Marcos dazu veranlaßt haben, gegen die Regeln zu verstoßen, über lange Zeitabschnitte seine schöne Frau, die beiden Kinder mit dem intelligenten Blick allein zu lassen, dieses Foto strahlte eine zärtliche Beziehung, ein sicheres Einvernehmen aus, warum hatte er die Insel verlassen, die er so liebte und von der er später seinen Enkeln so viel erzählen sollte, Carlota konnte sich noch gut erinnern, sie war das älteste Enkelkind, nur sechs Jahre jünger als ihre Tante Clara, die damalige Zeit, vor so vielen Jahren, war scheinbar immer licht und friedlich, Marcos konnte so faszinierend wie niemand sonst Geschichten erzählen, sein Lachen ließ noch immer grüne Sprenkel in seinen honigfarbenen Augen aufblitzen, warum wohl war Marcos immer wieder, ein um das andere Mal, fortgefahren?

Als ich in der undurchdringlichen Stille des leeren Hauses im Vale Formoso das *Bordtagebuch* durchblätterte, hielt ich mich vor allem bei den letzten Seiten auf, wo der Gedanke an die Heimkehr schon in Marcos frohlockte. Nach der Erwähnung des englischen Kriegsschiffes werden die Einträge knapper, die hastig hingeschriebenen Worte verraten die Ungeduld vor der Abreise, erst auf der letzten Seite werden die Schriftzüge wieder fest und ruhig:

«20. Oktober 1879 – Heute beende ich meinen Dienstauftrag. Am Abend gibt es ein Abschiedsessen, das ist so üblich. Morgen in aller Frühe setze ich von der *Mandovi* auf das Schiff der Royal Mail über, das mich nach Kapstadt bringt. Von dort schicke ich Raquel ein Telegramm und warte dann auf das nächste Postschiff der Castle Line, das Funchal anläuft.»

Der Arzt der *Warwick Castle* Harold MacEwan schickte seinem portugiesischen Kollegen gleich am ersten Tag der Reise eine Einladung zum Abendessen. Wie viele Madeirer besaß auch Marcos Vaz de Lacerda recht gute Sprachkenntnisse: Er beherrschte Englisch und Französisch und konnte Deutsch gut lesen, hatte beim Sprechen allerdings gewisse Schwierigkeiten. In seiner Jugend hatte er natürlich Griechisch und Latein gelernt und unter der geduldigen Anleitung des Pater Nicolau Villa sogar Virgil und Homer im Original gelesen. In den letzten Jahren, seit dem preußischen Angriff auf Frankreich, bereitete es ihm einiges Unbehagen, die deutsche Sprache zu benutzen. Er empfand es als unvertretbar und als Anschlag auf die Menschenwürde, daß an der Schwelle zum zwanzigsten Jahrhundert ein hochzivilisiertes europäisches Volk gegen ein anderes, ebenso zivilisiertes europäisches Volk einen blutigen Krieg entfachte, während die jeweiligen in der Ferne vergessenen Kolonialreiche Beachtung, Arbeit und Einsatz von technischen und landwirtschaftlichen Mitteln benötigten, Schulen, Krankenhäuser und Straßen, kurzum, ihren ganzen zivilisatorischen Entwicklungsprozeß. Marcos glaubte an die Bestimmung Europas zum Mentor und Befreier der Völker. In seinem Wunschdenken sah er für Afrika eine Lösung voraus, bei der, ähnlich wie in Brasilien, die europäischen Monarchien durch methodische, engagierte Arbeit die Selbständigkeit der Kolonien in gegenseitigem Interesse und zu beider Seiten Vorteil schrittweise förderten und die Bildung neuer Staaten unterstützten, bis die eingeborenen Völker vollständig in Freiheit und Unabhängigkeit entlassen werden konnten. Seine Kontakte mit den Afrikanern in Angola und Moçambique erlaubten ihm, sich eine fundierte und vorurteilsfreie Meinung über ihren Wert und ihre Fähigkeiten zu bilden, die lediglich darauf warteten, vom Licht der europäischen Bildung und Wissenschaften geweckt und zur Entfaltung gebracht zu werden. Was die Portugiesen in Brasilien bewerkstelligt hatten, war in seinen Augen das Grundmuster, das von den europäischen Kolonialmächten auf dem schwarzen Kontinent angewandt werden mußte. Deshalb empörte es ihn, daß Preußen sich so wenig seiner Pflichten in Afrika bewußt war und so offenkundig verkannte, welche immensen Gegenleistungen Afrika ihm bieten konnte, daß es sich sogar erlaubte, Menschenleben und Staatsgelder gegen ein Land zu verheizen, das in dem großen afrikanischen Abenteuer sein Verbündeter hätte sein müssen. Es waren dieser Mangel an historischem Weitblick und die ständig latente Neigung zu Aggression und Militarismus, die Marcos so sehr verurteilte, daß er, vielleicht aus kindischem Trotz, wie er wohl zugab, Abneigung dagegen verspürte, Deutsch zu sprechen.

Raquel teilte diese Abneigung, schon allein, weil sie für die germanische Kultur nie sehr empfänglich gewesen war. Aufgrund ihrer Familientradition galten ihre Vorlieben allem, was die italienische Kreativität hervorgebracht hatte. Ihr Urururgroßvater André Villa war in La Valetta auf Malta geboren und Mitte des 18. Jahrhunderts nach Madeira gekommen, angeblich auf der Flucht vor den Machtübergriffen eines Großmeisters des Ritterlichen Ordens des heiligen Johannes vom Spital zu Jerusalem. Raquels Großvater, auch er André mit Namen, hatte seiner Enkelin die Fähigkeit, sich mühelos und fließend in der italienischen Sprache auszudrücken, eine fröhliche Wertschätzung für Vivaldi und eine fast religiöse Verehrung der *Göttlichen Komödie* vermacht. Es war übrigens eine Diskussion über Dante, die jählings die wahre Natur von Marcos' Gefühlen für Raquel erhellt hatte. Die Inbrunst, mit der sie über Alighieri sprach, entflammte das normalerweise sehr kühle Grau ihrer Augen, und die Kopfbewegung, mit der sie sich ihm zuwandte, während sie über das Anwesen Quinta da Saudade gingen, fing die Spätnachmittagssonne ein und offenbarte einen unvermuteten Schimmer von altem Mahagoni oder lange gelagertem Malvasier-Wein. Er hatte sich in das gezügelte Temperament von Raquel Passos Villa verliebt. Wenn sie einen Mann mit solcher Leidenschaft lieben konnte ... Er hatte sich ihr auf der Stelle erklärt, sicher und selbstverständlich, und gleich vom Heiraten gesprochen, während er im Geiste schon Pläne für das seit dem Tod seines Großvaters Jacinto leerstehende Haus im Vale Formoso machte, das vierzehn Räume hatte und einen großen Garten, in dem Raquel ihre kostbaren Begonien züchten konnte.

Raquels Reaktion hatte ihn gedemütigt. In seinem Überschwang hatte er – als wüßte er es nicht schon seit ihrer Kindheit – vergessen, daß sie immer an der Schwelle zur Rebellion stand. Viel zu italienisch, bemerkten dazu die Passos Villas, als sei sie nicht das Produkt von inzwischen drei portugiesischen Generationen. Viel zu verwöhnt, argumentierten die Lacerdas, die sie seit der Wiege kannten und wußten, welch übergroße Liebe in dieser nur aus Männern bestehenden Familie dem einzigen Mädchen entgegengebracht wurde. Wie dem auch sei, Raquel hatte auf die Hände, die nach ihren Schultern griffen, auf den Mund, der sich dem ihren mit allzu großer Sicherheit näherte, erbost reagiert. Kaltblütig hatte sie ihn weggeschoben, ihm ein eisiges «laß den Blödsinn» entgegengeschleudert und ihm den Rücken gekehrt, sich dann noch einmal umgedreht und hinzugefügt, «werd erst mal groß, Marcos, nur weil du schon Arzt bist, mußt du nicht denken, daß du auch erwachsen bist.»

Während er sich zum Abendessen umkleidet, fragt Marcos sich, ob er tatsächlich erwachsener geworden ist. Die Dienstaufträge in der Kriegsmarine sind, wenn er sich selbst nichts vormachen will, nur eine Flucht vor dem Alltag und der zermürbenden Eintönigkeit der Routine. Auf dem Tisch in der Kabine blickt ihn Raquel aus einem Silberrahmen von einer sepiabraunen Fotografie an. Es ist die *offizielle* Raquel mit mandelförmigen, kühlen Augen, leicht gebogener Nase, strahlendem Lächeln und einem Hals, der sich hoch über vollendet geformten Schultern erhebt. Marcos nimmt das Bild in die Hand und sucht nach dem Feuer tief in den grauen Augen. An jenem Nachmittag vor achtzehn Jahren auf dem Monte hatte er sich wie ein jämmerlicher Idiot benommen, war aber geistesgegenwärtig genug gewesen, um wahrzunehmen, daß Leidenschaft in ihr war. Und hatte sie schließlich doch entfacht. Aber hatte diese Leidenschaft schon jemals wirklich gelodert? Er setzt den Rahmen auf den Tisch, bürstet seinen Anzug ab und begibt sich in den Speisesaal.

An Dr. MacEwans Tisch sitzen sechs Personen. Der dritte Mann ist William James, ein angesehener Journalist aus London, der gerade einen langen Aufenthalt als Berichterstatter über die letzte Phase des Zulu-Konflikts hinter sich hat. Und das ist, wie nicht anders zu erwarten, das Gesprächsthema. Falls die Damen gelangweilt sind, zeigen sie es nicht. Und eine, Mrs. Doyle, stellt sogar passende und sachkundige Fragen.

Nach einem Jahr bei der Kriegsmarine findet Marcos Vaz de Lacerda bei diesem ersten gesellschaftlichen Kontakt durchaus Gefallen an kleinen Annehmlichkeiten, die er schon vergessen hatte. Erst jetzt und einigermaßen überrascht stellt er fest, wie sehr ihm der Komfort und das gepflegte Ambiente, die sorgfältig eingerichteten Räume, die Schönheit der Frauen ringsum gefehlt haben. Denn daß die Frauen an seinem Tisch schön sind, kann man, streng genommen, nicht behaupten: die beiden Damen dürften über fünfzig sein, und die junge, Mrs. Arnoldts Tochter, ist dicklich, sehr blond und farblos. Trotzdem geht von ihnen allen eine Freundlichkeit, eine Liebenswürdigkeit aus, die dieses Abendessen sehr viel reizvoller machen als die Mahlzeiten an Bord des Kanonenboots, ungeachtet der überragenden Fähigkeiten des Kochs.

Der Bericht des Journalisten ist farbig und lebhaft, Marcos lauscht ihm aufmerksam und holt nach, was ihm in vielen Monaten karger, unregelmäßiger Information entgangen ist. Diese kommt zudem noch aus erster Hand, von einem Augenzeugen. «Wie man weiß», sagt James gerade, «dauert der Krieg in Transvaal an, wo die Buren Widerstand leisten gegen die britische Annexion, die nun schon ins dritte Jahr geht. Aber am meisten, mehr noch als die Niederlage der Zulus, erregt die Gemüter nach wie vor der Tod des Prinzen Louis Napoleon, den man zwischendurch sogar dem feigen Verhalten der Aufklärungspatrouille angelastet hat, der der junge Prinz angehörte, denn sie war vom Kampfplatz geflohen und hatte ihn der rasenden Wut der Neger schutzlos ausgesetzt.»

Mrs. Arnoldt und ihre Tochter reagieren indigniert auf den Seitenhieb gegen die britischen Militärs: «Solche Äußerungen, Mr. James, sind unpatriotisch und beleidigen den Ruhm Ihrer Majestät der Königin.» Klugerweise enthalten sich die beiden Ärzte eines Kommentars. Doch mit leicht zynischer Höflichkeit und trügerisch sanfter Stimme erklärt William James, daß der Krieg eine sehr schwierige und vielschichtige Angelegenheit sei, etwas ganz anderes als Uniformen, Medaillen und Paraden, und himmelweit entfernt von der engelsgleichen Welt des Friedens, der Familie und der Damen. Er habe, Gott bewahre ihn davor, keine persönlichen Werturteile abgegeben, vielmehr einen reinen Tatsachenbericht geliefert. Im übrigen sei Oberleutnant Carey, der Kommandant der Patrouille, der Louis Napoleon sich angeschlossen hatte, vor ein Kriegsgericht gestellt und zum Tod durch Erschießung verurteilt worden – was mehr als genug über die gravierenden Bedenken aussage, mit denen sein Verhalten im Kampf belastet sei. Glücklicherweise sei das Urteil revidiert worden, und der Mangel an konkreten Beweisen habe im Verein mit dem brillanten Dienstzeugnis des jungen Offiziers zu seiner Freisprechung geführt. Er habe seinen Degen zurückerhalten und sei in allen Ehren auf seinen Posten im britischen Heer zurückgekehrt.

Sichtlich erleichtert und mit William James versöhnt, atmet Mrs. Arnoldt tief auf. «Und der Prinz, der arme Prinz, wie ist der gestorben?» fragt die

Tochter mit leichtem Zittern in der Stimme. Sie hat immer auf dem Land gelebt, der Vater duldete keine Gespräche über den Krieg, sie hat nichts gehört, sie weiß von nichts.

«Der Prinz», klärt der Journalist sie auf, «der Prinz wurde von den Zulus getötet und splitternackt, ohne Uniform, liegen gelassen, um den Hals nur das Amulett, das er nie ablegte. Der Leichnam wurde nach England geschickt, wo seine Mutter, die Exkaiserin Eugénie, lebt. Die Begräbnisfeier war sehr bewegend. Und Königin Victoria hat die Exkaiserin besucht, die Witwe von Napoleon III., wie Sie ja wissen. Aber der *Cape Argus* hat doch über all das berichtet ...»

Das junge Mädchen entschuldigt sich, vor Erregung noch ganz erhitzt, sie liest keine Zeitung, und der Vater, wiederholt sie, vertritt die Ansicht, daß Gespräche über Geschäfte und Krieg nicht ins Haus gehören, nicht wahr, Mama? Die Mutter nickt und erzählt, daß ihr Mann sie aus eben diesem Grund nach London schicke, damit sie weit weg sind von den unerfreulichen Ereignissen, die der Burenkrieg in der gesamten Kolonie zeitigt.

«Eine weise Entscheidung», bemerkt Dr. MacEwan, «auch wenn einer der Kriege inzwischen beendet ist. Ein schwieriger Sieg, nicht wahr, Mr. James?»

«Allerdings, Doktor, ein ausgesprochen schwieriger Sieg. Dies ist das erste Mal in der modernen Zeitgeschichte, daß es einem primitiven Volk gelingt, über Monate die Streitkräfte einer mächtigen Nation zu lähmen. Und die Situation hat sich im gesamten Zulu-Gebiet, von der Mündung des Pongolo bis zur Tugela-Mündung, ständig wiederholt, obwohl die englische Regierung sich so bemüht hat, einen großen Sieg zu erringen, um damit den Konflikt zu beenden. Nun war es aber so, daß Cettewaio, der gefürchtete Zuluhäuptling, sich weigerte, eine Feldschlacht auszutragen, und lieber einen Guerillakrieg führen wollte.»

«Was für einen Krieg?» fragt Mrs. Doyle nach. Und William James erklärt höflich, daß der Guerillakrieg eine den Europäern unbekannte Kampfform ist, die sich als wirksamer und vernichtender erweist als die Feldschlacht. Er erfordert perfekte Organisation, da er nie auf offenem Feld geführt wird, sondern sich die besonderen Gegebenheiten des Geländes und dichten Wälder zunutze macht, die niemand so gut kennt wie die Zulus. Es sei fast unmöglich gewesen, sie doch noch zu besiegen.

«Ich erinnere mich, daß ich von einem großen englischen Sieg bei Inyezane gehört habe – oder irre ich mich?» sagt Mrs. Doyle.

«Nein, Madame, Sie irren sich nicht», beruhigt sie der Journalist, «aber es gab andere schwere Zusammenstöße wie bei Zlobane, Kambula oder Intomba, bei denen Menschenleben und Munition geopfert wurden, ohne daß es Sieger oder Besiegte gegeben hätte. Das waren die Fallen des Guerillakrieges. Zum Glück haben sich die Zulus dann doch ergeben. Da Cettewaio selbst nicht mehr an einen Endsieg glaubte, schickte er Abgesandte nach Pietermaritzburg, um einen Termin für Friedensverhandlungen zu vereinbaren. Anschließend brach General Wolseley nach Natal auf, und die Vorhut der englischen Truppen rückte bis auf etwa fünfundzwanzig Meilen gegen Cettewaios Kral vor. Im September, also vor erst zwei Monaten, hat Cettewaio sich schließlich widerstandslos Major Marter ergeben.»

«Und wie soll das Zululand jetzt verwaltet werden?» fragt Marcos.

«General Wolseley persönlich hat die Zuluhäuptlinge zusammenrufen lassen und ihnen mitgeteilt, daß das Zululand in drei Regionen aufgeteilt wird und alle drei von einem weißen Gouverneur regiert werden sollen.»

Als bemühter Gastgeber hält Harold MacEwan den Moment für gekommen, das für die Damen sicherlich wenig angenehme Gespräch zu beenden. Er wendet sich Dr. Vaz de Lacerda zu und erkundigt sich nach den Ergebnissen der portugiesischen Kontrollen zur Unterbindung des Sklavenhandels in den Gewässern von Moçambique.

Marcos berichtet knapp von einigen der Verhaftungen, die während seines jüngsten Dienstauftrags an Bord der *Mandovi* stattgefunden haben, und beklagt, daß ungeachtet des Wiener Kongresses und aller späteren Abkommen weiterhin an Afrikas Küsten Sklavenhandel betrieben werde und, was der Gipfel sei, auch noch mit Schiffen, die aus den Unterzeichnerländern jener Abkommen stammen. Und er äußert die Hoffnung auf einen Erfolg des neuen, zwischen England und Portugal getroffenen Abkommens, in dem ausdrücklich nicht nur das vollständige Verbot des Sklavenhandels vereinbart worden ist, sondern auch die Auslieferung der aufgebrachten Sklavenschiffe.

Mit mühsam gezügelter Begeisterung erzählt Mrs. Doyle, sie habe in England für diese noble Sache gearbeitet. Sie ist eine überzeugte, leidenschaftliche Gegnerin der Sklaverei, und es erfüllt sie mit großem Stolz, daß ihr Land, das den Negern so viel Leid zugefügt hat, in diesem Jahrhundert an der Spitze der Bewegung zu ihrer Befreiung steht. Und wie glücklich sie war, als Mr. Abraham Lincoln vor noch gar nicht so vielen Jahren die Sklaverei in den Vereinigten Staaten abgeschafft hat! Die Menschheit macht wirklich große Fortschritte, ist Dr. Lacerda nicht auch dieser Meinung?

«Portugal», gesteht Marcos ein, «hat sich mit der Abschaffung der Versklavung von Negern nicht so beeilt, wie es wünschenswert gewesen wäre, denn für Angola und Moçambique wurde sie erst 1836 verfügt. Gerechterweise muß man sich jedoch in Erinnerung rufen, daß Portugal die Versklavung der Indios in Brasilien bereits im vorigen Jahrhundert verboten hat. Die größte Schwierigkeit indes, vielleicht noch schwieriger, als die Gesetzgebung zur Befreiung der Sklaven durchzubringen, scheint mir die wirksame Anwendung dieser Vorschriften zu sein. Meine Erfahrungen bei der portugiesischen Kriegsmarine haben mich gelehrt, daß die Sklavenhändler ein Geschäft, das zwar schmutzig und unmenschlich ist, ihnen aber beträchtliche Gewinne einbringt, nicht so ohne weiteres aufgeben. Deshalb fürchte ich, daß noch Jahrzehnte vergehen werden, bis die Sklaverei tatsächlich ganz aus der Welt ist. Doch im übrigen stimme ich vollkommen mit Ihnen überein, Mrs. Doyle, ich glaube aus voller Überzeugung, daß alle Menschen als Brüder geboren werden.»

«Pardon, Dr. Lacerda, meine Tochter und ich werden niemals Schwestern eines Negers sein!» protestiert Mrs. Arnoldt aufgebracht.

Einstimmig reagieren Marcos, Mrs. Doyle und James mit vehementen Erwiderungen auf den schändlichen Satz. Doch der alte Dr. MacEwan fällt ihnen gelassen und versöhnlich ins Wort: «Wir sollten die Gesinnung dieser Dame respektieren, damit sie auch unsere respektieren kann.» Und er betont das Wort *unsere* als Ausdruck seiner solidarischen Haltung, der den protokollarischen Zweck seines Eingreifens deutlich macht. Abermals wechselt er das Thema mit der Bemerkung: «Der neue luso-britische Vertrag sieht auch den Bau einer Eisenbahn zwischen Lourenço Marques und Transval vor. Ein ungemein wichtiges Projekt, finden Sie nicht auch?»

«Insbesondere für Transval, seien wir ehrlich», sagt Marcos lächelnd.

Alle stimmen freundlich zu. Und von da ab verläuft das Abendessen ohne weitere Gefährdungen.

Zwischen Marcos und Mrs. Doyle hatte sich ein Vertrauensklima gebildet, wie es häufig zwischen Menschen entsteht, die sich nicht wiederbegegnen werden. Und eines Spätnachmittags, bei einem Glas Sherry, gab Marcos seinem unbändigen Wunsch nach und sprach über Raquel, die Kinder, die Insel. Während die Heimkehr mit dem Verrinnen der Tage näherrückte, nahm sein Einsamkeitsgefühl unerträgliche Ausmaße an, und sein Verlangen, Raquel wiederzusehen und nie mehr herzugeben, wurde immer stärker. Als Mrs. Doyle zu verstehen gab, daß sie ihn für einen Berufsoffizier gehalten habe, wußte er nicht, was er darauf antworten sollte. Wie sollte er ihr erklären, wenn er es nicht einmal sich selbst erklären konnte, daß er lediglich ein Freiwilliger war, daß er seine Familie, nach der er sich jetzt so sehnte, aus freien Stücken verlassen hatte, daß er es schon mehrfach getan hatte und nicht einmal in seiner jetzigen Reue und Einsamkeit zu versichern wagte, daß er nie wieder würde fortfahren wollen?

In einem herrlichen Sonnenuntergang, über und über purpur und golden, tauchte endlich am Horizont Madeira auf, ein kompaktes, düsteres Massiv, das sich gegen den langsam dunkelnden Himmel erhob. Marcos suchte sich ein einsames Plätzchen an der Reling und gab sich der Vorfreude auf die Ankunft hin, genoß die Seligkeit des fast Dortseins. Auf der fernen, formlosen Masse zeichneten sich aus seiner Erinnerung scharf umrissen Orte seiner Kindheit ab, Picknicks auf dem Chão dos Louros oder am Ufer der Ribeira das Cales, eine verrückte Bergsteigertour zum Pico Ruivo mit Raquels Brüdern, Badeabenteuer im wilden Meer bei Porto do Moniz, eine aufregende Wanderung im Schnee auf den Gipfeln von Areeiro. Direkt ihm gegenüber, jenseits der kalten Weite der Dezembersee, erahnte er dicht an der Bucht Funchal, Häuser, die sich die Hänge hinaufzogen, Kletterpflanzen, die sich die Häuser hinaufzogen, Blumen in allen Farbschattierungen, rote Dächer, dunkelgrüne Fensterläden, das alles ruhte jetzt in friedlichem Schlaf und schöpfte Kraft, um in der Wärme der Sonne, beim Rauschen des Meeres zu neuem Leben unter dem Himmel zu erblühen. Absichtlich verwehrt er seinen Gedanken, Raquels Namen und Körper Gestalt zu geben. Hartnäckig verdrängt er sie für noch ein paar Stunden, morgen, wenn die Sonne aufgeht, ist er selbst dort.

*Penelope*

Die Ankunft des Telegramms hatte im Haus im Vale Formoso das Gefüge und die Stimmung der Tage verändert. Die träge, blasse Gemächlichkeit der Alltagsroutine war auf einmal in die Hektik großer Vorbereitungen, die Aufregung einer herrlichen Erwartung umgeschlagen. Vorbei war es mit der Friedlichkeit, dem Einerlei, dem eintönigen Verrinnen der Stunden. Menschen und Dinge hatten sich verändert. Allen voran Raquel. Ihre übliche Gelassenheit und Kühle, mit der sie sich immer schützte, waren auf einmal einer kaum gezügelten und im übrigen auch wenig danach trachtenden Lebenslust gewichen. André und Benedita sonnten sich in ihrem ungewohnten Lächeln, blühten auf bei den warmherzigen, angeregten Worten der Mutter.

An diesem Abend wurden nach dem Essen voller Vorfreude Pläne zuhauf geschmiedet. Zum ersten Mal blieben die Schulaufgaben unverhohlen einfach liegen. Und selbst die immer streng eingehaltene Zeit zum Schlafengehen, die trotz Andrés fünfzehn und Beneditas vierzehn Jahren auf neun

Uhr festgesetzt war, wurde ohne einen Blick auf die Uhr verschoben. Benedita fragte noch ein wenig besorgt, ob der Vater sich vielleicht den Bart abrasiert haben könnte. «Sei nicht blöd», erwiderte André, «du weißt doch genau, daß Mama ihn ohne Bart nicht mag.» Und fragte sich seinerseits: «Was wird Papa von dieser Reise erzählen? Neue Geschichten von den Vátuas und ihrem Häuptling Gungunhana? Oder von den Kriegen der Engländer gegen die Buren und Zulus? Ob sie wieder Sklavenhändler geschnappt haben?»

Der *Diário de Notícias* von Funchal, der seit seiner ersten Ausgabe vor zwei Jahren zu einem unverzichtbaren Bestandteil des Lebens in der Stadt geworden war, hatte an diesem Morgen mitgeteilt, daß zwei Telegramme eingetroffen seien, eins davon an die Senhora Dona Raquel Vaz de Lacerda adressiert. Die Einrichtung des Telegraphen über Seekabel war ein so bedeutsames Ereignis, daß sie auch nach fünf Jahren noch Stoff für Nachrichten hergab. Tatsächlich berichteten die Zeitungen obligatorisch auf der ersten Seite über jedes auf der Insel eingegangene Telegramm, wenn auch nicht über den Inhalt. Die Madeirer liebten den Telegraphen, war er doch für ihr Überleben ebenso wichtig wie die Schiffe. Beide waren Brücken zur Außenwelt. Vom Meer umschlossen, fühlten sich die Madeirer von ihm eingeschränkt und eingegrenzt, isoliert und gefangen, weshalb sie, wie alle Inselbewohner, ihr Leben nach den Kommunikationsmöglichkeiten gestalteten. Die Schiffe, die Postkutsche, jetzt der Telegraph – das ganze Inselleben hing davon ab, daß es diese Verkehrsmittel gab und daß sie funktionierten. Die Schiffe standen zweifellos an erster Stelle. Der Ankunftstag eines Schiffes war ein Festtag. Und zum Hafen zu gehen, auch ohne den Vorwand Abreise oder Ankunft, bedeutete weit mehr als ein eitles Vergnügen, es war ein gesellschaftliches Ereignis. Es bedeutete Begegnung und Geselligkeit, Sehnsucht nach dem Unbekannten und Reiselust, leise Beunruhigung, weil die Straße dort endete, und die tröstliche Gewißheit, daß der Rest der Welt Madeira doch nicht vergessen und auch nicht übergangen hatte. Zwar war der Vorrang der Schiffe in dieser schicksalhaften Frage der Verbindung unbestritten, doch hatte die Erfindung des Telegraphen eine breite Palette an Möglichkeiten eröffnet. Seine ungeheure Geschwindigkeit, etwas absolut Neues, dem ein Hauch von Geheimnis und Wunder anhaftete, hatte die Verhaltensmuster von Grund auf verändert. Nie wieder waren so völlig überraschende Situationen denkbar, daß jemand ohne Vorankündigung eintraf, Waren früher als die Briefe ankamen, Nachrichten von Todesfällen oder Heiraten mit wochenlanger Verspätung bekannt wurden, nie mehr könnte es zum Beispiel zu einer solchen Tragödie kommen wie bei der armen Tante Constança, denkt Raquel, während sie zum zehnten Mal Marcos' von so weit her abgeschicktes, so rasch eingetroffenes Telegramm liest, es ist genau sein Stil, was mag der arme Mann am Telegraphen gedacht haben, als er «Grüße von Salomon» las, vielleicht hat er geglaubt, es sei ein Sohn oder ein Bruder, nur Raquel versteht die Botschaft, nur sie kann lachen und träumen, an die Gedichte denken, sich ausmalen, was in Kürze erneut geschehen und sie mit Glück erfüllen, sie beide mit tiefem Glück erfüllen wird.

Von der Zeitungsnachricht alarmiert, eilten Verwandte und Freunde zum Haus im Vale Formoso, um der lieben Raquel zu gratulieren und mit freundschaftlichen Sticheleien anzudeuten, daß der Lausekerl jetzt aber wirklich zur Ruhe kommen und bei der Familie bleiben müsse ... Raquel gestattete sich nicht die geringste Gereiztheit. Sie empfing alle mit gewohnter Liebenswürdigkeit, immer ein bißchen distanziert, immer ein wenig geistesabwesend, und erklärte, Marcos befinde sich an Bord der *Warwick Castle* und werde kurz vor Weihnachten ankommen, es gebe ja so viel im Haus vorzubereiten! Die Gäste verstanden die Botschaft, verabschiedeten sich, sprachen Einladungen für die Zeit nach Marcos' Rückkehr aus, Raquel sah sie höchst erleichtert wieder gehen und reagierte ihren Unmut ab, indem sie das Silberputzen, das Ausschütteln der Vorhänge und das Bügeln – in Wasser aufgelöste Stärke, Stoff vollständig damit durchtränkt, ganz heißes Plätteisen – der spitzenbesetzten Batistgardinen beaufsichtigte.

Da Weihnachten das schönste und innigste Fest auf der Insel war und der Dezember normalerweise noch mild und sonnig, fand zu dieser Zeit der große Hausputz statt. Die Außenwände der Häuser wurden weiß gekalkt, die Fensterläden und eisernen Gartenpforten erhielten einen neuen tiefgrünen Anstrich. Die *bolos de mel*, so unverzichtbar wie die Krippe, wurden am Tag der Unbefleckten Empfängnis hergestellt: eine von Hand geknetete Mischung aus einem Scheffel Weizenmehl, etlichen Kilo Butter, Zuckerrohrmelasse, Zucker, Bäckerhefe, indischen Gewürzen, Nüssen, Mandeln und Korinthen, kandierten Früchten und Madeirawein. Der dunkle, weiche, duftende Teig wurde in einer riesigen Holzschüssel ordentlich glattgestrichen. Dann verließen die Küchenmädchen den Raum, die Hausherrin zog mit der eingemehlten rechten Hand zwei tiefe Furchen in Form eines Kreuzes in den Teig, drückte zwei Finger in den einen Quadranten und drei in einen anderen und sprach: «Der Herrgott segne dich und lasse dich im Namen Seiner fünf Wundmale aufgehen.»

Raquel kam diesem Ritual alle Jahre wieder nach, weniger aus Überzeugung als wegen seines theatralischen Reizes. Naiver und gerade deshalb mehr nach ihrem Geschmack war die Tradition der *searas*, jener kleinen Tonschalen, Nachbildungen von Mais-, Weizen- oder Linsenfeldern, die am Tag der ersten Messe nach Mariä Empfängnis angesät wurden und zu Weihnachten alle Häuser auf Madeira schmückten.

Als alles fertig war und sie nur noch auf Marcos warten konnten, beschloß Raquel, es sei an der Zeit, zur Quinta das Tílias zu fahren.

Von den nächtlichen Regengüssen blankgewaschen und von der Sonne bereits erwärmt, verspricht der Morgen einen schönen Wintertag. Das große Barometer im Schlafzimmer über dem Sekretär, der dem Großvater André gehört hat, zeigt gutes Wetter an. Das Thermometer steht auf fünfzehn Grad. Und es ist erst acht Uhr. Raquel stößt die Fensterläden weit auf und stützt die Hände auf die noch nasse Brüstung. Unter ihr dehnt sich der Garten bis zu dem gußeisernen Geländer, das ihm Grenzen und Schranken setzt und von dem lilarote Bougainvillea, Geißblatt und Jasmin die Böschung zum Obstgarten überwuchern. Die roten Dächer bilden an den steilen Hängen der

Stadt abfallende Terrassen und hören erst dicht vor dem Strand auf, wo kleine, an Land gezogene Fischerboote und Küstenkutter liegen. Draußen dümpeln Schiffe der Castle Line und der Royal Mail, auch ein paar portugiesische, es sind Schoner, Zweimaster, Korvetten, Dampfer, Raquel kennt sich aus, das Meer ist ihre Leidenschaft und ihr Gefährte, ihr Traum und ihre Heimat. Vielleicht hat sie diese tiefe Bindung von ihrem Ururgroßvater André Villa geerbt, der irgendwann Mitte des 18. Jahrhunderts von Malta aufgebrochen, quer durch das Mittelmeer und an Gibraltar vorbei gesegelt, weiß Gott wo zwischengelandet war und sich auf dieser kleinen portugiesischen Insel im Atlantik niedergelassen hatte.

Ebenfalls in jener Zeit, einer von Unruhen erschütterten, aber fruchtbaren Epoche, zu der aus den englischen Kolonien in Nordamerika schreckliche Nachrichten kamen über einen Aufstand gegen die Krone und die Errichtung einer Republik auf der Grundlage, daß alle Menschen die gleichen Rechte hätten und das Volk der höchste Souverän sei, in dieser unruhigen zweiten Hälfte des 18. Jahrhunderts waren auch die ersten Engländer nach Funchal gekommen, jene, die zu den Begründern ganzer madeira-britischer oder britisch-madeirer Dynastien werden sollten, beiden Inseln getreu, der nebligen und der sonnigen. Durch sie kehrte der Tee, den hundert Jahre zuvor Catarina de Bragança in ihrer Brautausteuer nach London mitgebracht hatte, als Brauch und tägliches Ritual auf portugiesischen Boden zurück. Sie führten auch Traditionen und Lebensart ein, die *high church* und die *garden-parties* und ihren einzigartigen Sinn für ihr Heim, dank dem sie ungemein gemütlich und komfortabel eingerichtete Häuser schufen, umgeben von wunderschönen Gärten und beneidenswert makellosen Rasenflächen. Sie kamen, ließen sich nieder, schlugen Wurzeln und gründeten Geschäfte, und viele machten sich in späterer Zeit als Weinhändler und *shipchandlers*, als Bankiers, Hoteliers, Pioniere des Tourismus und Schiffsbauer einen Namen, entwarfen und exportierten Stickarbeiten, wurden Schiffsmakler und führten Fußball, Tennis und Golf ein. Ein in gotischen Lettern handgeschriebenes Dokument, über die Jahrhunderte im Tresor einer der prominentesten britischen Familien der Insel gehütet, gibt Zeugnis von einem Lehrvertrag, der im 18. Jahrhundert zwischen einem sechzehnjährigen Engländer und einem angesehenen Madeiraweinhändler geschlossen wurde, wonach dieser den jungen Mann in seinem Haus aufnehmen und ihn in die Geheimnisse des Geschäfts einweihen sollte.

In jener unruhigen und fruchtbaren Zeit, die dann gegen Ende des Jahrhunderts in die Französische Revolution mündete, hatte André Villa Malta gegen Madeira eingetauscht. Er war damals blutjung. Was mochte er alles erlebt haben, aus welcher Vergangenheit stammte er, was hatte ihn zum Auswandern veranlaßt, wie sah er wohl aus – fragt sich Raquel –, dieser unbekannte Vorfahre, der einen Weinhandel, Orientteppiche, altes Silber und italienische Bücher hinterließ? Raquel hat schon lange den Wunsch, irgendwann auf Reisen zu gehen und La Valetta zu entdecken, die Stadt ihrer Vorfahren. Da sie nur die Passos kennt, die Familie, in die der erste Villa nach seiner Ankunft auf Madeira eingeheiratet hat, empfindet sie sich als unvollständig und unwissend. Wer waren die Villas, wie lebten sie, wie sahen jene Frauen aus, von denen sie, wie man vermutete, das Haar in der Farbe alten Weins, die langen Beine und ihre Widerspenstigkeit geerbt hatte? Dank ihrer leidenschaftlichen Liebe zum Meer und zum Reisen, obwohl sie nie gereist ist, kann sie, auch wenn es ihr manchmal sehr wehtut, Verständnis dafür aufbringen und akzeptieren, daß Marcos immer wieder die Flucht ergreift. Widerstrebend und unausgesprochen hat er sich schließlich mit diesem Wort abgefunden – Flucht, denn es ist ja wohl nichts anderes als eine Flucht, Marcos. Nicht vor mir, Liebling, oder doch, gib es zu, ein bißchen auch vor mir. Aber vor allem eine Flucht vor der Eintönigkeit, der Praxis, dem Hospital, den Kranken, den Pflichtbesuchen, den immer selben Ausflügen, den altbekannten Gesprächen, denselben Gesichtern und denselben Szenen, Jahr für Jahr. Glücklicher Marcos, er kann die Monotonie durchbrechen und ihr entfliehen, kann für ein Jahr Marinearzt sein, sobald die Insel-Klaustrophobie ihn zu ersticken droht. Und ich? fragt sich Raquel, am Fenster des Hauses im Vale Formoso lehnend, jenem Fenster, an dem sie ihr Leben lang Tag für Tag lehnt. Und ich? Für mich, die ich als Frau geboren bin, die heiraten und Mutter werden wollte, für mich hat sich seit Penelope nichts geändert. Mein Los heißt warten. Im Haus sitzen. Am Webstuhl. Oder aufs Meer blicken. Sie lächelt, trotz alledem. Sie ist glücklich, trotz alledem. Sie hat den geheiratet, den sie wollte und wie sie es wollte. Sie hat die kleine, köstliche Freiheit erlebt, die fast beleidigende Sicherheit abzuweisen, mit der Marcos zu ihr über Heirat gesprochen hatte. Gesprochen, nicht etwa einen Antrag gemacht.

Sie hatte ihn abreisen sehen, ohne ihm die kleinste Geste der Zuneigung zu gewähren, hatte ihn ohne ein Wort der Hoffnung zu einer Famulatur nach London fahren lassen. Vielleicht hätte sie damals schon begreifen müssen, daß dies die erste Flucht war. Der Weg aufs Meer wurde zum Ausweg aus der Hoffnungslosigkeit, zum Heilmittel für die Kränkungen, zum Gegengift für die Eintönigkeit. Und ich, mein Gott? Ist Penelopes Weg wirklich unausweichlich?

Wieder lächelt Raquel bei dem aufregenden Gedanken an Marcos' Heimkehr. Ob er sich den Bart abgenommen hat? Natürlich nicht, das würde Mama nicht gefallen, hatte André versichert. Natürlich nicht. Marcos war von der Famulatur im St.-Lucas-Hospital in London mit Bart zurückgekehrt. Sie waren sich auf der Quinta da Saudade wiederbegegnet, in dem Lustpavillon, wo sie auf Margarida Vaz de Lacerda wartete, um mit ihr eine Partie Billard zu spielen. Heimlich, natürlich. Die Erwachsenen fanden es nicht gerade angebracht, daß Mädchen Billard spielten. In den Lustpavillons, die dicht an der Mauer der Anwesen standen, mit großen Fenstern zu den Straßen oder Wegen, gab es immer einen Billardtisch, Spielbretter für Schach und Dame, Tische für Kartenspiele und breite Korbstühle. Die Jugend fühlte sich wohler an diesem zwanglosen Ort, wo die Eltern nur von Zeit zu Zeit erschienen, nicht unbedingt aus dem Gefühl, kontrollieren zu müssen, eher vielleicht aus wehmütiger Erinnerung an die kleinen amourösen Vertraulichkeiten, die sich dort Generation um Generation erlaubt hatte.

Raquel wartete also an diesem frühsommerlichen Nachmittag, gleich zu Beginn der Ferien, auf Margarida. Es war heiß, und sie trug eine kurzärmelige Bluse mit offenem Kragen in einem sanften Mauveton. Natürlich konnte sie sich noch an jede Kleinigkeit erinnern. Sie las gerade *Jane Eyre*, nach *Wuthering Heights*, vier Romanen von Jane Austen und zwei von Dickens. Auch wenn sie es nicht offen zugab oder zumindest nicht nach den wahren Gründen dafür suchte, stimmte es, daß sie sich seit Marcos' Abreise nach London nur für englische Literatur interessiert hatte und sich abends, im Bett sitzend, in der Ruhe und Stille tapfer durch die dichte Schönheit von *Paradise Lost* kämpfte, hin und hergerissen zwischen Bewunderung und Zorn auf Miltons ausgefeilte Sprache.

Margaridas Schritte auf dem Gartenkies waren gerade in dem Augenblick an ihr Ohr gedrungen, als Jane Eyre kurz vor der Hochzeit davon aufwachte, daß die Wahnsinnige mit einer Kerze in der Hand in ihr Zimmer trat. Raquel hatte das Buch zugeschlagen und im Gegenlicht die Gestalt eines Mannes neben ihrer Freundin erblickt. Sie hatte gedacht, es sei einer ihrer Brüder, vielleicht Paulo, vielleicht André, aber als Margarida sagte, «Ich gehe hinein, deinem Großvater guten Tag sagen», war ihr klar geworden, wer der Mann war, sie hatte sich erhoben, und sie hatten dagestanden und sich angesehen. Auf Marcos' Gesicht lagen keine Spuren mehr von jugendlichem Dünkel wie vor einem Jahr, plötzliche Scheu hatte sie befallen, und das einzige, was zu sagen ihr in den Sinn kam, war, «du hast dir einen Bart wachsen lassen, er ist ja ganz blond, er steht dir gut.» Sehr viel später sollte Marcos ihr erzählen: «In deinen Augen war keine Spur von Widerspenstigkeit, ich wußte, daß du mich nicht wieder wegschikken würdest.»

Aus dem Garten dringt eine rauhe Stimme zu ihr herauf: «Senhora, um wieviel Uhr möchten Sie den Ochsenschlitten?»

«In einer Stunde, Manuel.»

Sie bürstet sich die Haare und denkt dabei an Marcos' Hände, die sie an Nacken, Hals und Schultern liebkosen. In die silberne Bürste sind die Initialen RPV eingraviert, Raquel Passos Villa, sie gehört zu einer Garnitur aus Spiegel, Haarbürste, einer weichen Bürste zum Entfernen von überschüssigem Puder und einer weiteren, sehr kleinen, zum Korrigieren der Augenbrauen, Marcos hatte sie in London gekauft, in einem mit weißer Seide ausgeschlagenen Etui. «Am liebsten hätte ich RVL eingravieren lassen, Raquel Vaz de Lacerda, aber dann hätte ich riskiert, dich für immer zu verlieren. Wenn du willst, können wir die Gravur ändern lassen.» Aber Raquel hatte abgelehnt, als handelte es sich um ein Zeugnis ihrer Eigenständigkeit. Die Bürsten und der Spiegel würden vielleicht irgendwann in die Hände einer Frau gelangen, die freier war als sie, eine Enkelin oder Urenkelin, und sie würde von der Existenz einer Raquel Passos Villa und deren harmlosen, doch verbotenen Träumen erfahren. Und diese, ja diese würde sich allein auf die Entdeckung von La Valetta und den Malteser Wurzeln begeben, die in Frauen mit Haar in der Farbe von altem Wein, mit grauen Augen und entschiedenem Eigensinn Keime trieben. Raquel, die nie allein aus dem Haus gegangen ist, weder zur Schule noch zur Messe, auch nicht zu einem Besuch oder zum Einkaufen, kann sich kaum vorstellen, so ganz Herrin ihrer selbst zu sein, wie sie es wäre, wenn sie allein inmitten Unbekannter stünde, ohne sich um

Grüße Vorübergehender zu kümmern, um lauernde Blicke hinter Fensterläden, um die ständigen Fragen der tausend Cousinen und Tanten, denen sie an jeder Ecke über den Weg läuft. Im Fenster lehnend, den Blick auf das Meer gerichtet, schickt Raquel über die Zeit hinweg einen Gruß an jene Urenkelin – wird sie Raquel heißen oder vielleicht auch Benedita? –, die die Meere und Konventionen überwinden und die wunderbare Entdeckung des freiwilligen, selbstgewählten Alleinseins machen wird. Ich beneide dich, meine Tochter, meine Enkelin, meine Schwester, dich, die du keine Penelope mehr sein wirst.

Ludovina bereitet das Bad der Senhora, füllt die große kupferne Badewanne in ovaler Muschelform, die Marcos vor der Heirat aus England hatte kommen lassen, zusammen mit dem *Heppelwhite-sideboard*, den Chippendale-Stühlen, den *georgian* Sofas und dem großen Bett mit Säulen und Baldachin, in dem Raquel in den letzten zwölf Monaten und während Marcos' immer wiederkehrender Abwesenheit im Laufe ihrer sechzehnjährigen Ehe allein geschlafen hat.

Sie nimmt ein ausführliches, erholsames Bad, läßt ihre Gedanken sacht in die süße Stimmung anderer Morgenstunden eintauchen. Erotische Gedanken, denkt sie und schmunzelt maliziös, während sie sich in Erinnerung ruft, wie sie immer gemeinsam baden, Marcos und Raquel, Raquel und Marcos, die Lust genießen, sich anzusehen und zu berühren, und die Wohligkeit des Wassers mit dem Liebesdialog aus dem Hohenlied noch steigern.

*Mein Geliebter ist mein und ich bin sein / er weidet seine Herde unter den Lilien / kehre zurück, mein Ge-*

*liebter, ehe der Tag kühl wird und die Nacht herniedersinkt. / Wie schön du bist, meine Freundin, deine Augen sind wie Tauben hinter deinem Schleier / und deine Haare sind wie eine Herde Ziegen am Berge Gilead / deine zwei Brüste sind wie junge Rehzwillinge, die unter den Lilien weiden. / Des Nachts, auf meinem Bett, suche ich, den ich liebe / ich suche, aber ich finde ihn nicht.*

Raquel seufzt glücklich, während sie sich ankleidet. In wenigen Tagen wird sie nicht mehr des Nachts suchen müssen, den sie liebt. Sicherlich, nicht ihr war die Freiheit gegeben, auf Reisen zu gehen, weder nach Afrika noch nach Malta, noch an irgendeinen anderen Ort jenseits des Horizonts und der Eintönigkeit. Trotzdem erkennt sie an, daß sie glücklicher ist als die Mehrzahl der Frauen – sie erwartet den Mann, den sie noch immer liebt, den sie heiraten und von dem sie Kinder haben wollte, einen Mann, der es noch immer erregend findet, mit ihr zusammen zu baden und zärtlich über Königs Salomons kraftvolle, poetische Sinnlichkeit zu lachen.


Der Ochsenschlitten schleppt sich den Caminho do Monte zwischen hohen, mit Flechten und Efeu bewachsenen Mauern bergauf. Durch die Tore der Anwesen blickt man auf gepflegte Gärten, üppig blühende Kamelienbäume, Lustpavillons mit geschlossenen Fensterläden, ohne Spiele, ohne Lachen, ohne Menschen. Es ist nicht die Jahreszeit für den Monte. Die Kälte, die Feuchtigkeit, die Nebelschwaden schaffen ein durch und durch von Pflanzen beherrschtes Reich, in dem die Menschen fast fürchten, auf ihren Händen könnten Flechten wachsen und auf ihrem Haar Moos. Nur Tante

Constança nicht, überlegt Raquel, die ist hart und kalt wie die Felsen, die weist jede Feuchtigkeit ab – und jeden Menschen. Gleich darauf bereut sie den Gedanken, er hätte Marcos gekränkt. Arme Tante Constança, mit ihrem im Namen der Moral und der guten Sitten vertanen Leben.

Ein offener Lustpavillon, eventuell der einzige auf dem ganzen Weg, erregt Raquels Aufmerksamkeit. Sie erhascht einen Blick auf geblümte Gardinen und einen Strauß aus weißen Lilien und Aronstab in einem Tonkrug. Die Bezeichnung Lustpavillon hat sie immer als köstlich und zugleich lächerlich empfunden, wie etwas Sündiges, Verbotenes und Unerhörtes in einer so verbissen sittenstrengen und so erdrückend klerikalen Gesellschaft. Sicherlich, die offizielle Erklärung bietet weit weniger Zweideutigkeit: Lust sind die Spiele, Schach, Domino, Lotto, Billard; und die Entfernung zum Haupthaus und die folglich einsame Lage hat lediglich den Grund, daß man auf diese Weise Fenster zur Landstraße hat, eine kleine Ablenkung, man sieht, wer vorbeikommt, welche Ochsenkarren bergauf oder bergab ziehen, welche Reiter in der Morgenkühle vorübergaloppieren. Auf der Quinta da Saudade, wo Marcos ihr vor siebzehn Jahren, kaum daß er von der *Durban Castle* an Land gegangen war, einen Heiratsantrag gemacht hatte, lag der Lustpavillon in einer Ecke des Anwesens hinter dem Garten und dem kleinen Park mit den Krocket-Toren. Wie oft hatten sie da zusammen mit Margarida, Rodolfo, André und Paulo gespielt. Ein einfältiges Spiel, Krocket, aber lustig, wie die Schläger gegen die Kugel sausen und die Kugel durch die Tore rollt, bis sie an die kleine Glocke im letzten Tor stößt. Zu Ostern, nach den Feierlichkeiten der Karwoche, müssen sie für ein paar Tage herkommen, man könnte sogar ein großes Familienmittagessen veranstalten, mit den Brüdern, Schwägerinnen, Neffen und Nichten, fernab von Tante Constanças strengem, säuerlichem Wesen. Wieder verspürt sie einen Anflug von Reue. Das Gespräch mit Tante Constança wird nicht einfach sein. Nichts ist einfach bei Tante Constança. Nur für Marcos ist es das.

Auf einmal wird sie ungeduldig: «Manuel, können die Ochsen nicht etwas schneller gehen?» Die Ochsen gehen nicht schneller. Die Straße ist steil, und der schwere Schlitten gleitet gemächlich über den glatten Basalt. Raquel wickelt sich fester in das braune Wollcape, schmiegt die Kapuze um den Kopf, so ähnlich, stellt sie sich gern vor, machen es die Frauen von Malta, wenn sie ihre *faldettas* zurechtziehen. Aber tragen die Damen in La Valetta überhaupt *faldettas*? Oder tun das nur die Frauen aus dem Volk? Das weibliche Geschlecht, sinniert Raquel unschuldig subversiv, setzt sich letztlich aus zwei Teilen zusammen, den Damen und den Frauen. Selbst bei der Geburt, beim Gebären und Sterben gibt es Unterschiede – oder Ungerechtigkeiten? Das Cape, also die *faldetta*, war auch so ein *Frevel* von ihr, um den Lieblingsausdruck ihrer Cousine Marta Vaz zu gebrauchen. Raquel hat es aus *seriguilha* nähen lassen, der rauhen, warmen, dicken Wolle, aus der die Bäuerinnen ihren Männern für den Winter Hosen und Jakken weben, der Stoff ist hübsch und ausgefallen, und vor allem hat ihr die Provokation Spaß gemacht, sich ein Cape aus *seriguilha* nähen zu lassen, aus diesem gewöhnlichen Stoff des gewöhnlichen Volks, das hat die Leute von Funchal, die wissen, was gut und richtig ist, vor Schreck erstarren lassen.

Raquel, du aufmüpfiger kleiner Teufel! Großvater, mein geliebter Großvater, niemand nennt mich mehr kleiner Teufel. Ich bin erwachsen geworden, vierunddreißig Jahre alt, besonnen, vernünftig und achtbar. Meine Aufmüpfigkeit beschränkt sich jetzt auf solche unwichtigen, harmlosen Dinge. Aber im tiefsten Innern, Großvater, da hat dein aufmüpfiger kleiner Teufel nichts gelernt, will keine Penelope sein, die in ihrer Ohnmacht mit List und Tücke das Tuch webt und wieder aufzieht. Großvater, mein geliebter Großvater, deine Raquel wird höchstwahrscheinlich sterben, ohne je Malta gesehen zu haben, die Orangenhaine von La Valetta, die in *faldettas* gehüllten Frauen, die Villas, die auf ihrer Heimatinsel geblieben sind. Immerhin, Großvater, begehe ich den *Frevel*, das Haus fast allein zu verlassen, nur in Begleitung meines Dienstboten, eine Herausforderung an die Puritaner der Stadt, ein Schlag ins Gesicht für all die *Das-schickt-sich-nicht*.

Raquel weiß, daß sie die Sehnsucht nach dem Großvater nie verwinden wird, der ihr mehr bedeutet hat als Vater und Mutter, die Sehnsucht nach den endlosen Gesprächen, nach der festen Hand, die ihr beim Zeichnen half, nach der geduldigen Stimme, die ihre Aussprache im Italienischen korrigierte, nach der Autorität, die ihr Zugang zu Lektüre verschaffte, die für ein wohlerzogenes, gottesfürchtiges Mädchen als *unpassend* galt. Mit Unterstützung seines Cousins, des Domherrn Nicolau, versteht sich. Wenn überhaupt jemand in der Familie André Villas Überschwenglichkeit und Herzensgüte geerbt hatte, dann ganz zweifellos Nicolau, auch er ein Nachfahre des ersten Villa, der im 18. Jahrhundert auf Madeira gelandet war. Nicolau war mit dreißig Jahren Priester geworden, nach dem Tod seiner Frau und seiner

Tochter, beide Opfer der Choleraepidemie, die in Funchal Dutzende von Menschen getötet hatte.

Manuel rüttelt energisch die Glocke an der fest verriegelten Einfahrt zur Quinta das Tílias. Raquel wartet steifgefroren im Wagen, bis Tibúrcio heranschlurft und das Tor aufsperrt. Dann eilt sie den feuchten Weg zwischen uralten Linden hinauf, läuft um das Haus herum und stürmt in die Küche, direkt an den Herd.

«Ist die Tante im kleinen Salon, Felismina?»

«Oh, meine Kleine, wie schön, dich zu sehen. Gute Nachrichten vom Herrn Doktor? Das sehe ich schon an deinem Gesicht, Mädchen. Bist von Tag zu Tag hübscher, Gott segne dich, meine Kleine.»

Raquel küßt Felismina, die nun statt der alten Maria dos Prazeres für die Tante sorgt, und läßt sich von den festen, liebevollen Armen umschließen. Für Felismina wird sie immer die Kleine bleiben. Und Marcos wäre immer der Kleine geblieben, hätte Tante Constança nicht ein Machtwort gesprochen. Raquel erkundigt sich nach ihren Söhnen, die sich nach Demerara eingeschifft haben, nach dem Enkel, der auf dem Festland seinen Militärdienst ableistet, nach den heiratsfähigen Enkelinnen. Und geht langsam durch den breiten Flur mit den breiten Fenstern zum Garten, bis sie in dem kleinen Salon steht, wo Tante Constança an ihrer Filet-Spitze arbeitet. Ein Stück von einem ganz feinen Netzwerk, seiner Größe nach für ein Tischtuch gedacht, ist zwischen die konzentrischen Ringe des Holzrahmens gespannt. Und darin entstehen unter Constanças kleinen dicken, weißen Händen immer neue Blumenkränze, wie sie bereits, abwechselnd mit winzigen

Schmetterlingsflügeln, über die restliche Arbeit verstreut sind. Die Tante blickt auf, Raquel lächelt gegen die Wand ihrer strengen Miene und küßt gehorsam die unberingte Hand, die die Nadel abgelegt hat.

«Was führt dich nach Monte, Raquel?»

Constança ist immer so, trocken und direkt, trotz ihrer honigfarbenen Augen, ihrer durchsichtigen Haut, ihrer kleinen, runden Gestalt, von weitem könnte sie wie eine behäbige Großmutter wirken, der man ohne weiteres die erfahrene Gutmütigkeit einer Frau zuschreiben würde, die etliche Kinder geboren und anschließend entzückt die Schar der Enkel ständig hat wachsen sehen.

Raquel wehrt das beklemmende Gefühl ab, das Constança immer in ihr weckt, setzt sich auf die Bank vor dem Klavier, auf dem niemand mehr spielt, gegenüber dieser Frau, die ihr deutlich zeigt, daß sie hier nicht willkommen ist, wie übrigens auch sonst niemand. Sie übergeht die Frage und sagt, ihr sei kalt, schrecklich kalt, könntest du mir vielleicht eine Tasse Milch heiß machen, Felismina? Estrela gibt doch noch Milch, Felismina, oder?

Schon als sie sich mit Marcos verlobte, waren Constança Vaz de Lacerdas Augen leer und hart. Ein klein wenig menschlich wurden sie, fast verschämt, nur dann, wenn sie mit ihrem Neffen allein war. Raquel hatte die beiden einmal vom Garten aus gesehen: Marcos las laut aus der Zeitung vor, und die Tante ließ ihre ewige Spitze ruhen und blickte ihn mit einem Ausdruck an, der sie zu Tränen gerührt hatte. Vielleicht von dieser Erinnerung dazu bewegt, antwortet sie schließlich auf die Frage der Tante: «Ich möchte dich für die Weihnachtstage zu uns holen. Marcos trifft bald mit dem Dampfer vom Kap ein.»

Das Schweigen zieht sich hin, es wird ihr unerträglich. Auf Zehenspitzen geht Raquel nach der heißen Milch sehen, bleibt in der Küche und trinkt sie bei Felismina und den drei Schäferhunden, die mit Tibúrcio hereingekommen sind und sich wie ein warmer, schmiegsamer Ring zu ihren Füßen zusammenrollen.

*Constança*

Der erste Freier wurde im Hause von Jacinto Lacerda im Vale Formoso vorstellig, als Constança fünfzehn war. Venâncio de Sousa, Witwer in den Vierzigern, gutaussehend, mit Majoratsgütern in Santana, kam voller Zuversicht auf eine positive Antwort. Zwar entschuldigte er sich für den unpassenden Zeitpunkt – die Fastenwochen waren nicht unbedingt der richtige Moment, ein freudiges Ereignis wie ein Hochzeitsfest vorzubereiten –, dennoch machte er seinen Antrag und schlug eine Heirat im August vor, während der Festtage zu Ehren von Nossa Senhora do Monte, der geliebten Schutzheiligen der Insel.

Kaum hatte der Freier sich verabschiedet, rief der Vater nach Constança. Er erzählte ihr von Venâncio de Sousas Anliegen und fragte: «Was meinst du, Kind?» Sie lächelte, riß ihre großen honigfarbenen Augen noch weiter auf und erwiderte lediglich: «Wie schrecklich, Papa!» Und Jacinto Lacerda beendete das kurze Gespräch mit der Bemerkung: «Dann sind wir also einer Meinung, denn ich habe ihm bereits deine Hand verweigert.»

Constança ging langsam in den Garten zurück, wo Gerbera, Rosen, Agapanthus-Lilien und Christsterne in der Märzsonne blühten, deren Strahlen durch die Laubkronen der Eichen und Avocadobäume und die Zweige einer enorm hohen, unverwechselbaren Araukarie fielen, die man von fast jedem Flecken der Stadt aus sehen konnte. Langsam und in Gedanken versunken setzte sich Constança und nahm das Schiffchen ihrer Okkispitzenarbeit, in deren komplizierte Technik die Cousinen sie einführten, erneut in die Hand. Und dachte mit wachsender Pein, wie unglücklich, wie verzweifelt, wie entsetzt sie jetzt wäre, wenn – alles hatte letztlich allein an einem *wenn* gehangen – der Vater sie dem Majoratsherrn versprochen hätte. Ihr Gesicht verriet sekundenlang eine solche Qual, daß Marta und Maria, inzwischen beunruhigt, um Erklärungen baten. Nichts, gar nichts, es war nichts passiert. Und sie erzählte, wie gut ihr Vater gewesen war, daß er den Freier abgewiesen hatte, so ein alter Mann, bestimmt älter als ihr eigener Vater!

Marta kam ohne Umschweife auf den Kern der Sache: «Viel schlimmer, meine Liebe, wenn dein Vater eines Tages, ohne dich zu fragen, auch den Mann abweist, der dir gefällt.»

Constanças Augen trübten und verfinsterten sich, und ihr Mund preßte sich zu einer schmalen häßlichen Linie zusammen, was sie zwanzig Jahre älter aussehen ließ. Maria, immer für die Empfindungen anderer empfänglich, lief sogleich zu ihr und streichelte sie.

Alles an Maria war sanft – so wie an Marta alles klar und rational war. Constança hatte die Cousinen sehr gern und bedauerte sie, weil sie sich für ihre vielen Geschwister so aufopfern mußten, fast immer wurden sie im großen Haus am Festungsturm, der Casa do Torreo, festgehalten. Aber gleichzeitig bewunderte sie die beiden auch für ihre verblüffende Fähigkeit, die Zeit so einzuteilen, daß sie noch Unterricht in Sprachen, Geschichte, Musik, Malerei und anderen Fertigkeiten nehmen konnten, in allem, aber auch allem, was eine Dame beherrschen muß. Im Vergleich zu ihnen kam sie sich nutzlos vor, fast so nutzlos wie ihre eigene Mutter, die arme Mama, deren permanente Untätigkeit sie wortlos mißbilligte und deren Beispiel sie niemals folgen wollte, das hatte sie sich ganz fest vorgenommen. Um die lästigen Gedanken zu vertreiben, fing sie an zu singen, und gleich darauf stimmten Marta und Maria mit ein, vergessen waren der Majoratsherr, die Heiratsbedrohung und die unabänderlichen Begleitumstände ihres Lebens.

Maria dos Prazeres unterbrach sie erzürnt. Hatten die Mädchen etwa vergessen, daß Fastenzeit war, daß sie, statt zu singen, über die Leiden und den Tod Unseres Herrn Jesus Christus nachdenken sollten? Im übrigen war es Zeit, daß sie sich fertig machten, um in der Kathedrale die Predigt des Kapuzinerpaters zu hören, der für die Fastenpredigten vom Festland gekommen war.

Später, sehr viel später, als ihre kurze Idylle längst in Tränen der Scham und Schande untergegangen war, sollte Constança eine ewige Beziehung zwischen ihrem ersten Heiratsantrag und der bedrückenden Atmosphäre der Fastenzeit herstellen, mit ihren Abstinenztagen und Fastenvorschriften, den Verboten für Karten- und Würfelspiele, den mit violetten Tüchern bedeckten Altären, den in tiefer Trauer gekleideten Menschen, den Aufrufen der Kirche zum Opfer, zum Verzicht, zur Buße. Nicht, daß der Mann, der um sie angehalten hatte, als sie fünfzehn war, irgendeine Bedeutung gehabt hätte, aber er markierte den Beginn ihres Schicksals, ihrer Unterwerfung und ihrer Knechtschaft und führte sie am Ende zu einem sinnlosen und schmählichen Aufbegehren.

An diesem sonnigen Nachmittag jedoch trübte nichts Constanças Stimmung, als sie sich in Gesellschaft der Cousinen und ihrer Eltern, alle in Trauerkleidung, zur Kathedrale begab. Dem Prediger war aus Lissabon der Ruf eines hochverehrten, für seine Frömmigkeit und Wortgewalt berühmten Priesters vorausgeeilt, und ganz Funchal machte sich bereit, ihm in den großen manuelinischen Schiffen der Kathedrale voller Hingabe zu lauschen.

Constança versuchte, sich zu konzentrieren, all ihre Aufmerksamkeit auf die ausgefeilte Redekunst zu richten, die anfeuernden Worte über die Liebe zu Gott und dem Nächsten in ihrem Innern aufzunehmen. Die Predigt handelte hauptsächlich von den Christenpflichten gegenüber den Seelen im Fegefeuer, die leidend des Gebets und Opfers ihrer lebenden Brüder harrten. Die Beschreibung der Sühnestrafen war so glühend und flammend, daß Constança vor Erbarmen erschauderte und sich sehnlichst wünschte, ihnen um jeden Preis zu helfen, damit sie ins Paradies kämen. Um jeden Preis, flüsterte sie immer wieder tief in ihrem Herzen. «Lasset uns alle Gebete, die für uns gesprochen werden, Gott Unserem Herrn schenken», mahnte der Kapuziner, «und Ihn bitten, daß Er sie annehme für die seligen Seelen im Fegefeuer.» Tief bewegt stimmte Constança der Aufforderung zu und sprach ein inbrünstiges *Amen*. Sollte ihre Mutter dafür beten, daß Constança einmal Frieden finden möge, sollte ihr Vater für ihre Gesundheit beten, sollte die alte Amme für die Kinder beten, die Constança einmal zur Welt bringen würde, sehr schön, aber auf alle diese Gebete für sie selbst verzichtete Constança schon jetzt, legte sie statt dessen in die Hände des Herrn Jesus Christus und flehte Ihn an, Er möge sie für jene entgegennehmen, die im Fegefeuer für ihre Sünden büßten.

Sich ereifernd, donnerte der Mönch mit dröhnender Stimme: «O meine Brüder, schenket Gott die Gebete, die in der Stunde eures Todes wie auch über alle Jahrhunderte hinweg nach eurem Tod für euch gesprochen werden. Ja, meine Brüder, verpfändet schon jetzt diese Gebete, schenket sie dem Herrn Jesus Christus für die seligen Seelen im Fegefeuer!»

Die Tränen liefen Constança über die runden Wangen, sie wollte gerade sagen, *fiat voluntas tua*, Dein Wille geschehe und alles, was Du möchtest, mein Gott und mein Herr – da flüsterte ihr Martas Stimme scharf und kalt ins Ohr: «Der Kerl ist verrückt, das fehlte gerade noch, Gebete von einem auf den anderen zu übertragen! Nanu, du weinst ja, Constança ... Was ist los, Mädchen, der ist wirklich verrückt, merkst du das nicht?!»

Zu Hause wurde hitzig über die Predigt und den Priester diskutiert. Zu Constanças Staunen und Beruhigung teilte der Vater Martas Meinung. In anderen Worten selbstverständlich, gemäßigter, aber ebenso ablehnend. «Es steht uns nicht an, Gebete abzulehnen oder sie auf andere zu übertragen. Mit Glaubensangelegenheiten kann man nicht wie ein Buchhalter verfahren. Jeder von uns hat die Pflicht, für die ewige Ruhe unserer verstorbenen Verwandten und Freunde zu beten, und damit hat es sich, verstanden, Constança? Und jetzt hör auf zu weinen, Kind. So ein Prediger vom Festland hat uns gerade noch gefehlt ...» Und die Mutter streichelte ihr über das Haar und ermahnte sie sanft: «Mäßige dich, Constança. Der Herrgott findet kein Wohlgefallen an Unmäßigkeiten. *Virtus in medium*, mein Kind.»

Constança bemühte sich, nicht an ihre unmäßige Reaktion zu denken, doch die Wortgewalt des Predigers hatte in ihrem Gedächtnis zersetzende Nachwirkungen. Danach träumte sie doch tatsächlich nicht nur einmal, daß sie arm und schäbig, durch kein einziges Gebet getröstet, bis auf das letzte Ave-Maria verpfändet, in das ewige Leben einging, ohne daß irgend jemand sich vor Gott für ihre Erlösung einsetzte. Zu Tode verängstigt wachte sie auf und sehnte sich nach Martas scharfem Verstand, ihrem klaren Denkvermögen, ihrer Geradlinigkeit, nach der Entschiedenheit, mit der sie jeden Anschlag auf ihre Seele abwehrte. Aber der überspannte Kapuziner hatte auch etwas Faszinierendes und Furchterregendes, und sein Aufruf zu uneingeschränkter Entäußerung und Schenkung hatte etwas morbid Verlockendes. Lange Zeit fand sie keine Ruhe. Zudem gefiel ihr die Vorstellung von einem gemäßigten Gott nicht. Kann Liebe gemäßigt sein? Und Großherzigkeit? Und Nächstenliebe? Ist Mäßigung nicht mindernd? Heißt mäßigen nicht einschränken? Sind die Passion, die Seligkeit, die Heiligkeit nicht letztlich auch unmäßig, Mama?

Wie Marta vorausgesagt hatte, erschienen selbstverständlich weitere Freier und wurden abgewiesen, ohne daß Constança vorher davon erfuhr. Sie kamen, wurden in Jacinto de Lacerdas Büro geführt, und nach einem wenige Minuten währenden Gespräch geleitete der Hausdiener sie feierlich und bedächtig wieder zur Haustür. Manchmal hörte Constança erst Wochen später von der Mutter, daß einer dagewesen und um ihre Hand angehalten hatte. Es interessierte sie nicht mehr, sie war nicht einmal mehr neugierig zu erfahren, wer sie waren und wie sie aussahen, diese Männer, die dem Vater ihren Wunsch unterbreiteten, sie zu ehelichen, ohne auch nur den Versuch unternommen zu haben, nach ihren Gefühlen und Neigungen zu fragen. Die Mutter, ständig unpäßlich, ständig bettlägerig, sagte: «So ist das, mein Kind, so ist das schon seit alters her, später gewöhnt sich eine Frau daran, mit Hilfe des Herrn ertragen wir das Leben, tragen unser Kreuz bis ans Ende, wichtig ist nur, daß wir würdige, vorbildliche Frauen sind und gute Mütter, daß wir unsere Pflichten erfüllen und unsere Männer achten.» Constança diskutierte nicht – aber im stillen mißbilligte sie diese Passivität und diese Auffassung, denn sie schienen ihr nicht im Glauben begründet, sondern im resignierten Verzicht auf eigenen Willen. So lange die Mutter sie brauchte, würde sie ihr weiterhin die Lebensgeschichten der Heiligen vorlesen, die sie so gern hörte, und zwischen den rings um das Bett versammelten Dienstmädchen kniend laut den Rosenkranz beten, eigentlich verließ Constança nur das Haus, um sonntags und an kirchlichen Feiertagen zur Messe zu gehen, oder anders gesagt, Constança verbrachte ihr Leben im Schlafzimmer der Mutter, saß stundenlang bei ihr, machte nur kleine Ausflüge in den Garten, wenn eine nahestehende Person zu Besuch kam und sie ablöste. So gingen Wochen, Monate und Jahre dahin, bedrückend und immer gleich, bis eines Nachts die Mutter endlich starb. Constança wurde bewußt, wie sehr sie tief in ihrem Innern, ganz tief in ihrem Innern dieses *endlich* empfand, als der Vikar von Santa Luzia sich bückte und der Toten die Augen schloß. Behutsam löste sie sich von den Fingern, die ihre Hand festhielten, und küßte sie ein letztes Mal. Vorbei, endlich, endlich vorbei! Und jetzt kann ich schlafen. Sie taumelte, als sie aufstand. Seit zwei Nächten hatte sie nicht geschlafen. Maria dos Prazeres half ihr beim Entkleiden und Zubettgehen, sie glaubte, der Schlaf würde sich nicht einstellen, die Erinnerung an die Bilder des schrecklichen, verzweifelten Todeskampfes würde nie verlöschen. Sie betete zum Gott ihrer Kindheit, zu dem guten Vater, den zu lieben die Nonnen von Santa Clara sie im Katechismus-Unterricht gelehrt hatten, sie betete zu Ihm nicht für die Mutter, sondern für sich selbst und bat auch nur, Er möge ihr die Gnade gewähren, zuallererst diese, daß sie in dieser Nacht gut schlafen und vergessen konnte, für immer die schreckliche Maske der Frau vergessen konnte, die ihre Mutter gewesen war und sich geweigert hatte zu sterben, dem Tod ins Angesicht zu sehen, letztlich also vor den Schöpfer und Gott zu treten, dem zu dienen sie ihr Leben lang behauptet hatte. Ihr Gebet muß erhört worden sein, denn sie schlief sechs Stunden ohne Traum, den Schlaf der Engel und der Gerechten. Als sie aufwachte, stand die Sonne hoch am Himmel. Sie öffnete die Fensterläden und zog sie wieder zu, als ihr einfiel, daß sie nun ein Trauerhaus waren und die Fenster einen Monat lang geschlossen zu bleiben hatten. Also beschränkte sie sich darauf, die beweglichen Lamellen herunterzuschieben, und blickte verstohlen auf das Meer, die Schiffe, die Parkanlagen der Stadt, die Farben und das Leben dort draußen. Und wieder ertappte sie sich dabei, daß die *endlich* sagte. Natürlich hatte sie die Mutter geliebt, natürlich hatte sie ihr gedient und sie liebkost und verwöhnt wie nur irgend möglich. Natürlich. Aber nun war es an ihr zu leben. Sie war – schon – siebenundzwanzig, alle Männer in ihrem Bekanntenkreis waren verheiratet, und der Vater erwartete, selbstverständlich ohne zu fragen, daß sie bei ihm blieb, unverheiratet, ergeben und aufopferungsvoll, bis der Tod ihn dahinraffte.

Als sie nach der Rückkehr von der Beerdigung vor dem Schlafzimmerspiegel den Hut abnahm, beschloß sie mit der gleichen unerschütterlichen Kraft, mit der sie während der letzten Jahre auf ihr Leben verzichtet hatte, den erstbesten Mann zu heiraten, der ihr einen Antrag machte. Jeder Majoratsherr de Sousa war ihr jetzt willkommen, solange ihr Gesicht noch frisch, ihr Haar noch blond war und glänzte und ihr rundlicher Leib die Stärke und Fähigkeit besaß, Kinder zu bekommen. Sie haßte ihre Eltern nur deshalb nicht, weil dieses Gefühl zu den Abwegigkeiten gehörte, die ihr gar nicht in den Sinn kamen. Aber sie fühlte sich beraubt, benutzt und mißbraucht, am Leben gehindert, hoffnungslos jungfräulich und sehnte sich danach, Mutter zu werden. Der Spiegel zeigte ihr breite Hüften, üppige Brüste und Arme, die schwer waren von dem Wunsch, ein Kind zu drücken. Und einen Mann. Sie errötete vor ihrem eigenen Spiegelbild, zwang sich aber, sich in die Augen zu sehen und die Wahrheit einzugestehen: sie wollte heiraten, um Kinder zu bekommen, richtig, aber auch, damit ein Mann sie in die Arme nahm, sie liebte und befruchtete. Was nützte ihr ein gesunder Körper, wenn sie keinen Mann und Kinder hatte, kein Leben schenken und empfangen und in neues Leben verwandeln konnte?

Um diese Zeit geschah es, daß Nicolau Villa, ihr Freund aus Kindertagen, den sie von fern, ohne große Bemühungen oder Hoffnungen geliebt hatte, verwitwete. Der Choleraepidemie, die in Funchal gewütet hatte, waren auch Maria Ana und die kleine Ana Maria zum Opfer gefallen. Kurze Zeit schien es Constança, als könnte Nicolau bei ihr den Mut und die Kraft zum Weiterleben suchen. Als Nicolau sich in ein Kloster zurückzog, verdrängte sie ihre Kränkung, und einige Zeit später wohnte sie schon ohne jede Bitterkeit seiner ersten Messe in der Kapelle der heiligen Apostel bei.

Achtundzwanzig Jahre war sie alt, als sie Frederico Magalhães begegnete, der frisch vom Festland gekommen war und die Niederlassung einer neuen Versicherungsgesellschaft einrichten sollte. Es war am Nachmittag der Votiv-Prozession zur Erfüllung eines vor dreihundert Jahren vor dem heiligen Jakobus dem Kleinen abgelegten Gelübdes. Im Haus ihres Onkels João Vaz in der Rua da Carreira hatte sich eine große Gesellschaft von Verwandten und Freunden versammelt. Es war der erste Mai, der Frühling bot schon allerhand an Sonne, Lieblichkeit und Düften, man trug die ersten Seidenkleider und hellen Farben, die traurige Fastenzeit war überstanden.

Frederico Magalhães hatte soeben bemerkt, er kenne wohl die Fasten- und Osterprozessionen und auch die an Fronleichnam, die übrigens prächtig sei, doch von einer Votiv-Prozession habe er in Lissabon noch nie gehört. Wer könne einen armen unwissenden Kontinentalportugiesen aufklären, der die Bräuche und Traditionen dieser wunderschönen Gegend, dieser so angenehmen Gesellschaft kennenlernen wolle? Die Damen lächelten voll Wohlgefallen an dem eleganten, gutgekleideten Mann, der einen fast ausländischen Charme besaß und eine maskulin melodische Art zu sprechen. Er gab nicht auf und sah Constança an: «Senhora, hätten Sie vielleicht die Güte, mich zu belehren?» Also erzählte sie ihm von der Pestepidemie, die 1521 ausgebrochen war, davon, daß die Stadtväter, eifrig und peinlichst bemüht, die Gesundheit der Bevölkerung zu schützen, die Kranken in isolierte Häuser am Stadtrand verbannt und die Bestattungen in tiefer Nacht, fast im verborgenen, vorgenommen hatten, in der Überzeugung, daß es ungeachtet aller Grausamkeit unvermeidlich wäre, die Kranken von den Gesunden zu trennen. Doch trotz der strikten Maßnahmen tötete die Pest auch noch im Jahre 1523. Der Lehnsherr Simão Gonçalves sowie die Richter und Stadträte, der Propst und der Domkapitular versammelten sich in der Kathedrale und befanden für gut, die Wahl eines Schutzpatrons und Fürsprechers der heimgesuchten Stadt anzusetzen. Sie schrieben auf kleine Zettel die Namen Unseres Herrn Jesus Christus, der Heiligen Jungfrau Maria, den Namen des seligen Johannes des Täufers sowie die Namen aller zwölf Apostel, legten die zusammengefalteten Papiere in ein Barett und vertieften sich anschließend in fromme Gebete. Dann zog ein siebenjähriger Junge namens João einen der Zettel als Los, und es stellte sich heraus, daß dem heiligen Jakobus der Kleine zugefallen war, über die Stadt zu wachen. Sogleich wurde vereinbart, daß jedes Jahr am ersten Tag des Monats Mai eine Prozession sowie eine feierliche Messe in einem zu seiner Ehre und seinem Lob noch zu errichtenden Gotteshaus abgehalten werden solle. Doch am 2. Januar 1538, im siebzehnten Jahr der Pest, grassierte die Epidemie noch immer, und ein gewaltiges Erdbeben erschütterte die ganze Stadt, fügte zu dem Schrekken neuen Schrecken und zu den Toten neue Tote hinzu. Als hätte die Güte des Schutzheiligen endlich an die Herzen der Menschen gerührt, wurde in jenem Jahr am Festtag zu seinen Ehren beschlossen, daß die an der Pest Erkrankten nicht mehr abgesondert, sie nicht mehr aus ihren Häusern fortgeschafft und daß die Bestattungen wieder bei hellichtem Tag mit dem üblichen Zeremoniell vorgenommen werden sollten. Die Bevölkerung nahm bewegt und erleichtert das Ende der eisernen Regel auf, die Eltern von ihren Kindern, Männer von ihren Frauen, Brüder von ihren Schwestern getrennt hatte. Und von diesem Tag an ging wie durch ein Wunder die Epidemie zurück, und in Funchal kehrte wieder Gesundheit ein.

Frederico Magalhães wußte aufmerksam zuzuhören. Doch er war auch ein talentierter Plauderer. Nach einigem Drängen gab er nach und erzählte das Neueste vom Festland, von der Oper São Carlos, den Konzerten auf dem Passeio Público und bemühte sich sogar, um den Damen zu Gefallen zu sein, die jüngsten, überaus französischen Neuerungen der Mode zu beschreiben. Doch diskret und um nicht die Aufmerksamkeit allein auf sich zu konzentrieren, nutzte er den Vorwand, den der in kostbaren, zarten Kristallgläsern servierte Madeira ihm bot, um sich über den berühmten Nektar zu informieren, dem er persönlich, wie er unumwunden feststellte, Vorrang gegenüber dem Portwein einräumte. Man jubelte, alle strahlten in eitlem Stolz. «Aber welche Rebsorten gibt es hier, welche Weine sind die besten?» wollte er wissen. Eine der Damen zählte den Malvasier, den Boal, den Verdelho und den Sercial auf. «Und nicht zu vergessen, der Terrantês», steuerte Constança bei. «Es gibt sogar ein Sprichwort, das empfiehlt *Hast du vom Terrantês Trauben, laß sie weder essen noch weggeben, denn für Wein schuf Gott diese Reben, das kannst du mir glauben.* Ich muß Onkel João bitten, daß er Ihnen ein Glas servieren läßt.» Doch João Vaz, ein liebenswürdiger, gutmütiger Mann, weigerte sich: «Wenn du heiratest, Constança, wenn du heiratest, dann mache ich eine Flasche Terrantês auf.» Sie errötete – und wurde beinah hübsch, verwirrt durch Fredericos Blick, durch seinen schneidigen Schnurrbart, seine unübertrefflich akkurate Kleidung. Der Onkel spürte ihre Verlegenheit, zog sich diskret zurück und dachte sich, die arme Constança, in ihrem Alter hätte sie wirklich verdient, daß sie einen guten Mann fände.

Alles geschah rasend schnell. Ein paar rasch ins Ohr geflüsterte glühende Worte, während unten die Prozession vorbeizog, bewirkten, daß Constança sich mit ihrem ganzen Gewicht am Terrassengeländer abstützen mußte. Als er murmelte, «ich mag Sie sehr, ich mag dich sehr», blieb sie stumm, gab keine Antwort. Der plötzliche Wechsel der

Anrede traf sie wie eine lodernde Flamme. Nachdem sie den Widerstand des Vaters überwunden und die Unterstützung ihres Bruders Luís Jacinto gewonnen hatte, fand die Hochzeit einen Monat später in der Hauskapelle des Onkels Vicente Vaz statt, in der Casa do Torreo, mit einer schlichten Feier, wie es sich für eine Braut schickte, die ihre Mutter vor noch nicht einem Jahr verloren hatte. Es folgte ein Mittagessen, zwar in kleinem Kreis, aber erlesen, zu dessen Abschluß Onkel João eine Flasche Terrantês öffnete. «Versprochen ist versprochen, meine liebe Constança. Wir wünschen dem Brautpaar viel Glück.» Marta und Maria hatten darauf bestanden, *lanceiro* und Quadrille zu tanzen, die Teppiche wurden zur Seite gerollt, Tante Alexandrina setzte sich ans Klavier und Onkel Vicente übernahm das Kommando. Als die Musik schließlich unter viel Gelächter verstummte, war das Brautpaar zum Anwesen Quinta das Tílias verschwunden, das Constança von der Mutter geerbt hatte und wo sie vorläufig zu wohnen beabsichtigte, bis sie sich, wohl gegen Ende des Sommers, ein Heim in Funchal eingerichtet hatten.

Und dann, kurze drei Wochen später, brach für Constança die Welt zusammen. Es war ein Juninachmittag, strahlend schön mit gelbblühenden Akazien, vom Sonnenuntergang in rotes Licht getaucht, dort droben in dem von Dunst und Wolken freien Monte über der Stadt, dem Meer, dem Horizont. Die Welt brach zusammen, stürzte ein, zerfiel zu Scherben, es nahm ihr die Worte und den Lebensmut, sie war gebrochen, vernichtet, zerstört.

Ein aus der Hauptstadt abgeschickter und an Luís Jacinto Lacerda gerichteter Brief enthüllte, daß Frederico Magalhães verheiratet war und wohnhaft im Sprengel Mercês in Lissabon, wo seine Frau munter und bei guter Gesundheit lebte und die vier gemeinsamen Kinder versorgte. Tagelang hatte der ehrenrührige Brief in Luís Jacintos Safe geruht, nur ihm und dem Polizeichef bekannt, mit dem er aus Schulzeiten befreundet war. Und an dem Nachmittag, für den das Auslaufen eines Zweimasters nach Lissabon angekündigt war, an Bord eine bei Fredericos Gesellschaft versicherte Ladung, was dessen Anwesenheit in der Stadt bedingte, begab sich Luís Jacinto zum Büro des Schwagers, der dies gerade erst geworden oder es letztlich nie gewesen war, überreichte ihm den Brief und wartete ab, bis er ihn gelesen hatte. Trotz seines Zorns und seiner Schmach konnte er nicht umhin anzuerkennen, daß Frederico eine gewisse Haltung bewahrte und mehr noch, eine erstaunliche Art Schamgefühl. Er wurde totenblaß und fragte nur: «Weiß Constança es schon?»

«Kümmer dich jetzt nicht um Constança. Es reicht schon, welches heillose Leid du ihr angetan hast. Du hast zwei Stunden, dann verläßt du die Insel auf der *Estrela da Tarde*. Tust du das nicht, komme ich mit dem Polizeichef zurück und lasse dich wegen Bigamie, Meineid und Sittlichkeitsvergehen verhaften.»

Am Fenster des Polizeikommissariats warten Luís Jacinto und sein Freund in angespanntem Schweigen auf die Abreise des Schurken. Dann gibt Luís Jacinto seinem Pferd die Sporen und treibt es den Weg nach Monte hinauf. Durch die offenen Fenster des Salons erklingen die Akkorde von Schuberts *Ständchen* und die singende Stimme der Schwester: «Leise flehen / meine Lieder / durch die Nacht / zu dir ...» Zum zweiten Mal an diesem Tag zieht Luís Jacinto den Worten, die er nicht über die Lippen bringen würde, die nackte Wahrheit des Briefes vor. Und als sie zu Ende gelesen hat, sagt er lediglich: «Dieser Herr hat Madeira bereits verlassen, für immer.»

An Maria dos Prazeres' Schulter erstickte Constança ihr Weinen. Die alten Arme, die sie in der Kindheit gewiegt, in der Jungmädchenzeit ihren Geheimnissen Schutz und der Erschöpfung in ihrer geopferten Jugend Zuflucht geboten, sich angesichts des stürmischen Eheglücks diskret zurückgezogen hatten, diese alten Arme breiteten sich jetzt vor dem Zusammenbruch ihrer Welt, vor dem Elend ihres tiefen Falls für sie aus.

Constança machte aus der Quinta das Tílias eine Büßerzelle, in der sie in ihrer Einsamkeit und Reue dafür Sühne tat, daß sie unfähig war, Frederico zu hassen, die überschäumenden Freuden ihrer Nächte, die untröstliche Sehnsucht nach seiner Umarmung, seiner Stimme, seiner Vitalität zu vergessen. Sie kleidete sich in Schwarz. Kämmte in kaltem Zorn das blonde Haar, das noch so stark und ungebührlich glänzte, straff in den Nacken. Und befestigte am Gürtel ihres Kleides als Symbol für Entsagung und Frömmigkeit den Amethystrosenkranz, den der alte Onkel Antero ihrer Mutter aus Brasilien mitgebracht hatte. In den schlaflosen Nächten, wenn die Kälte und Feuchtigkeit der Berge mit Macht durch die geschlossenen Fenster und die Schornsteinritzen hereindrang, kämpfte Constança inständig mit aller Kraft, um nicht an Fredericos Arme, an Fredericos Wärme, an Fredericos melodische Stimme zu denken. Statt zu altern, wie sie es so sehnlich wünschte, trocknete sie nur innerlich aus, wurde sauertöpfisch im Blick und im Verhalten. Sie hüllte sich in einen Stachelpanzer, zu dem die weichen Rundungen ihres fülligen Körpers nicht passen wollten. Der Mund verzog sich endgültig zu der häßlichen dünnen Linie, die sich früher nur in kurzen Momenten der Verstimmung gebildet hatte. Einzig Marcos, der in Liebe und Fröhlichkeit aufwuchs, vermochte noch die honigfarbenen Sprenkel flüchtig aufblitzen zu lassen, die vor Ewigkeiten, so vielen Ewigkeiten einen zärtlichen Ausdruck in ihre grünen Augen gemalt hatten. Die Armen von Monte, denen sie barsch ein Almosen gab, wenn sie in der nebelfeuchten Morgenkälte nach der Sechs-Uhr-Messe aus der Capela das Babosas kam, nannten sie die lebende Leiche.

Auf dem Heimweg von einer Messe, als sie mit Maria dos Prazeres den Caminho do Desterro hinabging, geschah es, daß Constança auf den Obdachlosen traf. Sie sollte ihn immer den *Obdachlosen* nennen, auch wenn sie tief in ihren geheimsten Gedanken schluchzend Frederico rief, Frederico, mein Mann, mein Ehemann, mein Geliebter.

Der Obdachlose wurde an diesem Morgen beerdigt – einsam und verlassen. Lediglich der Priester, der Küster und zwei Totengräber gaben dem Leichnam in Erfüllung ihrer Amtspflicht das Geleit zu der trostlosen Einsamkeit des Friedhofs. «Zur Verbannung» hieß der Friedhof, und war es nicht auch so? Constança blieb stehen, Maria dos Prazeres zwei Schritte hinter ihr, so sahen sie der traurigen Zeremonie zu und sprachen die Erwiderungen zu den Gebeten des Priesters. Kein einziger Verwandter, keine einzige Blume. «Wer ist der arme Mensch?» erkundigte sich Constança, als alles vorbei war. «Das war ein armer alter Mann ohne Angehörige», antwortete der Priester, «man hat ihn gestern, als die Novene gebetet wurde, auf einer Bank in der Kapelle tot aufgefunden.»

Constança machte sich zur Gewohnheit, ihm Blumen zu bringen, es war immer ein wehmütiger, schmerzlicher Gang, der ihr indes anscheinend etwas Ruhe schenkte. Maria dos Prazeres, die sie immer begleitete, pflanzte Hortensien und Efeu rund um das Grab. Es wurde schön, das schönste Grab auf dem ganzen Friedhof. Und Constança dachte, wenn es Fredericos Grab wäre, könnte sie ihren Schmerz lindern, indem sie zu Gott betete, daß Er sie in der Ewigkeit wiedervereinte. Wäre Frederico gestorben, dann wäre der Verlust längst nicht so unersetzlich, so endgültig gewesen. Und was, wenn man sie getäuscht hatte? Wenn alles nur ein Alptraum gewesen war, wenn Frederico tatsächlich hier ruhte, geachtet und geliebt, und sie seine sich in Sehnsucht und Liebe verzehrende Witwe war, die ihn vor Gott und den Menschen beweinte – oh, mein Gott, ich verliere noch den Verstand!

In ihrem Refugium in Monte, zwischen der Quinta, der Kapelle und dem Friedhof, knüpfte Constança verbittert am Geflecht eines Ersatzlebens. Bewußt ließ sie zu ihrem eigenen Schutz und Trost Fredericos Bild mit dem des obdachlosen Alten verschmelzen und hoffte fast, daß Maria dos Prazeres von dem Grab des Senhor Magalhães spreche. Als Kompromiß zwischen Wahn und Wahrheit besuchte sie weiterhin die Grabstätte auf dem Friedhof zur Verbannung und betete für Frederico, ging zur Messe und dachte an die kurzen Wochen ihres Glücks zurück. Und hoffte, daß die Familie, die Freunde, die Stadt sie vergaßen, die Nebel von Monte paßten zur Umschattung in ihrem Gemüt.

Die öffentliche Empörung über den Skandal, die Frederico Magalhães' Bigamie ausgelöst hatte, verklang und verlöschte, wie bei allen Skandalen, zumal auch kein weiterer Scheit auftauchte, der das Feuer noch hätte nähren können. Das auf Klatsch und Intrigen erpichte Funchal hatte den saftigen, köstlichen Festschmaus mit zwei Bissen verschlungen. Constança und Frederico waren in aller Munde gewesen, Gesprächsstoff in allen Salons, hatten Abendessen, privaten und öffentlichen Geselligkeiten, Ausflügen und Konzerten auf der Praça da Constituição Würze verliehen. Und am Ende sorgte die Zeit für Vergessen. Zwölf Jahre waren nach dem Enthüllungsbrief vergangen, als Constança zu einem kurzen Auftritt nach Funchal hinunterkam. Marcos, ihr Lieblingsneffe, das Kleinkind ihrer traurigen Einsamkeit als Zwanzigjährige, der als einziger in ihrem erloschenen Blick Zärtlichkeit zu wecken vermochte, Marcos wollte Raquel Passos Villa heiraten und hatte sich zur Quinta das Tílias begeben, um zu sagen: «Komm, Tante, ohne dich gibt es keine Hochzeit.» Constança kehrte für wenige Stunden in die Welt zurück. Sie tauschte die ewige Baumwolle ihrer Trauerkleidung gegen einen wunderschönen schwarzen Samt aus. Über ihr Haar, das endlich ergraute, legte sie eine Gipüre-Spitze. Der Amethystrosenkranz hing wie immer klösterlich anmutend am Gürtel ihres Kleides. Sie war eine auffallende und anrührende Erscheinung, vielleicht ein bißchen im Wahn, in einem ruhigen, bewußten, würdigen Wahn. Und was die anderen am meisten verwirrte, all jene, die meinten, einer geduckten, gedemütigten und gebrochenen Frau zu begegnen, was sie am meisten verwirrte, war die kaum verhohlene Verachtung in ihrem Blick, ihre vollkommene Sicherheit, ihre klare Unabhängigkeit. Marcos vergötterte sie. Und Raquel, unfähig, sie zu lieben, sah sich durch die aufrichtige Rührung, die sie angesichts dieses tiefen Einvernehmens empfand, von Schuldgefühlen befreit.

Sie sieht von den Hunden auf und richtet den Blick auf Felismina: «Ich muß die Tante nach Funchal mitnehmen, Felismina. Der Herr Doktor kommt zurück und wird nicht zufrieden sein, wenn Tante Constança nicht im Haus ist. Hilf mir, sie zu überzeugen, Felismina.» Das alte Hausmädchen streichelt ihr genau so liebevoll ergeben über die Hände, wie die Hunde sie kurz zuvor geleckt haben. Voll tiefem, versöhnlichem Vertrauen drückt Raquel die Stirn auf die faltigen Hände, die ihre halten, und denkt: «Was würden wir ohne sie alle tun, ohne Felismina, Ludovina, Rosa, Madalena, was würden wir bloß ohne sie tun?»

*Marcos*

Als die *Warwick Castle* vor Anker geht, ist es für die Kontrolle durch die Quarantänepolizei schon zu spät, weshalb das Ausschiffen erst am nächsten Morgen erlaubt sein wird. Ruhelos vor Erwartung bleiben die Passagiere länger als üblich wach, schlendern über die Decks und schauen auf die dunkle Masse der Insel mit all ihren Verheißungen und Überraschungen. Marcos' Blick folgt dem Strichelnetz der Lichter, das die Straßen von Funchal nachzeichnet. Eine nach der anderen erkennt er sie, wie sie die Hügel hinaufsteigen, bis sie sich in einem dunklen Gebiet verlieren, das seinerseits in die feuchte Geschmeidigkeit des Himmels übergeht. Sein Haus, sein Garten liegen dort, auf halber Höhe, etwas weiter rechts, wo die Straßenlaternen spärlicher, die dunklen Flächen größer werden und alles in unscharfen Umrissen versinkt.

Als besondere Gefälligkeit gegenüber seinem Kollegen von der Marine hat der Kapitän Marcos eine Schaluppe zur Verfügung gestellt, die ihn unauffällig an Land bringen soll. Inzwischen haben sich alle an Bord zur Ruhe begeben. Marcos verabschiedet sich vom wachhabenden Offizier, steigt die Jakobsleiter hinunter und unterdrückt den Impuls, selbst zu den Rudern zu greifen und das Wasser zu teilen, schnell, schnell, hinüber zum Ufer, nach Hause, zu Raquel. Tief atmet er den vom Land her wehenden Wind und den salzigen Gischtgeruch ein, läßt selbstvergessen und glücklich die Signale der Insel, die Sprache ihrer unerschütterlichen, einsamen Gestalt, das Gefühl von Geborgenheit in ihrer Gewißheit und Kraft auf sich einwirken. Er steigt am Strand aus, bedankt sich bei den Matrosen, die gleich wieder zum Schiff zurückrudern, und macht sich auf den Weg, die Hände tief in die Taschen gegraben, die erloschene Pfeife zwischen den Zähnen, den Kragen des Militärmantels im Nacken hochgeschlagen. Der Morgen wird vermutlich sonnig und lau sein, doch in den spätabendlichen Stunden sammelt sich eine Feuchtigkeit, die bis auf die Knochen dringt. Mit seinen weit ausholenden Schritten überquert er die Rua da Praia und die Praça da Constituição, geht an der Kathedrale entlang, dann die Rua de João Tavira hinauf, am Colégio dos Jesuítas vorbei, über die kleine Brücke, die den schmalen Lauf des Santa-Luzia-Flusses überquert, und nimmt die steile Straße zu seinem Haus in Angriff. Zur Beruhigung seines Atems hält er ein paar Sekunden inne, ehe er in die Rua do Vale Formoso einbiegt. «Zum schönen Tal, so ein blödsinniger Name für diese Straße», denkt Marcos zum hundertsten Mal in seinem Leben, «schön, ja, aber Tal? In Täler steigt man ab, aber nicht auf! Vielleicht ist ja, wer immer auch diese Straße so getauft hat, von Monte heruntergekommen. Oder er ist bis hier heraufgestiegen und hat da unten die Fenchelbuschhaine aus den allerersten Zeiten gesehen, durchbrochen vom feuchten Glanz der Bäche und den vereinzelten Häusern, und dann hat er die Stelle hier als die beschrieben, von der aus man das schöne Tal sieht.»

Bis hierher ist die Straßenbeleuchtung noch nicht gedrungen, doch auch ohne etwas zu sehen, findet Marcos sicher den Weg zwischen den hohen Gartenmauern und folgt der Wellenlinie der Kurven, die sich nach links oder nach rechts krümmen. Endlich erreicht er die Gartenpforte, seine Pforte, die Pforte seines Gartens, und stößt sie behutsam auf, um jedes Geräusch zu vermeiden. Die Erinnerung an die Hunde, die schönen deutschen Schäferhunde, die Andrés und Beneditas Kindheit begleitet haben und schon vor ein paar Jahren an Altersschwäche eingegangen sind, läßt ihn auf der Schwelle zur Terrasse innehalten und an ihre liebevoll brutalen Begrüßungen zurückdenken, an ihre kräftigen Pfoten auf seiner Schulter, ihr bedrohliches Bellen, das so klang, als käme es aus tiefster Erde. Leise tritt er ins Haus, zündet die Kerze auf der Konsole im Vestibül an, sucht in der Bibliothek nach einem Blatt Papier und schreibt einen kurzen Gruß an seine Kinder: «Ich bin in der Nacht angekommen. Weckt mich nicht. Wenn Ihr aus der Schule zurückkommt, sind die Koffer – und die Mitbringsel – schon hier. Küsse. Papa.» Er lehnt das Blatt an die dicke Blumenvase, da können André und Benedita es nicht übersehen, wenn sie zum Frühstück hinunterkommen.

Dann geht er hinauf in den ersten Stock, öffnet die Tür zum Schlafzimmer und lächelt über das Licht, das Raquel immer brennen läßt, wenn sie allein schläft. Das ist eine aus der Kindheit beibehaltene Angewohnheit, die sie nach der Heirat abgelegt hatte, aber wenn Marcos unterwegs ist, wieder aufnimmt. Er dreht die Flamme der Petroleumlampe höher und betrachtet seine im Schlaf so verletzliche Frau. Sie wirkt in dem hochgeschlossenen Nachthemd überraschend jung, das Haar liegt auf dem Kissen ausgebreitet, ihre unberingten Hände ruhen flach auf der Decke. Ganz leicht berührt er ihre Finger, sieht in Gedanken vor sich, wie sie, sobald sie abends das Schlafzimmer betritt, rasch alle Ringe abstreift, als wären sie ein unbequemes Kleidungsstück, das es schnell abzulegen gilt. Raquel mit ihren kleinen Ticks ... Ihm wird bewußt, daß er ihre Hand zu stark drückt, er wird sie aufwecken, das will er noch nicht, er tritt zurück und beginnt, sich flink zu entkleiden, wobei er die Sachen so ordentlich wie ein alter Seemann über den Stuhl hängt. Er legt sich nackt ins Bett und tastet nach Raquels Körper. Küßt ihre Handflächen, ihre Augen, ihren Hals, ihren Mund, küßt sie leidenschaftlich, während seine Hände die runde Wärme ihrer Brüste, ihren vollkommen glatten Bauch, ihre langen Beine und ihr Geheimstes wiederfinden. Er fühlt, wie sich Raquels Arme um seinen Rücken schließen, ihre Lippen den seinen antworten, ihr Körper sich an seinen preßt. Kein Zögern, kein Erschrecken, auch keine Worte, nur sofortiges Erkennen, sofortige Erwiderung seines Verlangens, seiner Begierde, seines Hungers. Sie ist es, die ihr Nachthemd auf den Fußboden wirft, und sie ist es, die ihn sekundenlang zurückhält, damit sie sich ansehen können, o Marcos, mein Liebling, die Zeit war so lang!, sie blickt ihm tief in die Augen, die grünen Sprenkel der Freude sind da, über die honigfarbenen Pupillen verteilt, und er seinerseits sieht das Grau von Raquels Augen in warmes, unruhiges Licht zerflossen, endlich sind sie beisammen, wieder umarmen sie sich, Marcos fühlt, wie erwartungsvoll feucht sie ist, er kann nicht länger warten, will in sie eindringen, sie ganz besitzen, jetzt flüstert er, Raquel, mein Liebes, die Zeit war so lang! Doch wieder hält sie ihn und sein Drängen zurück, preßt sich weiter an ihn, bewegt sich langsam und bestimmt, Marcos fühlt seinen Penis an der Schwelle zu ihrem Geschlecht fest umschlossen, und sie bewegt sich rhythmisch weiter, während ihr Mund über seinen Oberkörper, seine Schultern, seine Brust, seinen Hals wandert, dort, wo der weiche, dichte Bart beginnt, öffnet sie die Lippen einen Spalt, ihre Zunge wandert über seine Haut, es ist wunderbar und erregend, aber nichts im Vergleich zu der gewaltigen Lust, die ihre Bewegungen in ihm wecken und auch in ihr, der Blick auf ihr Gesicht überwältigt ihn, sie hat die Augen geschlossen, ihre Wimpern werfen zarte Schatten auf die Wangen, auf ihrem schönen Gesicht liegt ein unbeschreiblicher Ausdruck, sie ist angespannt, voller Erwartung, sucht, bewegt sich, sie ist so feucht und so heiß, und plötzlich stößt sie leise Schreie aus, oh, Marcos, Marcos, oh, Liebling, mein Liebling, preßt sich noch fester an ihn, ihre Hände zucken auf seinem Rücken, ihr Gesicht strahlt jetzt vor Lust und Erfüllung. Raquel schlägt langsam die Augen auf, weicht zurück, lächelt ihn an und bittet, «komm, Marcos, komm schnell, komm ganz schnell zu mir», und er dringt endlich in sie ein und entdeckt zu seinem grenzenlosen Entzücken, daß ihr Körper ihn so zärtlich empfängt wie nie zuvor, den seinen so kraftvoll und weich umschließt wie nie zuvor, sich in so maßloser Herrlichkeit entfaltet hat wie nie zuvor.

Sie sehen sich bewegt, verwundert und dankbar an. In Raquel ist kein Platz für Fragen. Sie schwebt in einem nie gekannten Gnadenzustand, fest umschlossen von Marcos' Armen, murmelt sie halb scherzend, halb ernst: «Das war wie Vivaldi und Beethoven, Lebensfreude und Intensität, ein unvergleichliches Gefühl, lebendig zu sein und geliebt zu werden, hast du das auch so empfunden, Marcos?» Unfähig, seine unterschwellige Fassungslosigkeit noch länger zu verdrängen, antwortet Marcos nicht direkt, sondern sagt: «Wie schön, mein Liebling, wie schön, daß du die Lust an deinem Körper entdeckt hast. Wie ist es nur möglich, daß ich als Arzt dir nicht besser und nicht schon früher geholfen habe, dahin zu gelangen? Ich bin so egoistisch gewesen, mein Liebling, du bist erschöpft, Raquel, willst du jetzt schlafen?»

Raquel will nicht schlafen, nicht nach dieser wunderbaren Entdeckung. Noch nie hatte sie diesen Impuls, dieses dringende Bedürfnis verspürt, sich eine Weile an Marcos' Geschlecht gepreßt zu bewegen, immer weiter zu bewegen, in Erwartung von etwas, das kommen mußte und viel schöner und stärker sein würde als die aufwühlende Lust, die sie da bereits empfand. Und sie hatte recht gehabt, denn was geschehen war, hatte alle ihre Erwartungen übertroffen, es war ein ungeheures, langes Vibrieren gewesen, das durch ihren ganzen Körper gelaufen war, einmal und noch einmal und noch einmal, eine Ekstase, eine uneingeschränkte Vereinigung. O Marcos, wie sollte ich jetzt schlafen wollen? Wieder küßt er sie, immer wieder, innerlich jubelnd und dankbar. Ohne ihre Beharrlichkeit, ohne den Mut ihres Bestrebens hätten sie nie die volle Erfüllung ihrer körperlichen Beziehung erreicht. Marcos schiebt seine Gedanken weg, jetzt will er nicht abgelenkt werden, jetzt will er nur Raquels großartigen Sieg auskosten, noch einmal die herrliche Veränderung ihres Antlitzes sehen, noch einmal die Intensität ihrer Bewegungen beim Streben nach der Lust erleben, zurückkehren in den warmen, pulsierenden Samt ihres Geschlechts, das er – wie er jetzt weiß – ja gar nicht kannte und nun sehnsüchtig neu entdecken will. Raquel flüstert ihm noch mit heißem Lachen ins Ohr: «Marcos, mein Liebling, hast du auch den Gesang der Wellen und die Harfenklänge des Mondscheins gehört, hast du auch die Sommersonnenwende und die Winde von den Bergen erlebt?» Marcos lächelt, antwortet aber nicht. Er küßt und beißt und küßt wieder die Schultern seiner Frau, schickt begehrliche Wellen durch ihren ganzen Körper. Raquel gibt sich der zärtlichen Gewalt der Aufforderung ganz und gar hin.

«Die Menschen sind blind», denkt Marcos, zwischen Tante Constança und seiner Cousine Marta Vaz sitzend, «hier sind wir, Raquel und ich, von jedem Millimeter unserer Haut, aus jeder Fiber unserer Stimme spricht unser Glück, und niemand merkt es, niemand sieht es, nein, das stimmt so nicht, wenn wir frisch verheiratet wären, dann würden alle verkünden, daß wir vor Glück strahlen, in diesem Fall kommt einfach niemand auf die Idee, ein Paar könnte nach so vielen Ehejahren noch eine glorreiche Liebesnacht erleben. Was berechtigt eigentlich zu der allgemein verbreiteten

These, Leidenschaft sei ein Privileg der Jugend und die Flitterwochen die einzige Zeit aller Wonnen? Die Flitterwochen sind doch eigentlich nur Lehrzeit, Eingewöhnung, der Anfang eines langen Weges mit ständiger Neuanpassung. Raquel lächelt Margarida zu, aber ich bin sicher, daß ihre Gedanken weit weg sind, bei mir, zum Teil bei der gestrigen und zum Teil bei der kommenden Nacht. Raquel strahlt eine neue Harmonie aus, eine neue Vitalität, alles ist anders, auch wenn sich äußerlich nichts verändert hat, ist es wirklich möglich, daß keiner die Aura rings um sie wahrnimmt? Aber andererseits auch gut so, solche Geheimnisse teilt man nicht mit anderen. Sieh zu mir her, Raquel, bitte ...»

Am anderen Tischende hebt Raquel den Blick und lächelt ihm zu. Wunderschön sieht sie aus an diesem Abend, verschwunden sind ihre Kühle und Reserviertheit. Sie ist pastellfarben gekleidet, eine Mischung aus Rosa, Beige und Silber, diese undefinierbare Farbe, die irgend jemand absurderweise «Täubchenbrust» getauft hat und die das Grau ihrer Augen und das rote Haar im Ton von altem Wein noch unterstreicht. Sie führt den Vorsitz beim Essen so gekonnt und anmutig wie immer, und Marcos fängt ihren Blick in geradezu komplizenhaftem Einvernehmen auf.

Raquel hat auf einem Willkommens-Abendessen bestanden. Wenn sie schon nicht das ganze Ausmaß ihres Glücks herausschreien kann, will sie wenigstens den Anlaß und Grund dieses Glücks feiern, die Heimkehr ihres Mannes, «die Rückkehr des verlorenen Sohnes», wie es der alte Domherr und Großonkel Nicolau biblisch ausdrückt. Denn er hat den Segen für das Abendessen gesprochen, bevor sie ihre Plätze einnahmen, er hat zu Gott um Schutz für die wieder vereinte Familie gebetet. Raquel hat nur ihre Brüder Paulo und André mit ihren Frauen eingeladen, außerdem Marcos Schwester Margarida mit ihrem Mann und die Tanten Marta und Maria Vaz, innige Freundinnen von Tante Constança. Sie sind zwölf, die richtige Anzahl für ein Essen im kleinen Kreis, mit mehr Gästen wäre es eine mondäne Abendgesellschaft, so können sich alle unbeschwert und in Ruhe unterhalten, wie es ihnen die sicheren verwandtschaftlichen Bande gewähren. Weihnachten steht vor der Tür, das Haus hat sich bereits mit seinen Farben und Vorboten geschmückt. Man spricht über die Geschenke für die Kinder, es sind schon zehn in der Familie, man kann ungestört sprechen, kein Problem, die Kinder essen im Anrichteraum, wo die alten Hausmädchen, die fast ihre Mütter waren, ihnen servieren, Marcos hat sehr kuriose Gegenstände von den Eingeborenen mitgebracht, Benedita und André werden begeistert sein.

«Die würde ich dann gern einmal sehen, wenn es möglich ist», bittet der Domherr mit seiner vollen Baritonstimme, die auch sein hohes Alter nicht geschwächt hat. «Aber sag, mein lieber Marcos, hast du etwas von den Forschern und Geographen gehört?»

«Zur Zeit sind unzählige Expeditionen in ganz Afrika unterwegs. Italiener, angeführt vom Marquis de Antinori, sind in Kafta; Belgier sind in Manza angekommen, wo Cambier mit dem berühmten afrikanischen Häuptling Mirambo zusammengetroffen ist; Franzosen, unter denen sich der Abbé Debaize hervortut, sind bis Kuiara gekommen; Engländer haben unter Keith Johnson Sansibar erreicht; und Deutsche haben sich von Tripoli auf den Weg nach Sokra gemacht. Und natürlich gibt es auch portugiesische Expeditionen: Capelo und Ivens stehen in der Cassanga-Steppe, und als ich Kapstadt verließ, befand sich Serpa Pinto in Pretoria. Wenn all ihre Berichte veröffentlicht werden, zeigen sie mit Sicherheit das wahre Gesicht des afrikanischen Hinterlands.»

«Nach der Barbarei des preußisch-französischen Kriegs», bemerkt Raquel, «ist es tröstlich zu sehen, daß die Europäer sich noblen und nützlichen Aufgaben zuwenden.»

«Du hast recht, mein Kind», pflichtet der Domherr zu ihrer Rechten ihr bei, «Kriege sind ein Vergehen gegen die Intelligenz der Menschen und den lieben Gott, der uns erschaffen hat. Aber anscheinend sind die Regierungen, eine wie die andere, unfähig zu begreifen, wie kostbar der Frieden ist.»

«Gebe Gott, daß nicht schon wieder ein neuer Krieg vorbereitet wird», wirft André Passos Villa ein. «Hast du gehört, Marcos, daß dein Kanonenboot die Station Moçambique verlassen hat und auf dem Weg nach Macau ist?»

«Die *Mandovi*? Nein, das wußte ich nicht. Ich habe heute noch keine Zeitung gelesen. Warum?»

«Es scheint, daß die Chinesen das Territorium wieder einmal bedroht haben, und Lissabon hat vier Kriegsschiffe entsandt, die ersten beiden sind aus Moçambique ausgelaufen: die Kanonenboote *Mandovi* und *Rainha de Portugal*. Die *Tejo* und die *Tâmega* haben Lissabon bereits verlassen und sind unterwegs.»

«Wieder so ein Scharmützel, das zu nichts führt», beruhigt Marcos sie. «Die Chinesen werden wie üblich ein paar in Macau beheimatete Dschunken und Schuten beschlagnahmt haben. Wir erscheinen mit Kriegsschiffen, die Boote werden zurückgegeben, und in einem Jahr geht alles von vorn los. Das sind die üblichen Schikanen des Himmlischen Reichs.»

«Eines Tages ist es endgültig», meint Margaridas Mann Rodolfo. «Macau wird nicht ewig unter portugiesischer Verwaltung bleiben. Durch ständig neue Bedrohung werden die Chinesen den endgültigen Bruch erreichen.»

«Das glaube ich nicht», widerspricht der Domherr, «solange England und Portugal es nicht wollen, werden die Verhältnisse sich nicht ändern. Was wäre China ohne die beiden großen europäischen Häfen, ohne Macau und Hongkong?»

Als das Abendessen beendet ist, dürfen die Kinder, von ihren Müttern streng ermahnt, in den Salon kommen. Marcos und Rodolfo gehen zum Rauchen auf die Terrasse, die Nacht ist mild und sternklar, wie im späten Sommer.

«Es fällt mir schwer, dich gleich am ersten Tag zu behelligen, aber es ist nun mal so, daß aus Demerara keine guten Nachrichten kommen», sagt Rodolfo halblaut. «Es hat in Georgetown einen großen Brand gegeben, der eine ganze Reihe von *rum-shops* vernichtet hat, darunter auch unsere. Margarida habe ich noch nichts gesagt.»

«Hast du von Eusébio Amaro Post erhalten?»

«Ja. Heute. Wenn du morgen im Büro vorbeikommst, könnten wir die Antwort gemeinsam aufsetzen.» Und ein wenig tadelnd: «Es wäre schön, wenn du dich etwas mehr für die Geschäfte der Familie interessieren würdest, Marcos. Schließlich bist du ein Lacerda und nicht ich ...»

«Ich bin zwar ein Lacerda, verstehe aber nichts von Geschäften. Das weißt du, Rodolfo, tu mir den Gefallen und führe sie weiter. Aber ich verspreche dir, daß ich morgen nach dem Krankenhaus zu dir ins Büro komme.»

Margarida erscheint zwischen den Flügeln der französischen Tür und fordert ihren Mann und ihren Bruder auf, in den Salon zurückzukommen, Paulos Töchter werden vierhändig spielen, man muß den Kindern zuhören, sie anspornen, ihnen applaudieren.

Auf das Schlimmste gefaßt, bietet Marcos sich an, die Seiten der Partitur umzudrehen, doch die Nichten überraschen ihn mit der fehlerfreien Leichtigkeit ihres Spiels, sie spielen Vivaldi, eine alte Liebe der Villas. Raquel lächelt Marcos über das Klavier hinweg zu, «es war wie Vivaldi und Beethoven, mein Liebling.» Anschließend spielen sie Bach, das Klavier vibriert unter den Kinderfingern in einer heiteren, behenden Kantate. Sie spielen gut, die kleinen Mädchen, und geben einen reizenden Anblick ab mit der Ernsthaftigkeit ihrer kleinen braunen Gesichter und der zarten Kraft, die sie in ihre Präsentation legen. Paulo und Angélica können kaum ihren Stolz verhehlen, als der Applaus zu Ehren ihrer Töchter aufbrandet.

«An Bord habe ich in einer Zeitung aus Kapstadt gelesen», erinnert sich Marcos, «daß in Amerika eine neue Anwendungsmöglichkeit von Edisons Erfindung großen Erfolg hat.»

«Der Edison mit dem Phonographen, Papa?»

«Ja, genau der, André. Es handelt sich um einen enorm großen Phonographen, der eigens für die völlig naturgetreue Wiedergabe von Musik und Gesang bestimmt ist.»

«Das ist ja unglaublich! Und das funktioniert?»

«Anscheinend ja. In der Zeitung stand, Edison habe in einem New Yorker Theater ein öffentliches Experiment vor fünftausend Menschen durchgeführt, darunter Wissenschaftler und Journalisten. Er hat erklärt, wie das System funktioniert, und verkündet, daß er anschließend das Experiment machen werde. Im Saal wurde es mäuschenstill, und der Phonograph sagte klar und deutlich: *Es lebe die Republik!*»

«Ja, und dann, Papa?»

«Dann gab der Phonograph der Zeitung zufolge die Hymne zum hundertsten Jahrestag der Unabhängigkeit der Vereinigten Staaten wieder, in einem so reinen Chorgesang, als wären es menschliche Stimmen.»

«Das ist ja phantastisch!» begeistert sich Paulo, der Musiker in der Familie. «Meinst du, daß dieser Spezialphonograph irgendwann so verbreitet sein wird, daß man solch einen Apparat im Haus haben und die Konzerte und Opern hören kann, die man will?»

«Laut Zeitungsnotiz hat der Phonograph an dem Abend Melodien aus *Lohengrin*, dem *Troubadur* und den *Hugenotten* verblüffend präzise gespielt und genau im Tonfall der Künstler des New Yorker Opernensembles.»

«Oh, aber ich habe in einer Zeitschrift, die heute aus London gekommen ist, etwas noch Erstaunlicheres gelesen», unterbricht Rodolfo, «es scheint, daß Mr. Bell, der Erfinder des Telephons, an einem Mechanismus arbeitet, der es ermöglicht, über den Telegraphen zu sehen, so beschreibt jedenfalls die Zeitschrift die Erfindung. Könnt ihr euch vorstellen, daß Fotografien durch die Luft reisen? Der Journalist schreibt, damit habe der menschliche Erfindungsgeist ein neues Wunder vollbracht.»

«Wir leben wirklich in großartigen Zeiten», bemerkt begeistert Marta mit ihrem ewig jungen Geist. «Das mit dem Telephon, zum Beispiel, das käme mir gut zupaß. Was meint ihr, bekommen wir das bald hier auf Madeira? Wäre es nicht schön, Maria, wenn wir unseren Unterricht mit Hilfe eines solchen Apparats vereinbaren könnten, ohne Boten schicken zu müssen, um die Französischstunde auf einen anderen Tag oder den Malunterricht auf eine andere Uhrzeit zu verlegen?»

Alle lachen und ergehen sich in Mutmaßungen über die Vorteile des Telephons, mit dessen Hilfe man sich, ohne das Haus zu verlassen, nach dem Befinden kranker Freunde, dem Prüfungsergebnis der Kinder, dem Datum für ein Fest oder der Ankunft eines Schiffes wird erkundigen können. Welch eine Vereinfachung, welch eine Erleichterung!

«Telephon, Phonograph, Telegraph mit Bildern, was für unterhaltsame Abende können wir damit veranstalten, wenn wir das alles haben!»

«Dieser Abend war auch ohne all diese modernen Erfindungen sehr unterhaltsam», verabschiedet sich Margarida, «danke, meine liebe Raquel, es war ein wunderbares Abendessen.»

Als alle Gäste fort sind, geht Raquel in die Küche, wie sie es immer tut, um die Mahlzeiten für den nächsten Tag zu besprechen und eine gute Nacht zu wünschen. Bei Einladungen wie dieser dankt Raquel den Dienstboten für ihren Dienst, ihre zusätzliche Arbeit, ihre sorgfältige Arbeit. Ihre Eltern hat sie kaum gekannt, an die Großmutter kann sie sich kaum erinnern, der Großvater André hat sie so erzogen, wenn es ein Fest im Haus gab, nahm er sie mit in die Küche, «bedank dich, Kind, ohne ihrer aller Mühe wäre nichts zustande gekommen.» Raquel pflegt gern die Traditionen, sie sieht sich gern als jene, in der sich die Vergangenheit fortsetzt, die gesunde und kultivierte Bräuche weitergibt, sie hofft, daß auch ihre Kinder die Rituale der Familie befolgen werden.

Als sie in den Salon zurückkommt, sind die Kinder schon schlafen gegangen. «Du darfst sie nicht mehr Kinder nennen», macht Marcos sie aufmerksam, während er mithilft, die Kerzen in den mächtigen Leuchtern zu löschen, «nach diesem einen Jahr Abwesenheit merke ich besonders deutlich, wie groß sie geworden sind, wieviel reifer sie sind. Ich finde, Raquel, daß sie richtig interessante Menschen werden.»

Arm in Arm steigen sie die Treppe hinauf und sprechen über die Kinder. Raquel erzählt Episoden aus dem langen Jahr, in dem ihr Vater sie nicht hat heranwachsen sehen, doch Marcos hört nicht zu. Plötzlich, wie ein Alarmschrei, ist ihm bewußt geworden, daß er in der Nacht keinerlei Vorkehrungen getroffen hat, sich überhaupt nicht vorgesehen hat. Bei all dem Staunen und Überwältigtsein war kein Platz für Vorsicht, für klare Gedanken. Und dabei darf Raquel nicht schwanger werden, auf keinen Fall darf es wieder zu einer solchen Entbindung wie der letzten vor zwölf Jahren kommen, die so schwierig war und so lange dauerte und mit einem toten Kind und einer völlig erschöpften Mutter geendet hatte. Nein, Raquel wird keine Kinder mehr bekommen, das will er nicht, er wird es nie zulassen, auch wenn es ihm, nach dieser glorreichen Nacht, noch so schwer fällt, zum *coitus interruptus* zurückzukehren. Wie sagte doch der alte Arzt, der Raquel bei jener Geburt beigestanden hatte? «Vorsicht, Kollege. Es wäre besser, das Erdreich zu lockern und die Saat danebenzuwerfen.»

Sie sind in der Schlafzimmertür stehengeblieben, und Raquel sieht ihn an, verwundert über sein Schweigen und seine mangelnde Aufmerksamkeit. Er drückt sie fest an sich, kann seine Ängste nicht mehr unterdrücken und sagt, «du darfst nicht schwanger werden, mein Liebling, ich habe solche Angst.» Raquel streicht ihm zärtlich über das Haar, den Hals, das Gesicht, in dem sie Unruhe und Anspannung liest, wo bleibt die Stärke des starken Geschlechts? Seine Arme, sein Körper, seine Liebe sind stark und schön. Sie denkt an den alten englischen Satz, den Marcos einmal zitiert hat: Um Frauen zu gefallen, müssen Männer wie Kaffee sein, *hot, sweet and strong*. Aber seelisch sind sie nicht stark. Frauen, die sind stark, immer bereit, Kinder zu bekommen, ungeachtet der Gefahr, sie könnten dabei sterben. Stark ist nicht, wer in den Krieg oder ins Abenteuer zieht, stark ist, wer bleibt, über das Haus und den Lebensquell wacht, für Kontinuität sorgt, die Werte verteidigt, die das Leben rechtfertigen und selig machen. Raquel wiegt Marcos in ihren Armen, liebkost ihn mit ihren zärtlichen Händen, «sprich jetzt nicht von Angst, Liebling, ein Kind wäre wunderbar, daran habe ich auch schon gedacht, aber kein Junge, nein, ein Mädchen, aus einer solchen Nacht muß ein Mädchen hervorgehen, und wenn es so kommt, will ich sie Clara taufen, denn sie hat ihren Ursprung in der schönsten, strahlendsten Nacht unseres Lebens ...»

« ... bei Beethoven und Vivaldi», ergänzt Marcos, geht auf Raquels Spiel ein und schiebt die Angst weit weg, weit hinter die geschlossene Tür, weit weg von dem Schlafzimmer voller heraufbeschworener Erinnerungen, in dem sie gleich darauf die Seligkeit einer vollkommenen Vereinigung erneut erleben.

*Marta und Maria*

Die alten Mädchen haben kein Alter. Sie gehören zu jener Gruppe der namenlosen, häufig lächelnden und oft seufzenden, auch so manche Träne vergießenden Außenseiterinnen, zu jener Gruppe der endgültig allein gebliebenen, pathetischen Frauen ohne Mann. Sie haben aus unterschiedlichen Gründen nicht geheiratet, weil sie am Bett kranker Eltern verblüht sind, weil sie ihre Jungfräulichkeit in einem nicht mehr zu verheimlichenden Skandal verloren haben, weil sie zu häßlich sind oder zu arm oder zu fade, aus irgendeinem dieser Gründe, die für einen Mann noch nie gegolten haben, oder gibt es etwa einen Junggesellen, der dies nicht aus freien Stücken wäre, auch wenn er häßlich, fade oder dumm ist, von Schürzenjägern oder selbst armen Schluckern ganz zu schweigen, wann kommt es schon vor, daß ein armer Mann nicht heiratet, und sei es, daß er sich an eine reiche Frau aus niedrigster sozialer Schicht verkauft?

Sie gehen ständig zu Besuch, die alten Mädchen, was sollen sie auch sonst mit ihrer Zeit anfangen? Sie erscheinen vormittags, vor dem Essen, immer bereit, sich mit an den Tisch zu setzen, in der Gewißheit, liebevoll eingeladen zu werden von Onkel und Tante Vasconcelos, Cousine Joaninha, den Paten Freitas, der uralten Großtante Eugénia Matilde. Wenn ihre Einkünfte spärlich sind, nutzen sie die Fülle der reich gedeckten Tische, wo in der Regel zwei Suppen serviert werden, eine Hühnerbrühe und eine Gemüsecreme, ein Fischgericht und eins mit Fleisch, Süßspeise und Obst, vielleicht noch Käse. Sie greifen tüchtig zu, da sie ja den unerschütterlichen Anstand haben werden, bei allem nachsichtigen Drängen der Gastgeber die Einladung zum Abendessen abzulehnen. Allerhöchstens bis zum späten Nachmittag bleiben sie, bis zu der ruhigen Dämmerstunde, wenn die Hände die Arbeit an der Spitze oder am Kreuzstich unterbrechen und die Blicke sich, in Erwartung des baldigen Rituals, den anmutigen Blumen oder den schlanken Bäumen im Garten zuwenden. Und tatsächlich, wenige Minuten später erscheint eins der Hausmädchen in frisch gestärkter Schürze und serviert trockenen Madeira, einen *Sercial* oder *Verdelho*, der klar in den alten Kristallgläsern funkelt. Von November bis März werden sie sich wahrscheinlich im Nähzimmer aufhalten, nur unter Frauen, in einer für die alten einsamen Mädchen tröstlichen Intimität. Doch das restliche Jahr über und an allen schönen Wintertagen, jenen schönen, von den Engländern der Insel immer als *glorious* bezeichneten Tagen, sitzen sie unter den Pergolas oder auf den überdachten Terrassen, eingerahmt von den frischen, gekräuselten Farnbüscheln, die aus Töpfen hoch oben an den Wänden herabhängen.

Die alten Mädchen gehören zu einer jeden Familie, sie sind so unvermeidlich, unverzichtbar und geachtet wie die alten Hausmädchen. Sie haben geschickte Hände oder sind von Geburt an faul, sind geistig lebhaft und rege oder von einer heillosen Gleichgültigkeit gegenüber dem Leben, das sich um sie herum abspielt, an dem sie jedoch kaum teilhaben. Sie verabschieden sich vor dem Abendessen, lehnen taktvoll die taktvolle Einladung ab, brechen mit ihrem einzigen Hausmädchen auf, einem so alten und alterslosen Mädchen wie sie selbst, und am nächsten oder übernächsten Tag stehen sie bei anderen nahen oder entfernten Verwandten vor der Tür, begleiten eine Cousine zum Arzt, zur Schneiderin oder zum Einkaufen, verdrängen ihre christliche Erziehung und die in der Kindheit gehörten Gebote der Nächstenliebe und reden über die jüngsten Gerüchte in der Stadt, vernichten gute Leumunde oder stiften neue Vorbilder an Tugend, Schönheit und Geist.

Die alten Mädchen – wie auch die alten Hausmädchen – spielen in der Familie jene Rolle, die in der griechischen Tragödie der Chor innehatte: sie sind nicht Teil der Geschichte, doch ohne sie hätte die Geschichte kein Echo, keinen Hintergrund, keine Kraft. Und alle wissen, niemand vergißt, daß es so ist. Deshalb werden die alten Mädchen, unabhängig davon, ob sie reich oder arm sind, sympathisch oder unangenehm, immer freundlich empfangen, ihr Platz am Tisch ist immer gedeckt, die Hausangestellten bedienen sie beflissen, die Kinder zollen ihnen Respekt, die alten Mädchen sind nie überflüssig. Und wenn ihr Herz und ihr Körper mitunter grausam leiden, weil ihnen ein Mann, Kinder, eine ganz nahe, ganz eigene Familie versagt geblieben sind, gewinnt die Schicksalsergebenheit irgendwann doch Oberhand, und ein tapferes Lächeln, das je nach Stimmung und Gesellschaft von sanft in säuerlich übergehen kann, vermag die schmerzliche Einsamkeit ihres leeren Daseins zu verbergen.

Marta und Maria sind keine alten Mädchen. Erwachsene Frauen, ja, vielleicht sogar im sogenannten mittleren Alter, ledig, resolut, unabhängig. Als ältesten Töchtern von Maria Alexandrina und Vicente Vaz schien ihnen bestimmt, keine weiteren Geschwister zu bekommen. In der Casa do Torreo mit drei geräumigen Stockwerken, Kapelle, Garten und Obstgarten sahen Maria Alexandrina und Vicente ihren Traum von einer großen Familie zerrinnen. Nach der normalen Geburt der beiden Mädchen hatte Maria Alexandrina drei Fehlgeburten und zwei Totgeburten erlitten. Da hatte der Arzt Vicente beiseite genommen und ihm klipp und klar gesagt: «Ihre Frau muß sich erholen. Sie ist äußerst geschwächt. Wenn Sie noch mehr Kinder haben wollen, müssen Sie Ihre Frau ein Jahr in Ruhe lassen.» Vicente – das erzählte er später selbst mit seinem breiten, glücklichen Lachen – verschlug es die Sprache. Ein Jahr ohne seine Frau, ausgeschlossen, undenkbar. Der ernste Tonfall der Arztes hatte jedoch seinen ewigen Optimismus erschüttert. Und als er Minuten später an das Bett seiner Frau trat, die von der Anstrengung, ein lebloses Kind auszustoßen, selbst fast leblos war, teilte er ihr fest entschlossen mit, er werde eine Zeitlang in einem anderen Zimmer schlafen, damit sie sich erholen könne. Ihr mattes, dankbares Lächeln ging ihm zu Herzen. Er küßte ihre wie die Bettücher weißen Hände und ihre Augen, die vor Erschöpfung zufielen. Und löste sein Versprechen getreulich ein. Allerdings konnte er in das Schlafzimmer zurückkehren, denn Maria Alexandrina, vom Arzt aufgeklärt und selbst entschlossen, das eine Jahr Pause zu machen, hielt es für sicherer, in das Zimmer ihrer Töchter zu ziehen. So entwickelte sich zwischen den dreien durch das ständige Beisammensein eine kostbare Beziehung, erfüllt von vielen Geschichten und Märchen und spielerischem Lernen. Mit sechs und fünf Jahren konnten Marta und Maria fehlerfrei lesen, die ersten Worte Französisch sprechen, malen und erhielten Unterricht in Klavier, Tanz und Gesang.

Unterdessen erholte sich Maria Alexandrina von den Schrecken der mehrfachen unselig verlaufenen Schwangerschaften und Geburten. Sie blühte auf, nahm zu, entwickelte Kraft und Lebensfreude. Die Nähe zu Marta und Maria bereitete ihr größte Freude, beide waren intelligent und anschmiegsam, das enge Beisammensein mit ihnen wurde ihr eine Beschäftigung, in der sie mit Leidenschaft aufging. Damals wurde ihr klar, daß sie ihre Töchter kaum kannte, daß sie Martas Sicherheit und klaren Geist und Marias Warmherzigkeit und ungewöhnliches Einfühlungsvermögen bislang gar nicht wahrgenommen hatte. Sie hatte mit sechzehn geheiratet, war mit siebzehn und noch einmal mit achtzehn Mutter geworden, dann kam die Tragödie mit den verlorenen Kindern, den zerschlagenen Hoffnungen, sie hatte fast nie Zeit gehabt, sich mit ihren Töchtern zu beschäftigen, sich immer nur auf den Guten-Morgen- und Guten-Abend-Kuß und geistesabwesendes Streicheln beschränkt. Das eheliche Exil hatte ihr zu der wunderbaren Entdeckung einer anderen Seite der Mutterschaft verholfen:

das ständige Zusammensein, die tägliche Fürsorge, die faszinierenden Kindergespräche, das gemeinsame Lachen und Erzählen. Es war für alle drei ein unvergeßliches Jahr, bis hin zu der humorvollen Erklärung, mit der Maria Alexandrina den Töchtern ihren Einzug in ihr Zimmer begründete: Mama ist krank, sie muß gut schlafen, das kann sie aber nicht, weil Papa schnarcht. Die Kinder fanden es lustig und lachten, und die ganze Familie übernahm diese Version, die sich über Wochen als eine liebevoll maliziöse Anekdote hielt. Bis eines Tages, nach Ablauf eines Jahres der Enthaltsamkeit, Maria Alexandrina Marta und Maria mitteilte, es gehe ihr wieder gut, nun dürfe der Vater wieder neben ihr schnarchen, sie ziehe ins Schlafzimmer zurück.

Der Arzt hatte recht gehabt. Neun Monate später kam in der Casa do Torreo ein Kind zur Welt. Marta und Maria zelebrierten entzückt die ersten Rituale der Mutterschaft: Baden, Windeln wechseln, Wiegenlieder singen. Im Jahr darauf kam das nächste Kind und dann noch eins und noch eins, bis sechzehn Geschwister das große Haus füllten und die Kindheit der beiden ältesten Töchter vollkommen umkrempelten.

Maria Alexandrina, ständig schwanger, vertraute immer mehr darauf, daß Marta und Maria sie bei den Kindern und Kinderfrauen vertraten, und beschwichtigte damit ihr schlechtes Gewissen, daß sie die wunderbare Erfahrung jenes einen besonderen Jahres nicht noch einmal erleben konnte. Allerdings beschwichtigte sie nicht, weil sie sich ihrer gar nicht bewußt war, die Gewissensbisse, daß sie ihre Töchter Jahr um Jahr der Versorgung der unzähligen Geschwister opferte, den Nachtwachen, wenn sich Krankheiten einstellten, den ständigen Bedürfnissen der Kleinen, ihrem Weinen und ihren Streitereien. Nicht daß Maria Alexandrina sich willentlich Arbeit erspart hätte, vielmehr gab es für alle reichlich zu tun, für die Mutter, die Schwestern, die Kinderfrauen, die Hausmädchen.

Mit dreißig Jahren sah Marta ihren jüngsten Bruder zu seinem ersten Schultag gehen. Sie spürte die Last der Jahre fast genau so wie die Mutter – oder noch stärker, denn sie erhielt ja nicht den Lohn für die Mutterschaft: die Liebe, die Verehrung, die Macht, das Zepter und die Krone. Maria Alexandrinas zahlreiche Entbindungen waren auch für Maria zur Qual geworden. Ganz gleich, wie viele Jahre sie noch lebte, nie mehr würde sie die wilden Schreie der Mutter vergessen können, die durch das ganze Haus gellten, von oben nach unten, in alle Richtungen, für wenige Minuten verstummten, dann noch herzzerreißender und verzweifelter wieder einsetzten. Unter Schmerzen sollst du gebären, hieß es in der Heiligen Schrift zu Marias Entsetzen, die sich verängstigt und zitternd in die Kapelle verkroch und versuchte, den wieder einmal durch das Haus hallenden Schreien der Mutter zu entfliehen.

Unter Schmerzen sollst du gebären, warum, mein Gott, liebe Mutter Gottes, hast auch du unter Schmerzen geboren, hast auch du so geschrien, so gelitten, so verzweifelt? Oder war deine Entbindung ein Wunder, das dir solch maßloses Leiden erspart hat? Maria fragt verwirrt in die Stille der Kapelle hinein. Wenn die Mutterschaft das Amt der Frauen ist, als Ausdruck des Willens Gottes und Seiner Gnade, warum muß sie dann mit so großen Schmerzen vonstatten gehen? Wo bleiben

Gottes Güte und Seine Gerechtigkeit, wenn Sein Gebot zu erfüllen so brutale, unerträgliche Qualen mit sich bringt? Maria erschrickt über ihre eigene Verwegenheit. Sie muß zu Pater Bento beichten gehen. Merkwürdig, daß er Bento heißt, der «Geweihte», als wäre ihm mit der Geburt bestimmt gewesen, ein gesegneter Diener des Herrn zu werden. Vielleicht kann Pater Bento das Leiden der Frauen nicht verstehen, weil er das Keuschheitsgelübde abgelegt hat. Und der Vater, kann er es verstehen? Falls ja, warum erspart er der Mutter nicht all diese Schmerzen? Und so alt, wie sie jetzt sind ... Maria verbirgt die Schamesröte, die ihr ins Gesicht steigt, in den Händen, verdrängt den unbehaglichen Gedanken, über den mit Marta zu sprechen sie nie wagen wird. Sie versucht die Stille zu deuten, die plötzlich im Haus eingetreten ist. Sollte es geboren sein? Ist es geboren? Ein neuer Schrei dringt bis zu ihr und zerreißt ihr das Herz, sie kann sich noch an all die anderen Geburten erinnern, an jede einzelne, als hätten sie sich unauslöschlich in ihren Leib und Geist eingeprägt. Sie identifiziert jeden Bruder, jede Schwester mit den besonderen Umständen, die ihrer Geburt vorausgegangen sind.

Bei João Vicente denkt sie an einen beängstigenden, dunklen, spannungsgeladenen Gewitternachmittag, der die wahnsinnigen Schreie der Mutter noch zu verstärken schien, während die Hausmädchen zur heiligen Barbara beteten, statt zu der heiligen Witwe Rita, der Schutzheiligen und Helferin der verheirateten Frauen. Mit Artur verbindet sie eine Karnevalsnacht, in der die Narren unanständige Lieder durch die Straßen gröhlten und Marta und sie, da sie nicht schlafen konnten, während der qualvollen langen Wartezeit durch die

Fensterläden hinausspähten. Gininha kam an einem kalten, sonnigen Neujahrstag mit einer wunderbarerweise raschen, glücklichen Geburt. Bruno dagegen hatte stundenlanges Schreien und Ächzen an einem Junimorgen ausgelöst, als die Pächter die ersten Araçáfrüchte und Guaven gebracht hatten, die aber sofort jeden Reiz und Geschmack, alle Farbe, allen Saft und Duft verloren hatten. Am dauerhaftesten in Erinnerung bleiben wird aber mit Sicherheit die Geburt der Zwillinge. Die Hebamme beugte sich schon über die kleine Lúcia, wusch und wickelte sie, da brach Maria Alexandrina in neuerliches Schreien aus. Verblüfft hätte die Hebamme fast das Baby fallen lassen. Sanft tadelnd redete sie der Wöchnerin zu: «Nun mal los, strengen Sie sich an, das ist nur die Nachgeburt.» Aber das war es nicht, da kam keineswegs die Nachgeburt, die Schreie gingen weiter, und kurz darauf erschien noch ein Kopf und mit ihm ein glitschiger, blutiger kleiner Körper, dem die erfahrenen Hände der Hebamme instinktiv heraushalfen. Und dann war sie diejenige, die mit einem Schrei alles übertönte: «Es sind zwei, zwei Mädchen, Zwillingsmädchen!» Und so wurde Júlia geboren, ein in aller Eile ausgewählter Name, damit er zu Lúcia paßte, dem sanften Mädchen des Lichts, das immer heiter und anschmiegsam, fröhlich und glücklich sein sollte. Doch die ungewöhnlichste Entbindung war zweifellos Francisco de Assis' Geburt. Sie dauerte drei Tage, als hätte der Schmerz nach jedem Vorstoß eine Pause eingelegt, damit die Gebärende Luft holen und dann noch lauter und schauerlicher schreien konnte. Was sich draußen in den Straßen von Funchal abspielte, war allerdings noch entsetzlicher als die Schreie der Frau, die in dem großen Bett im zweiten Stock der Casa do Torreo litt. Draußen auf den Straßen der Stadt lagen Tausende, Millionen von toten oder sterbenden Heuschrecken, die der kräftige Ostwind, der von Afrika herüberblies, auf die Insel getrieben hatte. Kleine rote Leiber, wie Crevetten sahen sie aus, sie fielen knisternd wie trockenes Laub herab, bedeckten Dächer, Terrassen, Straßen und Plätze, Gärten, Kirchplätze und Schulhöfe, sie prasselten von den Bäumen, den Regenrinnen und Dachtraufen, zuckten noch, zappelten manchmal und lagen schließlich reglos da, erschöpft von dem langen Flug über den Atlantik. Sie kamen aus Marokko, hieß es, auf der Flucht vor der Hitze, der Wind hatte sie hergetragen, das Meer war von denen bedeckt, die es nicht bis auf die Insel geschafft hatten. Und wenn sie lebend angekommen wären, dann hätten sie alles aufgefressen, wie bei den ägyptischen Plagen im Alten Testament, erinnert ihr euch?, das wäre das Ende gewesen für alle Felder, Blumen, Bäume und Früchte, grauenhaft! Als Francisco de Assis endlich zur Welt kam, war es nicht einfach, gegen die Aufregung über die Heuschrecken anzukommen und die Familie für einen kurzen Augenblick zu versammeln, damit sie sich die versonnenen blauen, seltsam offenen, entzükkend durchsichtigen Augen ansah, Augen wie von einem drei Monate alten Baby mit einem rosigen, runden Gesichtchen wie ein Botticelli-Engel. Als er sieben Jahre später zur Schule kam, taten Marta und Maria einen so entschlossenen, so endgültigen Schritt wie nie zuvor. Marta fürchtete sich nicht vor Geburten. Ihr großer und schlanker, widerstandsfähiger und gesunder Körper zitterte nicht angesichts der Schmerzen, aber sie empörte sich gegen eine Gesellschaft, die den Frauen als einzigen Lebenssinn aufzwang, unter Tränen und Blut zu gebären. Und sie empörte sich auch dagegen, daß ihre eigene Mutter, die sie vor dreißig Jahren, als sie erst siebzehn war, zur Welt gebracht hatte, weiterhin Jahr für Jahr diese Flut von Entsetzensschreien ausstieß und ihre leidenschaftlichen Gelöbnisse, nie wieder, nie wieder. Und im Jahr darauf wiederholte sich alles, der gleiche Schrecken, die gleiche blinde Angst, die gleiche Weigerung, die gleiche Auflehnung. Wie konnten sie nur? Wie konnte der Vater ihr nur so ein Leiden zufügen und aufzwingen? Wie konnte die Mutter sich trotz Auflehnung und Schrecken unterwerfen? Wie konnte die Kirche solche Zustände befürworten und unterstützen und segnen? Welches Geheimnis, welches Mysterium konnte einen solchen Widersinn, einen so offensichtlichen, so großen Widerspruch erklären? Marta hätte keinem Menschen, nicht einmal Maria gegenüber auch nur einen dieser unehrerbietigen Gedanken zugegeben. Aber für sie selbst steht unabänderlich fest, daß sie endgültig genug hat von Geburten, von dem blutigen Ritual, dem üblen Geruch, der animalischen Angst in Maria Alexandrinas Schreien, die sich auch in ihren eigenen Leib für immer eingegraben hat. Marta will keine Kinder, sie wird keine Kinder haben, sie wird niemals heiraten. Und Maria, die empfindsame Maria, auch nicht. Sie lieben Kinder, sie werden Kinder um sich haben, aber keine, definitiv keine eigenen Kinder. Sie vollziehen den Wechsel in ihrem Leben mit einer erstaunlichen Sparsamkeit an Worten und Stellungnahmen. Sie bitten nicht, sie teilen mit. Sie begehren nicht auf, sie beschließen einfach. Das kleine Haus am Rande des Anwesens, wo sich der Largo do Torreo zur kleinen Nebenstraße krümmt, genau gegenüber vom Brunnen und dem mächtigen Eisenbaum, steht seit Jahren leer, und Marta und Maria nehmen sich vor, dort einzuziehen. «Ganz allein, habt ihr eigentlich überlegt, wie töricht das wäre?» versucht es der Vater noch streng. «Ja, wir ganz allein, Papa, und wir zahlen Miete. Ich habe das Geld, das ich von meiner Patentante Carolina geerbt habe. Maria und ich werden Unterricht in Französisch, Musik, Gesang, Tanz, Malerei, Brandmalerei und Spitzen- und Stickarbeiten geben.» Martas leise Stimme klingt bescheiden, doch das Benennen jeder weiteren Fertigkeit, jeder weiteren Befreiungswaffe verleiht ihr eine neue Schwingung, eine unterschwellige, ruhige Kraft, die Vicente nicht und Maria Alexandrina erst recht nicht anzufechten wagen. Der so leicht errungene Sieg macht sie fast sprachlos. Sie ziehen sich in das Zimmer zurück, das sie seit jeher teilen, das Mädchenzimmer – denn Mädchen *tout court* sind in diesem Haus nur die beiden ältesten –, und da lassen sie endlich ihren Jubel heraus: Marta mit ihrem seltenen strahlenden Lächeln, das ihr die Winkel der schmalen Lippen hochzieht, Maria mit den köstlichen Tränen ihres stillen Glücks. Ein entschlossenes Wort hatte genügt, und ihr widersetzliches Begehren wurde gebilligt. Niemand sollte je von der Angst erfahren, die Marta die Kehle zuschnürte, während sie mit den Eltern sprach, die Maria das Herz zusammenkrampfte, während sie die Worte der Schwester hörte. Wir haben es geschafft, wir haben es geschafft, flüstern sie und umarmen sich. Und in einer kuriosen Gedankenassoziation denken beide, ohne es der anderen zu sagen, an die arme Cousine Constança, die sich in ihrem freiwilligen Exil eingeschlossen hat, gefangen ist in dem Gespinst ihrer Unerschrockenheit und Unklugheit.

Einen Monat später, nachdem die Wände makellos weiß gekalkt sind und die Scheiben in den mit gestickten Batistgardinen verhängten Fenstern glänzen, ziehen Marta und Maria in das kleine Haus um. Madalena, das alte Hausmädchen, das mit Maria Alexandrina bei ihrer Hochzeit vor einunddreißig Jahren mitgegangen ist, bittet um Erlaubnis, bei den Mädchen wohnen zu dürfen.

Madalenas Entscheidung trug sichtlich zur Beruhigung der Gemüter bei. Anfangs gekränkt, weil sie den Entschluß des alten Hausmädchens als eindeutigen Treuebruch empfand, sah Maria Alexandrina darin schließlich eine geschickte Lösung, der öffentlichen Meinung Genüge zu tun, indem sie so tat, als wäre von ihr selbst die Initiative ausgegangen, ihren Töchtern eine durch und durch vertrauenswürdige und untadelig beleumundete Wächterin mitzugeben. Madalenas Anwesenheit im kleinen Haus am Torreo errang damit offenkundig den Stellenwert eines *nihil obstat*, eines unzweifelhaften *imprimatur* für das neue, gewagte Kapitel im Leben von Marta und Maria Vaz.

Denn der Einfluß der alten Hausmädchen war in der Tat nicht zu unterschätzen. Die alten Hausmädchen, eher in den Häusern altgedient denn alt an Jahren, wurden – wie auf anderer Ebene die alten Mädchen – respektiert, weil sie einflußreich waren, Vertrauen genossen, leichten Zugang zu der Privatsphäre der Herrinnen hatten und zu den Geheimnissen der Jungen, die in das Alter der ersten amourösen Aufregungen eintraten. Sie kamen vom

Land – und vom Land hieß es immer, egal, ob sie aus einem Fischerdorf oder von irgendwo aus der Einsamkeit in den Bergen stammten –, als Zwölf- oder Dreizehnjährige, zu dem Zweck, die Kinder zu betreuen, die gerade laufen lernten und aufmerksam und geduldig bewacht werden mußten. Sie waren im wahrsten Sinne des Wortes *criadas* – *Großgezogene* –, wie sie in Portugal heißen, denn sie wuchsen mit den Kindern des Hauses auf, nahmen an ihren Spielen teil, lernten Benimmregeln und Umgangsformen; sie konnten einen Tisch nach den höchsten Regeln der Kunst decken und wußten genau, welches Teil des Bestecks für welchen Zweck zu benutzen war; sie nahmen an den Freuden, den Trauern und den Reisen der Familie teil, begleiteten die Kinder zur Schule, stellten die köstlichen Klostersüßspeisen her, die in den madeirer Häusern zur Tradition gehörten, freuten sich über das Glück der Herrschaften und weinten über deren Unglück. Und wenn sie gelegentlich zur Beerdigung von Großeltern oder an das Bett der kranken Mutter aufs Land zurückfuhren, war die Sehnsucht nach den Verwandten, den Nachbarn und dem Heimatort schnell gestillt, und schon bald drängte es sie zurück in die Stadt, in ihre Dachstube, zu den Schwatzereien ihrer Gefährtinnen, dem Regiment über die häuslichen Arbeiten, den Seelenergüssen der Herrin, den heimlichen Briefchen der Mädchen und ihrer Verehrer.

Manche alten Hausmädchen heirateten, tauschten die Stätte, wo sie regierten und Vertrauen genossen, gegen die Möglichkeit ein, ihr eigenes Heim zu haben, solange sie noch jung genug waren, ein halbes Dutzend Kinder in die Welt zu setzen. Dann erhielten sie den Segen und die Geschenke der Herrschaften, wurden zu Näherinnen oder Putzfrauen, gingen weiterhin in den Häusern ein und aus und nahmen am Leben der Familien teil. Andere blieben unverheiratet, für immer und ewig am Rande des Lebens, hörten Berichte über Erlebnisse und Katastrophen, Glücksfälle und Enttäuschungen, behielten alles so lebendig und so intensiv im Gedächtnis, daß sie im Verlauf der Jahre sogar meinten, sie hätten – in gewisser Weise indirekt, aber deshalb nicht weniger einprägsam – all diese Ereignisse selbst erlebt. Und dann gab es noch die alten Hausmädchen, die freiwillig oder unter Zwang durch die Arme der Herren gegangen waren, der heranwachsenden Söhne oder der alten lüsternen Väter. Über sie wurde hinter vorgehaltener Hand geredet, ein peinliches, schmerzliches Geheimnis, das als fast selbstverständlich, fast legitim galt, wenn inzwischen die Hausherrin verstorben war. Dann taten alle, von den Beichtvätern bis hin zu der prüdesten Cousine oder Tante, als wüßten sie nichts von der Verbindung, und wahrten den Glanz des äußeren Scheins, allen voran das Hausmädchen, das nur nachts, wenn es die Mansarde gegen das Himmelbett eintauschte, die Schürze und den niedergeschlagenen Blick ablegte.

Die Kinder wuchsen in fruchtbarer, aber auch gefährlicher Nähe zu der ungebildeten, vorurteilsvollen, mythischen Welt der alten Hausmädchen auf. Da sie an den Mahlzeiten der Eltern erst teilnahmen, wenn sie größer waren, und dabei eher verhört als zum Gespräch angeregt wurden, denn sie waren so erzogen, daß sie zu warten hatten, bis die Älteren das Wort an sie richteten, genossen sie den Freiraum in der Küche, wo sie die langen

Erzählungen der Dienstboten hörten, in denen sich Klatsch über liederliche Verbindungen und Ehebrüche mit echten Inseltraditionen und furchterregenden Geschichten von Wolfsmenschen, Hexen und spiritistischen Sitzungen an einbeinigen, runden Tischen mischte.

Bei Familienfesten sitzen die alten Hausmädchen in der Küche rund um den großen Marmortisch. Sie bilden eine zweite Tischgesellschaft, einen zweiten Gesprächszirkel, in dem die Gastgeberin, die ihrer Herrin bei der Vorbereitung des Festes geholfen, die großen Brasilholzschränke geöffnet, das beste Leinen, das schönste Geschirr, das Silber und die Kristallgläser herausgeholt, die Kuchen und Braten, Punschs und Häppchen zubereitet hat, sich endlich zum Kreis ihrer aus den anderen Häusern gekommenen Freundinnen gesetzt hat, deren Herrinnen sich in diesem Augenblick in den von Kerzen und Blumenschmuck strahlenden Salons befinden.

Rund um den Marmortisch in der großen Küche tauschen die alten Hausmädchen Geschichten aus, ständig schwankend zwischen der Versuchung, etwas zu erzählen, und der tief verwurzelten Übung in Zurückhaltung und Diskretion. Sie halten sich an den Mittelweg mit Andeutungen, halben Indiskretionen, Anspielungen statt Namen, Metaphern statt klarer Bezüge, in einem köstlichen, aufregenden Code, den nur sie genießen und entschlüsseln können. Trotzdem verstummen sie vorsichtshalber, wenn die anderen sich nähern, die anderen sind die Serviermädchen von außerhalb in gestickter Schürze und Häubchen, beides blütenweiß und gestärkt, und die Lohndiener in weißem Jackett mit blitzenden Messingknöpfen.

Sie laufen ständig hin und her, öffnen die Tür, geleiten die Gäste in die Salons, kommen in die Küche und Speisekammer, um die Platten und Tabletts aufzufüllen, auf denen sich die verschiedenen Gläser reihen, die für den alten Madeira, den aus Holland in Tonfäßchen importierten Genever, den von den Engländern auf der Insel eingeführten Whisky oder die auf den Zuckerrohrplantagen gebrannten Schnäpse bestimmt sind.

Die alten Hausmädchen verstummen in ihren uralten Geschichten, wenn die fremden Dienstboten vorbeigehen. Und lassen sich nur dann dazu herab, das Wort an sie zu richten, wenn sie ihnen in einfachen, dicken Gläsern zu trinken servieren, denn für Kristall reicht ihr Status noch nicht. Madalena nutzt die Pause und wehrt sich erneut gegen das Drängen ihrer Gefährtinnen. Zwei Mädchen, die schon seit so vielen Jahren allein leben, sozusagen außerhalb des Elternhauses, die tun und lassen, was ihnen gerade einfällt, die kommen und gehen, wie es ihnen paßt, das gibt doch zu denken. Nicht, daß irgend jemand etwas über Marta oder Maria zu munkeln hätte, aber wo hat man denn so etwas schon erlebt? Madalena, loyal, trotzig und geschickt, lenkt vom Thema ab und erzählt von eben diesen Mädchen, von dem, was sie tun, von ihrem Unterricht, von den unzähligen Schülerinnen, die sie im Laufe der Jahre gehabt haben, mit welcher Hingabe sie sich allem widmen, sei es das Sticken oder die Musik, sei es die Malerei, der Tanz oder die französische Sprache. Begabt wie nur wenige, geben die anderen zu, wirklich ... Ein Jammer, daß sie nicht geheiratet haben, jetzt ist es längst zu spät, und außerdem, wer weiß? Es gibt so viele, die heiraten und unglücklich sind.

Madalena atmet erleichtert auf, die Gefahr ist gebannt, eine andere wird das nächste Opfer verteidigen müssen. Und dieses Opfer ist schnell gefunden. Ludovina gibt das Stichwort: «Heute war ich mit meiner Herrin im Stift Santos Apóstolos, die Tanten besuchen, ihr wißt schon, die Senhora Dona Ana Adelaide und das Fräulein Maria dos Anjos. Schrecklich, die sind sich noch immer spinnefeind. Es gibt Männer, die kommen nur zur Welt, damit sie Unheil anrichten können.»

*Xavier*

Xavier war ein schöner Mann, ein *sportsman*, ein *Dandy*, breite Schultern, muskulöse Arme, selbstbewußter Gang, exquisit gekleidet. Und merkwürdige Augen, die bei den Frauen Verwirrung stifteten. Xavier konnte, wohlgemerkt, ausgezeichnet sehen, doch war er mit einer blauen und einer braunen Iris zur Welt gekommen, was zusammen eine faszinierende Disharmonie ergab, die Frauen verhehlten nicht, wie empfänglich sie für dieses faszinierende Phänomen waren, und er setzte es mühe- und unterschiedslos ein, mal mit dreister Verwegenheit, mal mit unverhüllt sentimentaler Zärtlichkeit. Es kam immer auf seinen Alkoholpegel an. Genauer gesagt: Bis zur Mittagszeit war Xavier ein angenehmer, gemächlicher und recht unterhaltsamer junger Mann, dann wurde er zunehmend geschwätzig, ungebührlich, zitierte miserable Gedichte und erzählte geschmacklose Witze. Er kümmerte sich wenig und schlecht um die Geschäfte der Familie, die der Vater klugerweise, auch wenn er dabei mehr Vernunft als Gerechtigkeit walten ließ, ausschließlich auf den Namen des älteren Sohnes Bernardo überschrieben hatte. Als hervorragender Reiter machte Xavier sich einen Spaß daraus, die Dienerschaft damit zu erschrecken, daß er das Pferd in den gepflasterten Innenhof des großen Hauses in der Rua das Cruzes lenkte. Dann beugte er sich über den Hals des Tieres und ritt durch die Dienstbotentür, die zum Garten führte, und von dort zum Pferdestall. Die Streiche des jungen Herrn ließen die alten Hausmädchen herzhaft lachen, weckten in den jüngeren schwärmerische Gefühle und reizten den ernsten Bernardo bis aufs Blut.

Xavier oder vielmehr die Erinnerung an ihn geisterte noch immer, teils mit Groll, teils mit Weihrauch bedacht, durch das Leben der Belchior-Schwestern, die seit Jahrzehnten in der Abgeschiedenheit des Retiro dos Santos Apóstolos Wand an Wand lebten, sich zwischen den Beichten und unablässig erneuerten Reuebekenntnissen vor dem Kaplan schweigend aus dem Weg gingen und in den Wunden wühlten, die der grausame Tatbestand geschlagen hatte: Ana Adelaide hatte ihn geheiratet, doch Maria dos Anjos war die Mutter seines einzigen Kindes.

Zwei Tage vor Weihnachten, kurz nach Marcos' Rückkehr, stellt Raquel zwei Körbe mit Geschenken für die Tanten Belchior zusammen. Sie sind entfernt mit ihr verwandt, haben sich nach der unseligen Geschichte ins Santos Apóstolos zurückgezogen, Josefina Passos Villa, eine Urgroßtante von Raquel, damals Vorsteherin des Stifts, hat ihnen die Türen geöffnet, es ist eine Art Kloster ohne Nonnen, bestimmt für Damen aus gutem Haus, die genug für ihren Lebensunterhalt haben, aber keine Angehörigen, die sie aufnehmen könnten.

Während sie in zwei mit Leinenhandtüchern ausgelegte Körbe die gleichen Portionen *bolos de mel*, Mandarinenlikör und *morgadinhos* legt (nie vergißt sie, wie sehr die alten Damen diese traditionellen Küchlein aus Süßkartoffeln, Mandeln und Eierfäden lieben), spricht Raquel über die Ungeheuerlichkeit des Skandals.

«Das war vor meiner Geburt, nicht wahr, Tante Constança?»

«Ja, lange vorher, es muß schon mindestens vierzig Jahre her sein. Maria dos Anjos war blutjung, als die Sache passierte, vielleicht sechzehn, höchstens siebzehn. Ana Adelaide war älter, sie war sehr früh verwitwet und hatte Xavier in zweiter Ehe geheiratet.»

«Aber sie waren doch schon vorher ineinander verliebt, es war eine große Liebe ...»

«Ja, angeblich. Xavier war schon immer ein Leichtfuß, er hatte vor niemandem Achtung, trank zu viel und arbeitete zuwenig, verbrachte den ganzen Tag auf dem Pferd und die Nächte weiß der Himmel wo. Aber Ana Adelaide war unsterblich in ihn verliebt, und Xavier schien ihr trotz allem besondere Aufmerksamkeit zu widmen, ständig stand er an der Gartenmauer, trug ihr Gedichte vor, macht ihr überspannte Komplimente.»

«Und dann griffen die Eltern ein ...»

«Sie verheirateten sie mit Manuel Lourenço, aus bester Familie, intelligent, Lateinlehrer, eine schöne Erscheinung, tadellos erzogen. Sie hatten noch keine Kinder, als zwei Jahre nach der Hochzeit ...»

« ... Xavier ...»

«Nein, nein, Ana Adelaide hat sich immer äußerst korrekt verhalten, man hat ihr nie etwas nachsagen können. Was passierte, war, daß Manuel

Lourenço starb, ein Herzanfall, jede Hilfe kam zu spät. Ana Adelaide zog wieder zum Vater, übernahm die Führung des Haushalts, die Mutter war inzwischen verstorben, und Maria dos Anjos war noch immer so unbekümmert wie ein Kind, immer am Klavier, immer zu Festen und Ausflügen bereit, lieb und nett, aber ohne jedes Verantwortungsbewußtsein.»

«Und hatte sich unterdessen in Xavier verliebt.»

«Das stimmt. Verantwortungslos, alle beide. Sie verliebt wie ein törichtes kleines Mädchen, er der leichtsinnige Taugenichts, der er schon immer gewesen war, die Szenen an der Gartenmauer, die Gedichte im Mondschein, die Schwärmereien, alles wiederholte sich. Mit Ana Adelaides plötzlicher Verwitwung wurde alles anders. Es war ein Schock. Und ehe Maria dos Anjos sich's versah, waren die beiden verheiratet, der Vater war senil und schwachsinnig geworden, sie blieben unter demselben Dach wohnen.»

Tante Constança verstummt. Nun, da sie am neuralgischen Punkt angelangt ist, hindert sie Scham oder innerer Widerstand oder Mitleid am Weitersprechen. Raquel drängt sie nicht, sie schlägt die Handtuchzipfel über die Geschenke und legt einen schönen roten Heidekrautstrauß obenauf. Sie hat beschlossen, Benedita zum Santos Apóstolos mitzunehmen, sie soll lernen, diesen Besuch abzustatten, diese symbolische Geste der Nächstenliebe, die auch Teil der weihnachtlichen Rituale ist. Und sie will ihr das Stift zeigen, das alte Gebäude, fast vollständig erhaltenes 17. Jahrhundert, den kleinen Kreuzgang mit dem Seerosenteich, das Findelhaus, in dem früher die ausgesetzten Kinder untergebracht wurden, die kleine Glocke mit ihrem kristallklaren Klang, ein Schlag für die Frau Vorsteherin, zwei für diese Bewohnerin, drei für jene ... Es ist kein Kloster, niemand hat Gelübde abgelegt oder der Welt entsagt, doch die Damen verlassen fast nie das Haus, sie gehen täglich in die Kirche, es gibt einen düsteren unterirdischen Gang, der das Gebäude mit der Sakristei verbindet, sie müssen nicht einmal über die Straße gehen.

Die Urgroßtante Josefina ist vor langer Zeit gestorben, Raquel hat sie nicht mehr kennengelernt, sie war die Großmutter des Domherrn Nicolau, als sie verwitwete, übernahm sie das Amt der Vorsteherin, stellte strenge Regeln im Stift auf, verbot Geselligkeiten, die Besuchszeit war genau festgelegt, die Besucher durften nur das Sprechzimmer betreten, die Besuche wurden mit Glockenschlägen ausgerufen, es herrschte Stille und Disziplin, die Regeln hatten sich über die Zeiten hinweg gehalten.

Raquel und Benedita gehen, gefolgt von Ludovina, die die beiden Körbe trägt, die Rua de Santa Luzia hinunter, dann die Rua da Conceição entlang, biegen in ein Gassenlabyrinth ein, erreichen endlich das Retiro dos Santos Apóstolos, klopfen am Portal und werden in das Sprechzimmer geführt. Benedita sieht sich um, beeindruckt von der Stille, dem Gurren der Tauben, die im Kreuzgang flattern, von den Blumen in den abgezirkelten Beeten, den Frauenhaarfarnen, die an den feuchten Umfriedungsmauern hängen. Raquel bittet, mit der Senhora Dona Ana Adelaide sprechen zu dürfen, zuerst die Ältere, sämtliche Regeln sind einzuhalten, jegliche Kränkung ist zu vermeiden. Die Tante kommt herunter, sie ist sehr dünn und blaß, das graue Haar hochgesteckt, keinerlei Schmuck, sie trägt strenge Witwenschaft. Sie küßt Raquel auf die Wange, sagt, Benedita sehe genau wie die Mutter aus, erkundigt sich nach der ganzen Familie, fragt nach jedem einzeln, angefangen bei Tante Constança, nur nach dem Domherrn Nicolau fragt sie nicht, weil sie ihn täglich bei der Frühmesse sieht, fast immer auch spätnachmittags bei der Aussetzung des Allerheiligsten.

Ludovina überreicht den Korb, Ana Adelaide sieht sich die Geschenke höflich interessiert an, bedankt sich sehr, es ist wohl besser, sie verabschiedet sich, Raquel will sicherlich Maria dos Anjos holen lassen, Ludovina darf mit hinaufgehen und ihr den Korb ins Zimmer bringen.

Während die Glockenschläge erklingen, mit denen Maria dos Anjos gerufen wird, spürt Raquel noch die leise Mißstimmung, die im Raum hängengeblieben ist, die leise Verachtung, mit der Ana Adelaide den Namen ihrer Schwester belegt hat. Und jeden Tag gehen sie zur Messe, sagt sich Raquel, und beten das Allerheiligste an, aber was wäre, wenn sie das nicht täten?

Maria dos Anjos kommt, und das Sprechzimmer belebt sich, sie ist temperamentvoll, klein, ein Wirbelwind, «du siehst bildhübsch aus, meine liebe Raquel, sehr chic, dein Kleid, und Benedita ist ja groß geworden, sie wird so hübsch wie ihre Mutter. Marcos ist also zurück, so eine Freude!», sie spricht nicht, sie zwitschert, mag ja sein, daß sie eine leichtsinnige Person war, aber Raquels Sympathien gelten immer ihr, der armen Maria dos Anjos.

Es ist schon dunkel, als der Besuch endet, im Dezember wird es früh dunkel, der Winter hat die längsten Nächte des Jahres, die Straßenlaternen brennen schon, Marcos erwartet sie in der Sakristei, wo er sich mit dem Domherrn Nicolau unterhält. Sie sprechen über Malta, die Villas werden nie müde, über Malta zu sprechen, immer verfolgen sie aufmerksam, was dort vor sich geht, Nicolau erzählt, er habe in der Zeitung gelesen, daß die aus Frankreich vertriebenen Jesuiten in La Valetta drei Millionen Francs für den Aufbau einer großen Schule und auf Jersey zehn Millionen für den Erwerb von Gebäuden und Grundstücken ausgegeben haben.

«Daraus kann man zweierlei schließen», bemerkt Marcos ironisch, «die Jesuiten haben viel Geld und lieben Inseln. Aber was ihren Glauben betrifft, das ist ein anderes Kapitel ...»

Nicolau lacht sein lautes, herzhaftes Lachen, Respektlosigkeiten kränken ihn nie, er hat sich, Gott sei es gelobt, eine unerschütterliche weltliche Ausgeglichenheit bewahrt, er kennt das Leben viel zu gut, um sich lieber mit Nebensächlichkeiten als dem Wesentlichen zu beschäftigen.

«Cousine Senhora Dona Raquel», so spricht er sie in der Öffentlichkeit immer an, eine alte Angewohnheit, die sie im übrigen bezaubernd findet, «welchen Eindruck haben die Cousinen Belchior gemacht?»

«Ich weiß gar nicht recht, was ich antworten soll, ehrlich gesagt, sind diese beiden Frauen verwirrend, die eine so würdevoll, so korrekt, die andere so schwatzhaft ... Und trotzdem ist mir diese sympathischer mit ihrer Freundlichkeit, fast hätte ich Kindlichkeit gesagt ...»

«Was ganz richtig gewesen wäre. Arme Frauen, Ana Adelaides Verbitterung wird sie immer mehr zugrunde richten, und Maria dos Anjos mit ihrer gewissen Kindlichkeit wird nie hassen können. Aber gut, lassen wir das. Wir sehen uns also morgen hier, zur Mitternachtsmesse, wie üblich.»

Auf dem Heimweg herrscht zwischen den dreien lange Zeit Schweigen. Bis Raquel Beneditas Verunsicherung spürt und ihr den erzählbaren Teil der Geschichte erklärt, jenen Teil, über den Tante Constança am Vormittag gesprochen hat, den Teil, der dort endet, wo sie nicht weitersprechen wollte.

«Jetzt verstehe ich, warum Tante Ana Adelaide sich so verhalten hat. Sie hat den Namen ihrer Schwester so böse ausgesprochen ...»

«Das hast du gemerkt? Ja, Benedita, es ist traurig. Keine von beiden kann die Vergangenheit hinter sich lassen.»

«Glaubst du, Mama? Tante Maria dos Anjos wirkte aber sehr fröhlich. So, wie du das vorhin gesagt hast: kindlich, unbekümmert wie ein Kind.»

«Na hör mal, wer spricht hier von Kindern, Fräulein Dona Benedita», sagt der Vater lachend, weil er findet, es reiche mit alten Dramen, «wie alt bist du, mein Fräulein?»

«Fast fünfzehn, Papa. Nach diesem Schuljahr habe ich nur noch eins, dann bin ich mit dem Lyzeum fertig. Und außerdem hat ja Onkel Nicolau selbst gesagt – ich habe es nur zufällig gehört, das schwöre ich –, daß ich wie eine Erwachsene denke ...»

«Erbarmen, Raquel! Was hast du aus meiner Tochter gemacht? Wo ist das Kind geblieben, das ich vor einem Jahr hier zurückgelassen habe? Ich habe es nicht gern, daß diese Dame so klug daherredet ...»

«Aber ich habe dich sehr gern, Papa, und ich bin sicher, daß es dir tief innerlich doch gefällt, daß ich so bin, genau wie Mama, und lieber mit meinem eigenen Kopf denke.»

Marcos blickt von einer zur anderen, die gleichen grauen Augen, das gleiche Haar in der Farbe von altem Wein, die gleichen langen Beine, die gleiche unübersehbare, gelassene innere Kraft. Was könnte er sich Schöneres auf der Welt vorstellen?


Eines Tages, als Benedita und André mit Catarina Isabel weggehen, mit der sie von klein auf befreundet sind und alles gemeinsam machen, kehrt, nachdem ihre Stimmen und ihr Lachen nicht mehr zu hören sind, im Haus Stille ein, eine Stimmung, die zu vertraulichen Gesprächen und Erinnerungen einlädt, und Raquel bringt das Gespräch erneut auf die Belchior-Schwestern. Tante Constança stickt an ihrer ewigen Filet-Spitze, ihre Miene ist weniger streng, seit Marcos zurück ist, sie zeigt unerwartetes Interesse an den Kindern, Benedita behandelt sie liebevoll fürsorglich, sie ist so frühreif, Benedita, doch die Tante zieht eindeutig André vor, bemüht sich zwar, es zu verbergen, aber ihr Blick verrät sie, eine solche Sanftheit wird nur André und Marcos zuteil.

Der Tag ist trotz der strahlenden Sonne kalt, Raquel serviert eine Tasse Tee, starken Tee, ohne Zucker, darin wenigstens gibt es keine Meinungsverschiedenheit, Raquel nutzt die Unterbrechung in der Spitzenstickerei und die Ruhe im Haus und spricht erneut das Thema an, das sie beschäftigt.

Constança willigt ein, kehrt zu genau dem Punkt zurück, an dem sie Tage zuvor abgebrochen hatte, vergegenwärtigt sich die Ereignisse von vor vierzig Jahren, fügt lange Pausen zwischen den Episoden ein, erwähnt überflüssige Einzelheiten, übergeht Aspekte, die wichtig scheinen, hinterläßt ein unvollständiges Bild, das Raquel wenig später im Begonientreibhaus bekümmert und erschreckt rekonstruiert.

Maria dos Anjos fühlt sich beraubt. Xaviers Worte, die Hast, mit der er immer über die Mauer sprang und sie begierig küßte, die Heiratspläne, wie hatte ihre Schwester ihr das alles rauben können? Sie war schon verheiratet gewesen, hatte das Andenken an an Manuel Lourenço zum Beweinen, jetzt war sie an der Reihe, warum hatte sie ihr Xavier weggenommen? Und sie würde niemals einen anderen lieben können, sie waren wie Paul und Virginie gewesen, Xavier war ihr Paul, sie hatte ihn von klein auf geliebt, ihm heimlich aufgelauert, als er Ana Adelaide den Hof machte, hatte gejubelt, als ihre Schwester den armen Manuel heiratete, nie mehr daran gezweifelt, daß Xavier am Ende ihr gehören würde.

Das alte Hausmädchen Celeste versucht, sie zur Vernunft zu bringen: «Schlag dir diesen Mann aus dem Kopf, Mädchen, das ist der Mann deiner Schwester, wenn er sie geheiratet hat, heißt es, daß er sie liebt und nicht dich, du mußt der Wahrheit ins Gesicht sehen, Mädchen, schlag dir den Mann aus dem Kopf, bevor ein Unglück geschieht.»

Der Liebe ihres Xavier sicher – hat ihn nicht ihre erste Ehe erfolgreich auf die Probe gestellt? –, behandelt Ana Adelaide die Schwester mitleidig herablassend, beteiligt sie an den Gesprächen bei

Tisch, lädt sie ein, mit ihnen gemeinsam auszugehen. Sie wiegt sich in so großer Sicherheit und vertraut ihrem Mann so uneingeschränkt, daß sie nicht zögert, anläßlich der Totenwache für ihre Patentante eine Nacht außer Haus zu verbringen. Maria dos Anjos kann Tote nicht ertragen, da fließen ihr nur die Tränen, einmal ist sie sogar in Ohnmacht gefallen. Also wird sie bei Celeste zu Hause bleiben.

Xavier, der seine Frau begleitet hat und anschließend zum Spielen in den Klub gegangen ist, kehrt früh heim. Maria dos Anjos spielt im Salon Klavier, Celestes Protest kümmert sie nicht: «Das gehört sich nicht, Mädchen, wir sind doch fast ein Trauerhaus, die Patentante deiner Schwester ist gestorben.» Als Xavier hereinkommt, zittert Celeste. Später wird sie berichten, daß Xavier sie barsch hinausgeschickt habe. Furchtbares ahnend, bleibt sie im Flur stehen. Durch die halbgeöffnete Tür sieht sie, wie Xavier Maria dos Anjos küßt, sie ist so klein, verschwindet fast in seinen Armen, er hebt sie hoch, läuft die Treppe hinauf, die Tür ihres Zimmers schlägt knallend zu. «Und das Mädchen», erinnert sich Celeste, «hat sich keine Sekunde gewehrt oder versucht, ihm zu entkommen.»

Man hat nie erfahren, wann genau die Wahrheit herausgekommen ist. Monatelang sickerte nichts durch, Ana Adelaide behielt ihre mitleidig herablassende Art bei, Xavier blieb geschwätzig und arrogant, nur Maria dos Anjos veränderte sich, hielt sich nur in der Küche, dem Garten, ihrem Zimmer auf, ging jeder Einladung, jeder Gesellschaft aus dem Weg. Abends, wenn Celeste nach ihr sah, weinte sie im Bett, klagte nicht, bereute nichts, schluchzte nur, «ich will Xavier, ich will Xavier.»

Und wenn Celeste schimpfte, «der Mann taugt nichts, Mädchen», widersprach sie nicht, verteidigte ihn nicht, schluchzte nur, «ich will Xavier, ich will Xavier.»

Die nicht zu verheimlichende Schwangerschaft sprach für sich. Ana Adelaide redete sich selbst und allen anderen ruhig und keinen Widerspruch duldend ein, die Schwester wäre ganz allein schuld, sie hätte die erstbeste Gelegenheit genutzt und sich Xavier an den Hals geworfen, so ein schändliches Geschöpf, sie müsse unverzüglich das Haus verlassen.

Maria dos Anjos wurde nach Boaventura zu einer einfachen Familie geschickt, die ihr dank einer großzügigen Entlohnung bei der Entbindung half und das Kind versorgte. Sie wurde wieder so fröhlich und unbekümmert wie zuvor, machte Spaziergänge zwischen den Feldern und spielte mit ihrem Sohn, niemand bekam von ihr auch nur ein Wort über die Vergangenheit oder die Zukunft zu hören, welche Zukunft hatte sie auch zu erwarten?, der Vikar staunte sprachlos über ihre unverminderte Einfältigkeit.

Mit fünf Jahren starb das Kind an Typhusfieber, ohne daß der Vater es auch nur ein einziges Mal gesehen hatte. In Funchal kam jemand auf den Gedanken, Maria dos Anjos könnte nun aus der Verbannung zurückkehren, denn der greifbare Beweis für den Skandal existierte nicht mehr. Dona Josefina Passos Villa erklärte sich bereit, sie aufzunehmen, der Bevollmächtigte der Familie würde ihr die Einkünfte der neuen Stiftbewohnerin direkt aushändigen.

Jahre später starb Xavier an Zirrhose, vom Alkohol und dem Lotterleben zugrunde gerichtet, doch von seiner Frau, die hartnäckig an ihren Illusionen festhielt und das Offenkundige leugnete, immer mit Hingabe behandelt. Zum zweiten Mal verwitwet, bat sie um Aufnahme im Santos Apóstolos. Im ersten Moment wollte Josefina Passos Villa die Bitte abschlagen, in ihren Augen hatte dieser Entschluß etwas Morbides, sie fand die Aussicht abwegig, daß zwei Schwestern Seite an Seite alt wurden, die beide krankhaft leidenschaftlich einen Mann geliebt hatten, der nichts getaugt und keinen Charakter gehabt hatte, vor allem fürchtete sie, die friedliche Ruhe, die sie im Retiro geschaffen hatte, könnte gestört werden. Dennoch willigte sie am Ende ein. Und ihre Befürchtungen erwiesen sich als unberechtigt. Maria dos Anjos und Ana Adelaide beachteten sämtliche Vorschriften der Hausordnung, sämtliche Regeln des Zusammenlebens, kein einziges unpassendes Wort kam weder der einen noch der anderen je über die Lippen. Aber es war nicht zu übersehen, daß Maria dos Anjos sich für immer als ihrer Jugendliebe beraubt betrachten und daß Ana Adelaide niemals von der Rolle der ehrbaren, mustergültigen Frau, die von der eigenen Schwester skrupellos hintergangen worden war, ablassen würde. Der Domherr Nicolau Villa gab es auf, an ihren klaren Verstand und ihre geistige Ehrlichkeit zu appellieren. Beide weigerten sich zu glauben, daß Xavier schlicht und einfach ein nichtswürdiger Mann gewesen war.

Im Begoniengewächshaus verrichtet Raquel die notwendigen Handgriffe so sicher wie gewohnt, gießt, zupft die alten Blätter ab, stützt die höheren

Pflanzen ab und denkt dabei unablässig an die Belchior-Schwestern, vor allem an Maria dos Anjos, das romantische, einfältige Mädchen, auf das der Zorn der in ihrer kollektiven Ehre getroffenen Stadt niedergegangen ist. Dabei war es letztlich eine Vergewaltigung, die damals geschehen war. «Sie hat nicht versucht, sich zu wehren oder ihm zu entkommen», hatte Celeste ausgesagt, doch dieses Einverständnis machte Xaviers ruchlose Tat in keiner Weise weniger schändlich. Vielleicht hätte das Gesetz diese Auffassung von Vergewaltigung nicht anerkannt, aber wozu überhaupt vom Gesetz sprechen? Keine Familie, die auf sich hielt, würde je ihre schmutzige Wäsche vor Gericht waschen. Und dann noch in diesem Fall, wer hätte eine so kühne Entscheidung treffen sollen, die Mutter war nicht mehr am Leben, der Vater senil, Brüder gab es nicht, auch keine Onkel, keinen einzigen männlichen Verwandten, der gute Bernardo hatte sich um alles gekümmert und sich bemüht gutzumachen, was Xaviers nicht gutzumachendes Verhalten angerichtet hatte.

«Wie schmutzig Sex doch sein kann», denkt Raquel, «nein, so ist es auch nicht, Sex ist so rein wie der Geist und fast genau so stark, nur schaffen es manche Menschen, beides zu beschmutzen und zu entwürdigen. In Tante Constanças trauriger Geschichte gibt es trotz allem noch etwas, ja, was?, wie soll ich das sagen, etwas Zärtlichkeit. Genau: etwas Zärtlichkeit. Frederico Magalhães war gemein, unehrlich, ein Lügner, ein Schurke. Aber er hat Tante Constança geliebt, sie glücklich gemacht, mit Aufmerksamkeit und Zärtlichkeit überhäuft, das ist es, mit Zärtlichkeit, die alte Maria dos Prazeres sprach immer davon, wie glücklich ihr

Mädchen war, wie fröhlich ihr Lachen, wie unverhüllt die Liebkosungen des Senhor Magalhães. Er war ein Schurke, richtig, aber Tante Constança blieb die Erinnerung an seine Liebe. Marcos' Vater, der die Tragödie seiner Schwester niemals erwähnte, hatte einmal, ein einziges Mal gesagt, daß Frederico beim Lesen des anonymen Briefs aus Lissabon leichenblaß geworden war, nicht einmal zu leugnen versucht hatte, und das hätte er tun können, um Zeit zu gewinnen, ein anonymer Brief beweist überhaupt nichts, er hätte eine verärgerte Verlobte erfinden können, die ihn verleumden wollte, aber nein, seine einzige Sorge hatte Constança gegolten, seine Haltung hatte eine gewisse Würde besessen, trotz des unerhörten Verbrechens.

Und Xavier? Tante Constanças Erinnerung zufolge hat er nie wieder das Wort an Maria dos Anjos gerichtet, hat feige Ana Adelaides Version bekräftigt, das Ganze wäre eine reine Provokation der Schwägerin gewesen, er hätte im Klub zu viel getrunken, überhaupt nicht gewußt, was er tat. Und er hat nie etwas von seinem Kind wissen wollen, seinem einzigen Kind, hat es nie besucht, das Kind starb, ohne seinen Vater kennengelernt zu haben. Was für Maria dos Anjos ein unwiderstehlicher Impuls aus Liebe gewesen war, natürlich unverantwortlich, aber aufrichtig, war für Xavier nicht mehr als ein Abenteuer, bei dem für Liebe und Zärtlichkeit kein Platz war, ein bloßes Ausleben der Lust am Körper eines kleinen Mädchens, das ihm vertraute und an ihn glaubte.»

Wie eigenartig doch die Sitten und die Moral sind, wie ungerecht die gesellschaftlichen Normen sein können, die wir für richtig halten, Raquel hat immer gehört, Maria dos Anjos sei ein leichtsinniges, unvernünftiges Mädchen ohne Grundsätze gewesen. Aber über Xavier hat sie nie ein tadelndes Wort gehört, er war ein Trinker und Taugenichts, das bestritt niemand, aber ein Dandy, ein Charmeur, und er war Ana Adelaide ein guter Ehemann (dabei wurde auch immer unterschlagen, daß er von ihrem Geld gelebt hatte), man konnte ihn nicht für die Provokationen der Schwägerin und ihre Folgen verantwortlich machen. Dazu erzogen, den Willen des Mannes passiv hinzunehmen, war Maria dos Anjos größte Sünde letztlich, nicht zu begreifen, daß Ana Adelaide als einzige einen rechtmäßigen Anspruch darauf hatte, von Xavier ins Bett geholt zu werden, und daß Xavier darin, wen er sich ins Bett holte, völlig frei war und keinerlei Strafe zu fürchten hatte.

*Raquel*

Sie geht mit einem Gefühl von Unwirklichkeit an Bord der *Saint Simon*. «Es ist wahr», sagt sie sich immer wieder, «es ist wahr, ich bin keine Penelope mehr, ich bin nicht mehr diejenige, die zu Hause sitzt und webt, jetzt gehe ich selbst auf Reisen, und ich reise mit Marcos, es ist sein Arm, der meinen hält, es ist sein Lachen, das sich über meine Aufregung amüsiert, wie glücklich er ist, so jugendlich und vergnügt, mein Leben lang habe ich vom Reisen geträumt, und jetzt, wo ich es schon aufgegeben hatte, weil Marcos endgültig heimgekehrt ist, jetzt geschieht dieses Wunder, ich gehe auf Reisen, Großvater, geliebter Großvater, ich gehe auf Reisen, der Passagierdampfer liegt da draußen, unser Ziel ist nicht Malta, aber das macht nichts, vielleicht ein andermal, man kann ja nie wissen, nicht wahr?, wir fahren nach Guyana, Großvater, ich bin so glücklich, vollkommen glücklich!» Ihr Lächeln wird noch strahlender, als ihr auffällt, daß Marcos und sie die beiden Wörter *glücklich* und *vollkommen* in letzter Zeit reichlich oft ausgesprochen haben. Sie hat das Gefühl, sie werde mit einer

Freude nach der anderen, mit Liebe, mit Geschenken überhäuft.

Die ganze Familie ist zum Abschied gekommen, sie winken, während sich die Schaluppe in Richtung Dampfer entfernt, alle haben versprochen, sich statt ihrer um die Kleinen zu kümmern. André und Benedita haben ihr verboten zu weinen: «Wir sind groß genug, Mama, wir kommen wunderbar zurecht, hör auf, uns wie Kleinkinder zu behandeln.» Und Raquel hat sich Mühe gegeben, in den hektischen Tagen vor der Abreise nicht zu weinen, obwohl es ihr schrecklich egoistisch vorkommt, daß sie ihre Kinder allein läßt und daß sie es mit Freuden tut. Nur einmal hat sie geweint, als Tante Constança die entscheidenden Worte sprach, während sie unschlüssig hin und her überlegte, soll ich, soll ich nicht, und was wird mit den Kindern und dem Haus? Merkwürdig, plötzlich hatte die Tante sie so liebevoll, wie sie es noch nie erlebt hatte, angesehen und in ihrer schroffen, energischen Art gesagt: «Nutz die Gelegenheit, Kind, fahr mit deinem Mann, noch bin ich durchaus in der Lage, mich um alles zu kümmern.» Damit war im Grunde die Entscheidung gefallen. Sicherlich, Ludovina war auch da, das alte Hausmädchen, das sie bei ihrer Heirat aus dem Haus der Großeltern mitgebracht hatte, Ludovina würde tüchtig und mütterlich über alles wachen, doch Tante Constanças Anwesenheit wäre für die Kinder ein größerer Beistand und für die Eltern beruhigender.

Endlich lichtet der Dampfer die Anker, jetzt ist nicht mehr zu erkennen, wessen Hände da winken und wessen Taschentücher in der Luft flattern, die Insel rückt langsam in die Ferne, der Geruch vom

Meer macht trunken, Raquel lehnt sich an Marcos, sie ist ja so glücklich, so vollkommen glücklich! Da haben wir es: schon wieder! Sie lacht und erklärt, warum sie lacht, Marcos lacht mit, bestimmt finden einige Leute, daß sie aus dem Alter für solche Albereien heraus sind, und bei diesem Gedanken müssen sie noch mehr lachen. Raquels Lebensfreude, das warme, strahlende Grau ihrer Augen, die Art, wie sie den Kopf hebt und den Geruch von Wind und Meer einatmet, Marcos gibt ihr recht, das Gefühl von Glück und Vollkommenheit läßt sich gar nicht vermeiden. Und alles ist so schnell, so unerwartet gekommen.

Eines Morgens waren die Makler der *Saint Simon* bei Marcos im Krankenhaus erschienen und hatten ihn gebeten, auf der nächsten Reise des Passagierdampfers nach Britisch Guyana mitzufahren. Die Anzeigen in der Presse von London und Madeira garantierten, daß es einen Arzt an Bord der *Saint Simon* gab, doch kaum war die Küste von Dover ihrem Blickfeld entschwunden, hatte sich der Arzt ein Bein gebrochen und sollte ins Krankenhaus eingeliefert werden, sobald sie Funchal erreichten, ob der Herr Doktor nicht bereit wäre, ihn zu vertreten, er sprach Englisch, war Offizier der Marine, kannte sich auf Schiffen aus, sie könnten die Abfahrt etwas verschieben, damit er ein paar Tage für die Vorbereitungen hätte, heute ist Freitag, das Schiff trifft am Sonntagabend ein, wie wäre es mit einer Abreise am Mittwoch, Herr Doktor? Marcos hatte kategorisch abgelehnt, er war gerade erst aus Moçambique zurückgekehrt, er konnte die Familie nicht schon wieder allein lassen. Und wenn er die Frau Gemahlin mitnahm? schlugen die Makler vor, die Arztkabine an Bord der *Saint Simon* war geräumig und komfortabel, die Frau Gemahlin würde sicherlich gern mitfahren, Herr Doktor. Sie merken, daß sich Marcos' Gesichtsausdruck verändert, geben nicht auf, drängen weiter, bitte lassen Sie uns nicht im Stich, Herr Doktor, morgen kommen wir wieder und holen uns Ihre Antwort. Ach ja, und noch etwas, würden Sie uns den Gefallen tun und Ihren Kollegen operieren, sobald der Dampfer eintrifft?

Marcos hatte sich zur Operation bereit erklärt, war jedoch bei seinem Nein zur Reise geblieben. Zumindest mit Worten. Zwar reizte ihn nicht die Reise, wohl aber die Möglichkeit, Raquel mitzunehmen. Und außerdem waren da die Probleme in Demerara, er konnte sich das Ausmaß des Schadens vor Ort ansehen, besser fundierte Entscheidungen über die Zukunft der Firma treffen.

An diesem Vormittag hatte er die Krankenvisite mit gewohnter Konzentration und Muße absolviert, nichts nimmt ein Kranker mehr übel als einen Arzt, der in Eile oder nicht bei der Sache ist, hatte zwei kleine Eingriffe vorgenommen, und im Laufe der Stunden hatte sein Unterbewußtsein an dem Plan gearbeitet, Schwierigkeiten behoben, Einwände ausgeräumt. Bevor er nach Hause ging, hatte er Rodolfo im Büro aufgesucht und ihm die Geschichte erzählt, ganz sachlich und ohne Kommentar. Der Schwager hatte gejubelt: «Nimm das Angebot an, Mann, du mußt fahren, das ist eine vom Himmel gesandte Gelegenheit!»

Erst beim Abendessen spricht Marcos das Problem mißmutig an. Den Kindern und der Tante zugewandt, fragt er: «Könnt ihr ein paar Monate ohne eure Mutter auskommen? Und du, Tante Constança, könntest du noch eine Weile hier im

Haus bleiben und auf die beiden Teufelsbraten da aufpassen?» Raquel ist blaß geworden, dann schießt ihr das Blut ins Gesicht, «was ist los, Marcos, was hat das zu bedeuten?» Die Nachricht verschlägt ihr die Sprache. Sie hat sich immer so sehr zu reisen gewünscht, Marcos' Koffer zu packen hat in ihr immer eine solche Lust geweckt, selbst auf Reisen zu gehen, sollte endlich ihre Stunde gekommen sein? Daß sie Tränen in den Augen hat, wird ihr erst bewußt, als Benedita und André mit ihr schimpfen: «Wir sind doch keine Kleinkinder mehr, Mama.» Das ist es nicht, gesteht sie sich ein, was sie so aufgewühlt hat, doch nun ist es dieser Gedanke, ganz ehrlich, der Gedanke, daß sie die beiden allein lassen wird, es ist ihre Pflicht zu bleiben, ist dies nicht seit Jahrtausenden das Los der Frauen? Tante Constanças Entscheidung setzt ihrem Zögern ein Ende. Raquel steht auf, um sich zu bedanken, beugt sich über die Tante, um sie zu küssen, und wird zum ersten Mal in ihrem Leben von Constanças Armen umschlossen, spürt einen Kuß, der ihr auf die Stirn gedrückt wird, und da bricht sie unvermittelt an der Schulter der Tante in Tränen aus, sie weint vor Freude, vor Anspannung, aus Dankbarkeit, die Kinder kommen dazu, alle umarmen sich, bis der Vater mahnt, das Abendessen mit Anstand zu beenden.

Die ersten Tage der Reise verlaufen turbulent, mit hohem Seegang und steifem Wind, Raquel wird nicht seekrank, aber sie kann auf dem schaukelnden Schiff nicht das Gleichgewicht halten, also bleibt sie in der Kabine und liest, sie hat eine Tasche voller Bücher mitgenommen, schläft gelegentlich und fühlt sich wie in eine blaue Glückseligkeit eingetaucht, deren Grenzen der Himmel und das Meer sind.

Am fünften Tag bessert sich das Wetter, sie geht mit Marcos an Deck, lernt ein paar Passagiere der ersten Klasse kennen, denen Marcos bereits Beistand geleistet hat. Es sind fast alles Engländer, außerdem zwei Kaufleute aus Madeira und ein paar Holländer, diese auf dem Weg nach Surinam. Eine angenehme Routine im Müßiggang stellt sich ein, man spielt Bridge und Whist, es gibt einen französischen Pianisten, der zu den Mahlzeiten aufspielt und sich wohl auch sonst jederzeit gern an die Tasten setzt, sofern ihm jemand einen Cognac spendiert, die Qualität seiner Musik gewinnt durch den Alkohol. Und es gibt die bequemen Sonnendeck-Stühle, in denen Raquel und Marcos stundenlang lesen, in dem wohligen Schweigen derer, die keiner Worte bedürfen, um zu wissen, daß sie miteinander kommunizieren.

Eines Abends, als sie sich zum Essen umziehen, spricht Marcos endlich den Satz aus, der ihm auf der Seele gelegen hat und den er in der vergeblichen Hoffnung, er sei nicht nötig, vor sich hergeschoben hat: «Seit meiner Rückkehr hast du noch nicht wieder deine Periode gehabt.» Raquel versucht zu scherzen: «Das weißt du doch genau ...» Aber er ist so angespannt, so beunruhigt, daß sie beschließt, ernsthaft zu werden: «Ja, ich bin wohl schwanger. Seit der letzten Periode sind jetzt sechs Wochen vergangen, ich hatte sie ein paar Tage, bevor du angekommen bist. Vielleicht hat sie sich nur durch die Aufregungen vor der Reise verzögert, aber das glaube ich nicht. Laß uns den Tatsachen ins Auge sehen, Marcos: ich bin schwanger. Und ich bin glücklich, mein Liebling, und du solltest es auch sein. Sei nicht so pessimistisch, bitte nicht, denk an Tante Maria Alexandrina, die nach mehreren Fehlschlägen ein Jahr Pause gemacht hat und dann noch sechzehn Kinder bekommen hat! So viele will ich natürlich nicht, aber ich habe zwölf Jahre Pause gemacht, warum sollte ich nicht noch ein Kind bekommen können?»

Marcos läßt sich durch die Argumente seiner Frau beruhigen. Er streichelt ihr über den Leib, der noch nichts verrät, er kann den Gedanken nicht verdrängen, daß darin eine Bedrohung lauert, er umarmt sie stürmisch, doch die Angst weicht nicht, wenn sie in Georgetown ankommen, werden sie zu einem guten Arzt gehen, Raquel scherzt weiter, sie will die Falten glätten, die sich in seine Stirn graben: «Jetzt können wir es wieder wie in unserer Nacht halten ... Du brauchst nicht mehr an *coitus interruptus* zu denken.»

Der Steward, der durch den Gang geht und mit bimmelndem Glöckchen zum Abendessen ruft, gemahnt sie daran, daß sie sich fertig ankleiden müssen. Raquel sieht, daß sich Marcos' Stirnfalten nicht geglättet haben.

Zwischen den britischen und holländischen Passagieren herrscht eine latente Spannung. Die Lage in Südafrika spiegelt sich in ihrem Verhalten, es bilden sich Gruppen, die ziemlich unverhohlen Partei für oder gegen die Buren ergreifen. Trotzdem bleibt die Atmosphäre freundlich, Raquel versteht sich mit beiden Seiten gut und meidet jede Diskussion, weil es sie offen gestanden überhaupt nicht interessiert. Ein einziges Mal läßt sie sich auf ein Streitgespräch ein, aber da geht es um ein anderes Thema. Man spricht über Sklaven, und sie verteidigt lebhaft die Abschaffung der Sklaverei und verkündet stolz, daß ihr Mann bei der portugiesischen Kriegsmarine gedient hat, bei Einsätzen zur Überwachung und Unterbindung des Sklavenhandels. Marcos, der Kranke in der dritten Klasse versorgt hat, betritt den Salon, als Raquel gerade spricht, ihre Stimme klingt klar, ihr Englisch ist ausgezeichnet, ihr Blick kühl, Marcos merkt nur an ihren in die Rockfalten verkrampften Händen, wie empört sie ist.

Ein britischer Wissenschaftler, der sich mit Forschungen über die Tropen beschäftigt, unterstützt Raquels Ansicht mit dem Argument, daß keine physiologischen Merkmale die Schwarzen von den Weißen unterschieden, es handele sich um rein zufällige Pigmentierung, die wesentlichen Unterschiede hätten ihren Ursprung in der Kultur, der Bildung, den Sitten, wenn man den Afrikanern Zugang zur Schule und zu allen Formen der abendländischen Zivilisation ermöglichte, hätte man in kurzer Zeit, sagen wir, in einem Jahrhundert, und was ist schon ein Jahrhundert in der Geschichte der Menschheit?, ein Volk, das genau so fähig, genau so kreativ und genau so zivilisiert sei wie das unsrige.

Bei einem Glas Madeira, das sie in einer Ecke des Salons trinken, macht Marcos Raquel Komplimente für ihr Engagement: «Du warst ernsthaft, überzeugend, großartig.»

«Mach dich nicht lustig, Marcos, ich konnte nur einfach nicht den Mund halten.»

«Ich mache mich nicht lustig. Ich habe dir mit Freuden zugehört. Im übrigen habe ich diese Geschichte, daß Paulus den Frauen in der Kirche zu schweigen gebietet, schon immer unerträglich gefunden. Damit hat er euch überall zum Schweigen verurteilt.»

«Paulus ist eine merkwürdige Gestalt. Ich kann mich erinnern, daß mein Großvater André erzählt hat, es gebe einen Brief des Paulus, in dem er sagt: ‚Es gibt weder Juden noch Griechen, weder Sklaven noch Freie, weder Männer noch Frauen, denn alle sind einer in Jesus Christus.' Und in einem anderen Brief wiederholt Paulus genau denselben Satz, läßt aber den Hinweis auf die Männer und Frauen aus.»

«Und womit erklärte dein Großvater das?»

«Ganz einfach: Das Christentum hatte die Gleichheit für alle gebracht, für Juden wie Griechen, Herren wie Sklaven, Männer wie Frauen. Aber es gab Gemeinden, die waren nicht bereit, die Gleichheit von Männern und Frauen zu akzeptieren, vor allem die Gemeinden, in denen die jüdische Kultur und Tradition besonders stark waren. Deshalb änderte Paulus seine Briefe den Adressaten entsprechend etwas ab.»

«Sehr schlau, der Herr Paulus aus Tarsus. Und zwielichtig. Dein Großvater gefällt mir besser. Weißt du, daß ich deinen Großvater immer mehr gemocht habe als meine eigenen?»

«Und du hast besonders gern in seiner Bibel gelesen, erinnerst du dich? Das war die verbotene Frucht. Eigentlich schrecklich, nicht wahr, daß die katholische Kirche den Gläubigen den freien Zugang zu ihrem heiligen Buch verwehrt. Als hätte sie vor irgend etwas Angst ...»

«Vielleicht vor dem *Hohenlied*», spöttelt Marcos. «So eine ungeheure Lobpreisung der Schönheit des Körpers und der körperlichen Liebe ist ja auch nicht sehr orthodox.»

«Mich hast du es erst nach unserer Hochzeit lesen lassen ...»

«Die Macht der Konventionen, Liebling. Dein Großvater hätte mir nie verziehen, wenn ich es dir vorher erlaubt hätte. Und die Aussicht, den Zorn deines Großvaters auf sich zu ziehen, war schon Abschreckung genug für einen, der in seine Enkelin verliebt war ...»

«Über den Verlust meines Großvaters werde ich nie hinwegkommen. Und es tut mir so leid, daß unsere Kinder ihre Großeltern nicht mehr erleben. Die Alten sind sehr wichtig im Leben der Kinder.»

«Tante Constança ist bei ihnen. Ich weiß, sie ist nicht so intelligent und nicht so interessant wie dein Großvater André, aber sie hat die Kinder sehr gern.»

«Besonders André, der ihrem über alles geliebten Neffen Marcos so ähnlich ist.»

«Jetzt muß ich dich bitten, dich nicht lustig zu machen ...»

«Das tue ich auch nicht. Es stimmt doch. Du warst derjenige, der ihr im Leben Halt gegeben hat. Als alles zusammenbrach, gab es immer noch dich, den sie lieben konnte.»

«Arme Tante Constança, so eine traurige Geschichte.»

«Ich habe immer geglaubt, daß sie mich nicht mag. Bis zu dem Tag, als du von der Reise gesprochen hast und sie mich zum Mitfahren überredet hat. Als ich mich bei ihr bedankte und sie mich auch in die Arme nahm und küßte, merkte ich, daß sie es aufrichtig meinte, daß es von Herzen kam. Wieso habe ich das vorher nie gespürt? Du machst dir keine Vorstellung, wie schwierig es für mich war, nach Monte zu fahren und sie zu bitten, Weihnachten bei uns zu verbringen.»

«Vielleicht, weil du sie nicht magst, sei ehrlich, Raquel ...»

«Ja. Und es tut mir leid. Ich werde alles tun, um das gutzumachen, wenn wir zurückkommen.»

Das Einerlei der langen, langsam dahinrinnenden, völlig ungestörten Tage ging schließlich zu Ende. Man hätte ohne weiteres das Zeitgefühl verlieren können, wenn nicht der Steward die genaue Zahl angeschlagen hätte: dreiundvierzig Reisetage. Die Hitze, die während der langen Fahrt ständig zugenommen hatte, war jetzt fast unterträglich heiß, die feuchtschwüle Luft schlug Raquel entgegen, als sie aus der Kabine trat, um an Land zu gehen. Doch das Schauspiel, das sie erwartete, ein von Menschen wimmelnder Hafen, üppige Vegetation bis hinunter ans Wasser, das hektische Treiben beim Entladen, alles faszinierte sie und war stärker als jedes Unwohlsein.

Für Raquel, mit dem Leben in einer Hafenstadt vertraut, wo täglich Schiffe jeder Art und Größe ein- und ausliefen, war der Anblick eigentlich nichts Neues, schließlich ist ein Quai überall auf der Welt ein Quai – oder vielleicht nicht? Ja und nein. Es fing bei der Hitze an, die Hitze lag über der Landschaft, den Dingen und den Menschen, mehr noch, sie umgab alles wie eine riesige durchsichtige, flimmernde Hülle, ein unsichtbares Treibhaus, in dem Menschen und Tiere sich langsam und bedächtig bewegten, sehr langsam und bedächtig, als müßten sie mit dem Sauerstoff und ihren Kräften haushalten. Raquel begriff diese erste Lektion, merkte instinktiv, daß die Männer, die mit nacktem Oberkörper in der gnadenlosen

Sonne und unter dem tiefen, bleiern drückenden Himmel die Schiffsladungen löschten, mit ihrer Zeit und Widerstandskraft weise umgingen. In den darauf folgenden Tagen sollte sie erneut feststellen, daß die Langsamkeit ein angeborener Schutzmechanismus der Völker am Äquator war, gegen den sich die Europäer hartnäckig und ohnmächtig sträubten, bis sie endlich aufgaben. Gegen das Klima kämpft man nicht an, man lernt, damit zu leben, indem man Kompromisse schließt, dabei vielleicht den sogenannten zivilisierten Schein wahrt, aber aus Vernunft die Anweisungen erfahrenerer Menschen befolgt.

Auf dem kurzen Weg zum Hotel, den sie im segensreichen Schatten rot blühender, dichtbelaubter Bäume zu Fuß zurücklegten, gewannen Raquel und Marcos einen ersten Eindruck von Georgetown und machten in dem scheinbaren Durcheinander schnell drei deutlich gegeneinander abgegrenzte soziale Schichten aus: die einheimische Bevölkerung, überwiegend Nachkommen der ehemaligen Negersklaven; die weißen Einwanderer hinter den Tresen der Tavernen, der Speisewirtschaften, der Lebensmittelläden, der Geschäfte; und als Oberschicht die Plantagenbesitzer, Rumexporteure, Repräsentanten und Beamten der britischen Regierung. Fast konnte man schon auf den ersten Blick sagen, wer was war in der abwechslungsreichen, bunten Menge, die sich mit gleichbleibend bedächtigem Schritt das staubige Band der Main Street zwischen niedrigen weißen Häusern im Kolonialstil hinauf- und hinabbewegte.

Die Stadt, ja, die Stadt war für Raquel etwas Neues. Sie hatte nichts mit Funchal gemein, mit seinen steilen Straßen, den schmalen Flüssen, den

Brücken, den Kirchtürmen, alles vor der breiten grünen Kulisse der Berge aufgeschichtet. Hier war alles eben und leuchtendbunt, es gab keinen schwarzen Basaltfleck, der die Farben und Umgangsformen mäßigte, die Straßen verliefen schnurgerade, die Vergangenheit nahm keinen Raum ein, hatte kein Gewicht.

In dem kleinen einfachen, aber ansprechenden Hotel, das Eusébio Amaro, der Bevollmächtigte der Familie, ihnen genannt hatte, bezogen Marcos und Raquel zwei Zimmer, damit sie während ihres längeren Aufenthalts über einen Wohnraum und wenigstens etwas Privatsphäre verfügen konnten. Auf Anraten von Eusébio Amaro suchte Marcos Dr. Harry Bradshaw in seiner Praxis auf, beschrieb Raquels Zustand und legte ihm dar, welche Sorgen er sich, vielleicht – wie er zugab – mehr als Ehemann denn als Arzt, machte.

Raquel wurde noch am selben Tag untersucht, der Arzt bestätigte wie erwartet die Schwangerschaft, bescheinigte ihr eine ausgezeichnete körperliche Verfassung und beruhigte den besorgten Kollegen. Und da ihm das Ehepaar, das aus Europa kam und Neuigkeiten mitbrachte, gut gefiel, kehrte er am nächsten Tag mit seiner Frau zurück, diesmal zu einem privaten Besuch.

Mrs. Bradshaw, für ihre Freunde – zu denen auch sie schon bald zählten – Dorothy, war intelligent, sympathisch und spontan, genau wie ihr Mann. Beide waren weißhaarig, jugendlich lebhaft und von undefinierbarem Alter. Sie freundeten sich sehr an, Dorothy zeigte Raquel die Stadt, äußerte sich neckend über ihre späte, romantische Schwangerschaft, machte sich Gedanken über die Babyausstattung, die allmählich vorbereitet werden mußte.

Mit den Versicherungsproblemen beschäftigt, die sich als kompliziert herausstellten – denn nicht nur viele Lagerhäuser waren zerstört, es gab auch eine erhebliche Anzahl von Opfern, dreiundzwanzig Tote und Dutzende von Schwerverletzten, und außerdem bestand noch Verdacht auf Brandstiftung –, war Marcos viel zu Besprechungen und Ermittlungen unterwegs, weshalb es äußerst hilfreich war, daß es Dorothy gab. So gemächlich und leise die Stunden an Bord der *Saint Simon* verstrichen waren, fern einer Welt, die jenseits der Dampferreling zu existieren aufgehört hatte, so verblüffend schnell verging die Zeit in Georgetown, wurde sie doch von Erledigungen und Verpflichtungen geradezu verschlungen. Während Marcos durch den Distrikt Demerara reiste, wo sich die größte Kolonie von Madeirern befand, teils auf Zuckerrohrplantagen, teils in den Rumdestillerien, während er ehemalige Lieferanten aufsuchte und Verträge erneuerte, sich als Unternehmer betätigte und daran Spaß fand, weil er wußte, daß es nur vorübergehend war, bewegte Raquel sich an Dorothys Hand in anderen Kreisen. Das gesellschaftliche Leben von Georgetown war erstaunlich rege, raffiniert und ausgefallen, die Frauen gingen viel auf die Jagd, wobei sie mit der Gerte in der einen und dem Gewehr in der anderen Hand ritten, sie überhäuften Raquel mit Einladungen, doch Raquel lehnte mit dem einleuchtenden Hinweis auf ihren Zustand ab. Dorothy, dem System seit vielen Jahren verhaftet, nahm seine Mängel nicht mehr wahr, akzeptierte aber, ohne gekränkt zu sein, daß Raquel keine Neigung zeigte für die *cotillons* und Kostümbälle, die Wohltätigkeitsfeste und Basare und erst recht nicht für Jagdpartien und Reitausflüge.

Über den portugiesischen Konsul, einen hilfsbereiten und in der ganzen Kolonie sehr geachteten Madeirer, fanden sie eine aus Porto do Moniz gebürtige junge Schneiderin, die von nun an jeden Tag zu Raquel in das kleine Wohnzimmer kam. Sie hatte ungemein geschickte Hände, diese Peregrina mit dem traurigen, schicksalsergebenen Gesicht, eine noch ganz junge Frau, die ihren Mann beim Brand verloren hatte und jetzt von der Unterstützung durch den Portugiesischen Wohltätigkeitsverein lebte. Sie nahm die Arbeit mit größter Freude an, sie war kräftig, arbeitete gern und schämte sich, daß sie auf öffentliche Mildtätigkeit angewiesen war. Der Mann hatte sie schwanger zurückgelassen, und da Raquel ihr schnell zugetan war, kaufte sie größere Mengen an Batist- und Flanellstoffen, Spitzen und Bändern, Peregrinas Baby sollte eine hübsche Ausstattung bekommen.

Wenn ein Dampfer oder Zweimaster aus Madeira einlief, gingen sie an Bord und holten sich Briefe und Pakete oder auch mündlich überbrachte Mitteilungen ab. Auf diese Weise erfuhren sie von Catarina Isabels Schulabschlußexamen und ihren unerwarteten Zukunftsplänen. Raquel reagierte entzückt. Doch Marcos sagte ihr unvermeidliche Schwierigkeiten, bedingt durch Ablehnung und Widersacher, voraus.

«Zweifelst du an ihren Fähigkeiten?» erkundigte sich Raquel.

«Nein, dazu habe ich keinerlei Anlaß. Aber die Ärzte haben einen genau so ausgeprägten Korpsgeist wie die Militärs und werden sie nicht in ihrer Zunft dulden. Oder könntest du dir vielleicht Frauen in der Kaserne vorstellen?»

«Das ist trotzdem etwas anderes», entgegnete Raquel, «die Militärs haben es mit Waffen und Krieg zu tun, Ärztinnen wollen mit Menschen zu tun haben, genau wie die Ärzte. Zumindest Frauen und Kinder werden sie nicht ablehnen.»

«Verlaß dich nicht darauf, Raquel», warnte Marcos, «manchmal sind Frauen ihrem eigenen Geschlecht gegenüber noch härter und grausamer als jeder Mann.»

«Du wirst wohl recht haben», lenkte sie ein, «und deshalb ist es um so dringender nötig, daß wir Catarina unterstützen. Ich werde ihr noch heute schreiben.»

Marcos las unterdessen einen langen Brief von Nicolau Passos Villa, in dem sich dieser nach allerhand Nachrichten über die Familie und Madeira lang und breit über die Feiern zu Luís de Camões' dreihundertstem Todestag ausließ. In Funchal hatte es einen Festvortrag im Real Colégio Luso-Británico gegeben. «Viele Leute, viel literarischer Glanz, aber nichts von Bedeutung», schrieb der Domherr, «aus dem Reich hingegen kamen kuriose Nachrichten. Die königliche Familie und die Regierung hatten erst im letzten Moment ihre Beteiligung an den Feiern zum dreihundertsten Todestag zugesagt, und schon wurden Überlegungen zum republikanischen Charakter der Feierlichkeiten angestellt. Aber sollten es wirklich nur Überlegungen sein?» fragte sich der Domherr. «Das Organisationskomitee setzte sich vornehmlich aus Journalisten zusammen, es nannte sich übrigens Exekutivkomitee der Presse von Lissabon, und dieses Komitee hatte für die Idee, die Feiern und Festlichkeiten geworben und damit die Hauptstadt und das ganze Land angesteckt. Nachdem die Regierung und der König bloßgestellt waren, blieb ihnen nichts anderes übrig, sie mußten sich als Befürworter der Veranstaltungen darstellen und ihre Beteiligung zusagen. Allerdings waren sie nicht schnell genug, um zu verhindern, daß Stimmen laut wurden, die eine Haltung tadelten und kritisierten, in der Teile der Öffentlichkeit geradezu eine Mißachtung des großen Dichters und der Gefühle der Bevölkerung sahen, die in ihm das Symbol ihres eigenen Vaterlandes verehrt.»

Marcos las den Brief noch zweimal und ahnte, daß die Angelegenheit sich nicht in dem erschöpfte, was auf diesen in winziger Schrift beschriebenen Seiten stand. Mit Sicherheit gab es viel zu hören, wenn er nach Funchal zurückkehrte. Die republikanischen Ideale begeisterten den Domherrn, er wehrte sich in sehr wortgetreuer Auslegung des biblischen Begriffs Brüderlichkeit gegen die Auffassung, daß die einen von Geburt an zum Herrschen bestimmt waren und die anderen zum Dienen. Herrschen sollten die Besten, die Fähigsten und die am besten dafür Ausgebildeten, und zwar gewählt von allen anderen. Marcos stimmte diesem Grundsatz zu, war aber davon überzeugt, daß den Herrscherhäusern die Macht nur mit Gewalt entrissen werden konnte. Und vor Gewalt schreckte Marcos immer zurück.

Auf einem abendlichen Spaziergang erzählte er Raquel von Nicolaus Brief. Wie er vorausgesehen hatte, reagierte sie begeistert:

«Die Menschen wachen auf, Marcos, endlich wachen die Menschen auf. Nach der Französischen Revolution können die republikanischen Ideale, trotz ihres derzeitigen Bankrotts, nicht mehr untergehen. Ist die amerikanische Republik nicht im übrigen das beste Beispiel? Warte nur ab, Liebling, wir werden noch den Einzug der Republik in Portugal erleben.»

«Du bist die geborene Revolutionärin, mein Schatz. Und dein Mann ist ein friedlicher Mensch, der sich nur zwei Dinge im Leben wünscht: Arzt zu sein ...»

« ... und?»

« ... Raquels Mann.»

Sie lachte ihr wunderschönes glückliches Lachen, ein Lachen, das ein wenig belegt klang, wie ihre Stimme, das eine glühende Lebensfreude ausstrahlte, eine Zufriedenheit an Leib und Seele, die sie selbst einmal als beseligend bezeichnet hatte. «Seligkeit muß diesem seelischen Zustand entsprechen, das muß die Definition für dieses Glück, diesen schöpferischen, tiefen inneren Frieden sein, für diese Gewißheit, daß man nirgendwo sonst sein möchte, auch mit keinem anderen Menschen zusammen. Empfindest du das nicht auch, Marcos?»

Die Abende waren das Schönste an Guyana – es kühlte ab, fast nie war es windig, die Luft hatte etwas Weiches, Liebliches, nur die weißen Blüten hoben sich aus der Dunkelheit ab, die überquellende Üppigkeit der Landschaft bei Tag mäßigte sich unter dem Sternenhimmel. Und Marcos kam nach Hause, sie aßen auf der Terrasse, es gab köstliche exotische Früchte, und anschließend machten sie ausgedehnte Spaziergänge, Raquel hatte sich feste Stiefeletten ohne Absatz gekauft, in denen sie mit ihrem jetzt schweren Gang besser laufen konnte.

Bei den Arbeiten am Wiederaufbau der Lagerhäuser, der *rum-shops*, wie die Einheimischen sie nannten, war mit unerträglich langen Verzögerungen zu rechnen. Das Ausmaß der Feuersbrunst war dramatisch gewesen, und entsprechend war der Engpaß im Bauwesen, das nur über sehr begrenzte Mengen an Arbeitskräften und Material verfügte. Da Eusébio Amaro zu Ohren gekommen war, daß Marcos inzwischen hohes Ansehen genoß, bestand er darauf, daß Marcos die Verhandlungen mit den Bauunternehmen persönlich führte. Schließlich wurde eine Frist für die Arbeiten vereinbart, und Marcos konnte endlich an die Heimkehr denken. Doch Dr. Bradshaw riet dringend von der Reise ab, es konnte zu einer Frühgeburt kommen, an Bord wäre das unangenehm, außer Marcos gäbe es keinen anderen Arzt, die Vernunft verlangte, daß sie blieben. Marcos dachte gar nicht daran, ihm zu widersprechen, doch Raquel war ein paar Tage lang enttäuscht, dann gewann ihre gute Laune die Oberhand, und sie fand wieder Gefallen an den kleinen Entdeckungen, die sie täglich in Guyana machen konnte. Da erst kündigten sie André und Benedita in einem gemeinsam geschriebenen Brief an, daß sie noch ein paar Monate in Georgetown bleiben mußten, bis zur Geburt des Geschwisterchens. «Der Schwester», berichtigte Raquel in ihrer großen, klaren Schrift, «ich bin sicher, daß es ein Mädchen wird, und wir werden es Clara taufen.»

Je näher die Geburt rückte, um so schwerfälliger und träger kam Raquel sich vor, wie das Faultier, das in den Straßenbäumen gegenüber vom Hotel faulenzte. Ein zottiges, langes Tierchen, es hieß wirklich Faultier und brauchte unendlich lange für jede Bewegung. Im Gegensatz dazu schwirrten die lärmenden Vögel, die den Garten bevölkerten, ständig umher und kamen auf die Terrasse, setzten sich neugierig und gesellig dicht neben Raquel.

An dem Tag, als Peregrina ihren Jungen bekam, setzten bei Raquel die Wehen ein. Deshalb verheimlichte man ihr, daß das Kind tot geboren war, von der Nabelschnur erdrosselt. Raquel war guter Dinge, optimistisch und konnte es gar nicht abwarten, mit Clara im Arm nach Madeira zurückzukehren. «Und wenn es ein Junge wird, Liebling, wie soll er dann heißen?»

«Marcos, natürlich», antwortete sie, «aber es wird ein Mädchen.»

Die Geburtsarbeit zog sich schmerzhaft und erfolglos zwei Tage hin, die Wehen kamen in gutem Rhythmus, doch das Kind senkte sich nicht, Raquels Fröhlichkeit, ihr Kampfgeist, ihre Kräfte schwanden, Marcos versank immer tiefer in Angst und Schrecken und weigerte sich, von der Seite seiner Frau zu weichen, Dorothy brachte ihm immer wieder Tee, Harry bemühte sich, ihnen Mut zu machen, und sprach darüber, wie dringend notwendig es sei, ein Medikament zu finden, das den Austreibungsmechanismus in Gang setzte und diesen mörderischen Wartereien ein Ende machte.

«Wenn der Wissenschaft diese Entdeckung gelingt», verkündete er, «hat die Geburtshilfe den größten Schritt in ihrer Geschichte getan.»

Aber die Medizin hatte diese Entdeckung noch nicht gemacht, das Kind kam nicht, Raquel wurde immer schwächer. Am dritten Tag entschloß sich Dr. Bradshaw zu einer Zangengeburt und holte das Kind mit beispielloser Kunstfertigkeit, ohne eine einzige Schramme. Raquel empfing das Baby in ihren Armen. «Es ist ein Mädchen, Marcos, die Clara unserer Liebesnacht.» Marcos reichte das

Kind der Krankenschwester, damit sie es versorgte, küßte Raquels geschlossene Augen, ihren fiebernden Mund, legte den Kopf auf ihre Brust, ganz vorsichtig, und betete in seiner tiefen, düsteren Verweiflung zu Gott, er möge ihr Leben verschonen, die Blutung zum Stillstand bringen, die gleich nach der Geburt eingesetzt hatte und noch immer ungehemmt lief.

Sie schien zu spüren, wie sehr er litt, waren sie einander nicht so innig vertraut?, und streichelte ihn zärtlich, «ich bin glücklich, mein Liebling, so glücklich, wir dürfen nichts bereuen, Marcos, wir haben alles gehabt, alles erreicht, wir sind vollkommen glücklich gewesen.» Sie brachte noch die Kraft zu einem kurzen leisen Lachen auf, streichelte ihn weiter, bat, er solle seinen Kopf an ihren lehnen, Marcos faßte sie um die Schultern, küßte sie wieder auf die Augen, legte seine Wange auf dem Kissen an ihre und fühlte, wie ihr Atem schwächer wurde, immer schwächer und schwächer, bis zum Schluß.

Die Bradshaws trafen die notwendigen Entscheidungen und baten Peregrina, Clara die Milch zu geben, die reichlich, aber ungenutzt floß, und die Liebe, die sie sonst niemandem schenken konnte. Sie erinnerten daran, daß das Kind getauft werden müsse, Marcos gab, bedrückend teilnahmslos, zu allem sein Einverständnis, bestand nur nachdrücklich darauf, daß seine Tochter den Namen Clara erhalten solle. Dorothy und Harry beschlossen, die Patenschaft zu übernehmen, sie trugen das Baby zum Taufbecken der katholischen Kirche in der Main Street, niemand schien Anstoß daran zu nehmen, daß beide der anglikanischen Kirche angehörten.

Auf dem nächsten Dampfer, der nach Funchal auslief, reiste Marcos mit Peregrina ab. Im Gepäck eine Wiege und einen Sarg.

*Nicolau*

Das Telegramm traf über London in Funchal ein, adressiert an den Domherrn Nicolau Villa und unterschrieben von Harry Bradshaw, Arzt. Es lautete: «Marcos mitteilt Raquel verstorben bei Geburt Clara 29. September *stop* Marcos, Kind und Amme abreisen nach Madeira am 12. Dampfer *Annie*.»

Nicolau sucht Zuflucht in der Kirche, er vergräbt das Gesicht in den zitternden Händen, sein Körper sackt schwer auf die Knie und Ellbogen, die im Samt des Betstuhls versinken, er murmelt, «Marcos, mein armer Marcos», Maria Anas Tod vor dreißig Jahren läßt ihn die Qualen nachempfinden, die Marcos leidet, den Alptraum seiner unwiderruflichen Einsamkeit. Arme Raquel, so schön, so intelligent, eine so echte Villa, mein armer André, deine geliebte Enkelin ist jetzt bei dir, bete für uns, die wir sie verloren haben, bete für Marcos, für das Kind. Nicolau liest das Telegramm noch einmal, er hat nur das Wesentliche aufgenommen, sucht nach den Daten, dem Namen des Schiffes, nimmt den Hinweis auf die Amme wahr, diese Angabe hält ihm plötzlich vor Augen, wie zerbrechlich ein Neugeborenes ist, wie hilflos und verletzbar, er muß an seine eigene kleine Ana Maria denken, krampfhaftes Weinen bricht aus ihm heraus, er bekommt sich erst wieder in die Gewalt, als er sich bewußt macht, daß Marcos ihn dazu auserkoren hat, es der Familie mitzuteilen, damit er ihnen Stütze, Kraft und Halt sei.

Er läßt Paulo und André holen, spricht anfangs gefaßt zu ihnen, dann versagt ihm die Stimme, er bringt es nicht übers Herz, als er ihnen endlich die ganze Wahrheit mitteilt, weint er hemmungslos, «ich bin zu alt für solchen Kummer», entschuldigt er sich unbeholfen, ihm ist, als wäre Maria Ana noch einmal in seinen Armen gestorben. Sie schikken Boten zu Angélica und Sofia, zu Margarida und Rodolfo, begeben sich schließlich hinauf zum Haus im Vale Formoso, wie soll man einer alten Dame und zwei Kindern, die ihre Mutter abgöttisch lieben, eine solche Nachricht bringen? Nicolau hüllt sich in seinen schwarzen Umhang, fragt unwirsch Gott, warum er ihm auch noch diese Prüfung auferlegt, Raquel war für ihn die Tochter, die er nicht hat aufwachsen sehen, so hatte er sich vorgestellt, wäre Ana Maria geworden, wenn der Tod sie nicht so früh dahingerafft hätte, es zerreißt ihm das Herz, daß Raquel nicht mehr ist, aber auch, daß er André und Benedita einen solchen Schmerz zufügen muß, arme kleine Benedita ...

Die Ankunft der drei Männer, ihre leidzerfurchten Mienen, die ausweichenden, unbestimmten ersten Worte, mehr brauchte es nicht, um in den Kindern und Constança eine Ahnung aufsteigen zu lassen, in wenigen Minuten war die Wahrheit ausgesprochen, Benedita klammerte sich schluchzend an ihre Freundin Catarina Isabel, André war neben dem Sessel der Tante zusammengesunken und barg den Kopf an ihrer Schulter, Constança rannen die Tränen langsam über die Wangen, ihre Reaktion war ihrer ständigen Weltflucht angemessen.

Die Dienstboten wollen die Fenster schließen und die Blumen aus den Vasen nehmen, wie es die Tradition verlangt, Benedita kommt anscheinend zu sich und verhält sich unbewußt zum ersten Mal als Autorität, mit der Autorität derjenigen, die als Nachfolgerin ihrer Mutter die Führung im Haus übernehmen wird: «Laßt die Fenster offen und die Blumen in den Vasen, Mama hat diese Sitte verabscheut, Mama hat die Sonne, die Blumen, das Meer geliebt, in diesem Haus wird kein einziges Fenster geschlossen!»

Constança deutet eine knappe Handbewegung an, die Dienstboten verstehen nicht, sie zögern unschlüssig, da greift der Domherr ungehalten ein: «Habt ihr nicht gehört, was die Senhora Dona Benedita gesagt hat?»

Was interessieren die Fenster, denkt Nicolau, was interessieren die Sitten, nur Außenstehende vergeuden ihre Zeit mit solchen Dingen, aber Benedita hat recht: Raquel hätte nicht gewollt, daß sich ihr Haus dem täglichen Erwachen des Lebens, der Sonne, dem Garten, dem Blick auf die Bucht und die Schiffe verschließt, Raquel war widerspenstig, Gott sei es gelobt, schon immer, von klein auf, und der schlaue Großvater hat ihre geistige Freiheit, ihr eigenständiges Denken bewußt gefördert. Er selbst, Nicolau, hatte André bei der faszinierenden Aufgabe zur Seite gestanden, die drei Kinder nach dem viel zu frühen Tod der Eltern zu erziehen, hatte sie während der Schulzeit angeleitet, zum Lesen angespornt, hatte André unterstützt, der sich weigerte, bei der Ausbildung irgendeinen Unterschied zwischen Raquel und ihren Brüdern zu machen. Und Raquel war zweifellos die brillanteste der drei gewesen, sie war nicht musikalisch begabt wie Paulo, Mathematik fiel ihr nicht so leicht wie André, aber sie war flink im logischen Denken, sicher in der Argumentation, hervorragend in Sprachen, sie las stundenlang und konnte schon als Mädchen die *Göttliche Komödie* genießen und verstehen, sie hatte ihm unzählige gescheite Fragen gestellt, doch ihre bemerkenswerteste Eigenschaft war vielleicht, daß sie ganz einfach glücklich sein, mit nichts und mit allem glücklich sein, an allem immer die gute Seite, die schöne Seite wahrnehmen konnte. Raquel, meine kleine Raquel, ich habe dich mit den Spenden des Heiligen Geistes getauft, dich auf die erste Kommunion vorbereitet, ich habe dich getraut, deine Kinder getauft, warum bin ich nicht statt deiner gestorben?

André und Paulo setzen sich zu ihm, bieten ihm eine Zigarre an, tun so, als hörten sie nicht das Schluchzen, das er mit zusammengepreßtem Mund zu unterdrücken versucht. Der Domherr hat auf sie immer so ewigwährend, wie ein Fels, ein großer unzerstörbarer Basaltblock gewirkt. Nach dem Tod von Großvater André hatte er ganz selbstverständlich die Stelle des Patriarchen eingenommen, er war die Erfahrung gewesen, die Rat gibt, die Ironie, die entdramatisiert, die Klugheit, die zu näherem Nachdenken auffordert. Und jetzt birst der Fels, der Fels weint, der Fels macht einem gebrochenen, zitternden alten Mann Platz. Sollte dies letztlich das Alter sein? Nicht der Verfall des Körpers, die steifen Knochen, die Falten und die Krankheiten, sondern dieses Schwinden des moralischen Widerstands, diese Schwächung der seelischen Kraft, diese schreckliche Hilflosigkeit des Willens? Paulo und André wechseln beunruhigte Blicke.

Raquels Tod hat Nicolau mit der Gewalt eines Erdbebens getroffen, Empfindungen bloßgelegt, die er für endgültig verödet gehalten hatte, ihn bis in die Wurzeln seines Glaubens erschüttert. Herr, mußt du mir alle Frauen nehmen, die ich geliebt habe? Als ich jung war, hast du mir meine Mutter genommen, als ich erwachsen war, meine Frau und Tochter, jetzt im Alter nimmst du mir Raquel, o mein Gott, was hilft der Glaube angesichts der tragischen Sinnlosigkeit des Leidens? Warum, Herr, hast du den Tod meiner Mutter geschehen lassen, sie war jung, tugendhaft und stark wie die Frauen im Alten Testament. Und den Tod von Maria Ana, meiner Frau, meiner Liebe, meines eigenen Lebens? Und den Tod von Ana Maria, einem unschuldigen Baby, das keine Schuld und keine Sünde auf sich geladen hatte? Und jetzt nimmst du mir Raquel, die mir als Abbild meiner Mutter, meiner Frau und meiner Tochter Frieden schenkte – warum, Herr? Warum dieses absurde, sinnlose Leid, warum müssen es immer neue Opfer sein, wenn du uns wenigstens einen Sinn, einen Grund, einen Zusammenhang erkennen ließest ... Du hast eine Religion auf der Gewalt des Kreuzes und des Todes gegründet – wofür dann diese Welt voller Schönheit und Freude, diese Natur voller Wunder und Zauber? Hätte es für die Erlösung keine anderen Möglichkeiten gegeben? Und in welch ungeheuerlichem Maße hat sich der Mensch von der ursprünglichen Ordnung der Schöpfung abgewandt, daß er der nie endenden Qual grundlosen Leidens ausgesetzt ist? Wird es denn nie eine Antwort geben, Herr, du mein Gott? Und wenn bedingungsloser Glaube das ist, was du von uns verlangst, warum hast du uns dann als frei und mit Vernunft begabt geschaffen? Nicolau murmelt, *Pater noster qui es in caelis*, doch seine Worte stocken, sein Atem versagt, als er *fiat voluntas tua sicut in terra et in caelo* weitersprechen will, nein, er bringt es nicht über die Lippen, er kann nicht, er will nicht. Und trotzdem, als er Frau und Tochter verlor, hat er das Opfer uneingeschränkter Hinnahme vollziehen können. Er war erst dreißig Jahre alt, praktizierte den Glauben nur aus Gewohnheit, er wußte, daß sein Leben als Mann dort, an Maria Anas Grab, zu Ende war – und hatte es trotz alledem fertiggebracht, dieses *fiat voluntas tua* auszusprechen, das ihm jetzt die Kehle zuschnürt. Ist sein Glaube geringer geworden? Oder sein Zwiegespräch mit Gott anspruchsvoller? Er übergeht die Worte, die ihm die Luft nehmen und ihn rebellieren lassen, und bittet mit einem gequälten Hilferuf, *panem nostram quotidianum da nobis hodie*, gib mir, o Herr, das Brot der Weisheit, das Brot der Einsicht, du hast mich zum Menschen geschaffen, Herr, behandele mich nicht wie einen Wurm, ich muß verstehen können.

Nicolau versucht, an anderes zu denken, er braucht eine Atempause, eine Zuflucht, etwas Ruhe. Verse des von ihm so geschätzten Wordsworth kommen ihm in den Sinn, liebenswerte, heitere, erfrischende Verse: «*My heart leaps up when I behold / a rainbow in the sky: so it was when my life began; / so it is now I am a man; / so be it when I shall grow old, / or let me die!*» Mit einem Anflug von Humor stellt Nicolau fest, daß er nicht mehr weiß, was er in der vergangenen Woche getan hat, sich aber noch tadellos an alles erinnert, was sein Gedächtnis vor langer Zeit aufgenommen hat. In seiner Jugend hatte er William Wordsworth begierig gelesen, konnte ganze Seiten auswendig, hatte immer vorgehabt, einmal die Seenlandschaft und die Orte zu besuchen, wo der Dichter gelebt hatte, es aber nie geschafft, seinen Plan in die Tat umzusetzen. Und wie lautete noch das Gedicht zur Verteidigung des Sonetts? Ach, ja, *Scorn not the sonnet*, verspottet nicht das Sonett. Und dann führte er Shakespeare, Petrarca, Dante, Milton und Camões ins Feld. Wie hieß es in dem Vers? *With the sonnet*, nein, so nicht ... *With it, Camões soothed an exile's grief.* Nicolau strengt sein Gedächtnis an, versucht, sich andere Gedichte in Erinnerung zu rufen, es gibt bei Wordsworth Stellen, die seinen Schmerz lindern könnten, wenn er wenigstens die Bücher hier hätte, endlich fällt ihm das gewünschte Gedicht ein, er kann nicht alle Lücken schließen, doch das Wesentliche kommt ihm wie ein Lied, wie ein Balsam über die Lippen: «*Then sing, ye Birds, sing a joyous song: / And let the young lambs bound / As to Tabor's sound: / (...) Feel the gladness of the May! / What though the radiance which was once so bright / Be now for ever taken from my sight, / Though nothing can bring back the hour / of splendour in the grass, of glory in the flower; / we will grieve not, rather find strength in what remains behind / In the faith that looks through death, / In years that bring the philosophic mind.*»

Kraft in dem finden, was hinter uns liegt, in dem Glauben, der über den Tod hinausblickt, in den

Jahren, die den philosophischen Geist bringen ... Nicolau seufzt, es ist ein vielfältiges, geschluchztes Seufzen, das war es, wonach er gesucht hat, Wordsworth hat ihm die Formel gegeben, aber er findet nicht den Weg zu dieser Kraft, diesem Frieden, dieser Philosophie. Was willst du von mir, mein Gott?

«Eine Tasse Kaffee, Onkel Nicolau?»

Er schreckt zusammen, blickt auf und nimmt die Tasse aus Angélicas Händen in Empfang, ihrem teilnahmsvollen Blick kann er entnehmen, wie elend er aussehen muß. Er reagiert spröde, wie es seine Art ist, wenn ihn etwas innerlich bewegt: «Danke, ja, aber nicht pur, sag Paulo, er soll mir einen Whisky bringen, mir ist sterbenskalt.» Er entschuldigt sich für das unglückliche Wort, nimmt das Glas mit zitternder Hand entgegen, wo ist seine seelische Kraft geblieben, seine Fähigkeit, den Weg zu weisen, wo ist der erfahrene alte Mann geblieben, dem Marcos in dieser Stunde der Prüfung die Familie anvertraut hat? Er blickt in die Runde, von einem zum anderen, alle jung und verletzlich, arme kleine Benedita, wie sie noch immer schrecklich weint, nun an Tante Margarida geklammert, sie weinen ihr Elend mit Tränenströmen heraus, verausgaben sich in ihrem Schmerz bis zur körperlichen Erschöpfung und stellen Gott einfach deshalb nicht in Frage, weil sie sich in ihrer wunderbaren, unangreifbaren Jugend gefeit wähnen. Gesegnet seien die Einfältigen, die Leichtgläubigen, die Vertrauensseligen. Nicolau beobachtet Constança, sie ist am gefaßtesten, ihre Hände, die Andrés Körper stützen, zeichnen mit unwandelbaren Bewegungen Liebkosungen, doch ihr Gesicht trägt die gelassene Maske einer Frau, die es gewußt, die schon alles erlebt und erlitten hat. Wer von uns beiden hat wohl mehr gelitten, sinniert Nicolau, unselige Constança, so vieles vertan, so vieles nutzlos, mein Gott, wie sinnlos, wie kann man glauben, jedes Leben sei einzigartig und unersetzlich und kein Haar falle uns aus, ohne daß der Vater im Himmel davon weiß? Unselige Constança, es hatte eine Zeit gegeben, eine sehr kurze Zeit, da hatte er in Erwägung gezogen, mit ihr ein neues Leben zu beginnen, eine neue Familie zu gründen, es mit einem Ersatzglück zu versuchen. Er hatte sich für die Kirche entschieden, noch heute weiß er nicht, ob er daran gut oder schlecht getan hat, er hätte Constança vor dieser schrecklichen, aberwitzigen Geschichte, vor Bigamie, Passion und Beinahwahnsinn bewahrt.

Constanças Blick ist ziellos auf irgendeinen Punkt im Garten gerichtet, sie wiegt André, als wäre er der kleine Marcos in ihrer Jugend, sie sträubt sich gegen den Schutzpanzer, in den sie sich vor Jahrzehnten eingeschlossen hat, bringt aber nicht mehr als einen scheuen, unbeholfenen Kontakt mit der Wirklichkeit ringsum zustande. Sie sagt sich, daß ihre Leidensfähigkeit erschöpft ist, sie weiß es, bedauert es aber nicht, und das macht den ganzen Unterschied aus, sie denkt daran, daß auch sie eines Tages so fassungslos, so verzweifelt geweint hat, und letztlich blieb die Welt unbeteiligt und unwandelbar, die Sonne ging am nächsten Morgen pünktlich auf, das schwarze Mutterschaf, das frei im Kamelienpark umherlief, bekam sein Lamm, die Pfirsichbäume blühten in weißen und rosa Kaskaden, selbst die Hortensien auf Fredericos Grab trieben jedes Jahr von neuem ihre Knospen. Ob Frederico inzwischen gestorben war, tatsächlich gestorben war? Und hatte er je erfahren, je gespürt, daß sie ihm vom ersten Augenblick an verziehen hatte, daß sie jene kurzen, kostbaren Tage für den Rest ihres Lebens in zärtlicher Erinnerung behalten hatte? Mit ihrer bewußten Selbsttäuschung, die sie sich seit dem Skandal um ihre Ehe immer gestattet hat, träumt Constança von einer Ewigkeit, in der andere Regeln gelten und das angesammelte Leid als Entschädigungswährung dient, und dann werden Frederico und sie noch einmal von vorn anfangen können, jung, miteinander vereint und glücklich.

«Komm schlafen, Tante Constança», sagt Margarida und hilft ihr beim Aufstehen, «Nicolau geht jetzt, Paulo und André auch, ich bleibe heute nacht hier, aber wir müssen versuchen, etwas zu schlafen. Morgen früh ist die Messe im Santos Apóstolos, komm schlafen, Tante Constança.»

Nicolau verabschiedet sich mit angemessenen Worten, er nimmt seine ganze Selbstbeherrschung zu Hilfe, denkt an die Achtung, die er den anderen schuldig ist, an die Haltung, die sie in jeder Situation von ihm erwarten. Er strafft den Rücken, die breiten Schultern drücken wieder Kraft aus, der alte Basaltfels kehrt zurück. Nur Gott weiß, welcher Sturm in seinem Gewissen tobt und ihn die ganze Nacht nicht wird schlafen lassen. Mit langsamen Schritten, denn das rundköpfige Pflaster ist tückisch, geht er die Straße hinunter bis zu der alten Kirche, in der seinem Priesterleben Mißerfolge und Niederlagen beschieden gewesen sind, aber auch ein paar glorreiche Augenblicke und seltene Momente vollkommenen Friedens. Von seinen Zweifeln gepeinigt, kniet er vor dem Sakramentshäuschen nieder und bereitet sich darauf vor, dort zu wachen, bis zu dem Augenblick, der mit Sicherheit kommen wird, vielleicht wird es lange dauern, aber kommen wird er, der Augenblick, in dem er sich schließlich mit sich selbst aussöhnen, in wiedergefundener Demut hinnehmen kann, daß seine bohrenden Fragen keine Verweigerung sind, nicht einmal Trotz, sondern einfach nur die beklommene, beharrliche Suche nach Gott. Erst dann wird er sagen können, *fiat voluntas tua*, erst dann wird er schlafen können.


Und wieder warten sie auf ein Schiff, so ist das Leben auf einer Insel, die Schiffe bringen und tragen fort, verbinden und trennen, ohne Schiffe gehörten die Inseln nicht zur Welt, niemand wüßte von ihnen und ihren Menschen, so als existierten sie nicht, auf keiner Landkarte wären sie verzeichnet, kein Buch würde von ihnen berichten.

Als die Passagiere der *Annie* von Bord kommen, blickt die Familie ängstlich forschend auf Marcos' Gesicht. Es ist sehr schmal, aber nach anderthalb Monaten auf See hat es eine wunderbare Farbe, er sieht aus wie ein eleganter *sportsman*, ein paar Sekunden herrscht Sprachlosigkeit, doch sein Blick ist dunkel und leer, es sind tote Augen, wo sind die grünen Sprenkel seines Lachens, seiner Ironie geblieben, die Raquel so geliebt hat? Sie umarmen sich mit verhaltener, beherrschter Rührung, Marcos zwingt sich zu einem Lächeln, um Clara zu zeigen, das Baby wird von einer dunkelhäutigen Frau in Witwenkleidung getragen, Marcos stellt sie als Peregrina vor, die Amme. Benedita, ganz durchdrungen von ihrer neuen Verantwortung, begrüßt sie freundlich: «Willkommen, Peregrina, ich

bin Benedita, und das hier ist mein Bruder André.»
Doch ihr Blick ist bereits von dem Baby gefesselt,
von dem mit blondem Flaum bedeckten Köpfchen,
den hellen honigfarbenen Augen, wie die Augen
des Vaters oder des Bruders, Benedita fühlt sich
beraubt, sie hat so inständig gehofft, in diesem
Kind die Mutter wiederzufinden. Marcos errät
ihre Enttäuschung, hebt ihren Kopf behutsam an,
will sie trösten: «Ähnlichkeit mit Mama hast nur
du, Benedita, das ist dein Erbe, dein Vermächtnis.
Es tut gut, nach Hause zu kommen, mein Kind.»

Nicolau und Marcos umarmen sich schweigend.
Sie werden noch lange miteinander sprechen, später, wenn die Worte endlich in der Lage sind, *the soothing thoughts that spring out of human suffering* wiederzugeben. Bislang ist noch kein lindernder Gedanke aus dem Leid gekeimt, die Wunden sind noch offen und bluten noch, es ist klüger, nicht daran zu rühren, nur Schweigen tut nicht weh. Nicolau wartet noch immer auf Gottes Antwort. Marcos hinter der mächtigen Mauer seiner Einsamkeit vielleicht auch.

Paulo, André und Rodolfo geleiten die Familie nach Hause und erheben energischen Einwand dagegen, daß sich der Schwager um das Ausladen des Sargs mit Raquels Leichnam kümmert. Marcos willigt fast widerspruchslos ein. Seine Kleidung ist zu groß für den abgemagerten Körper, auf seinem Gesicht liegt unverändert ein apathischer Ausdruck, Benedita und André haken sich beim Vater ein und steigen die steilen Straßen zum Vale Formoso hinauf, sie nehmen gar nicht wahr, wie geschickt und erfolgreich der Domherr mit beredten Gebärden die Menschen abweist, die ihr Beileid aussprechen wollen, für solche Förmlichkeiten wird bei der Beerdigung Gelegenheit sein. Peregrina unterhält sich halblaut mit der Schwester und den Schwägern des Herrn Doktor, das Kind schläft auf ihren Armen ein, Margarida nimmt es ihr ab, sehr behutsam, damit es nicht aufwacht, und gelobt Raquel, ihrer Freundin, ihrer Schwägerin, ihrer Schwester, daß alles gut werden wird.

Mit Rücksicht auf die Kinder beschließt Nicolau Villa, gegen die Regeln zu verstoßen, und läßt die Totenkammer in der Kirche von Santos Apóstolos herrichten. Die Nachricht hat sich schnell in der Stadt herumgesprochen, seit Menschengedenken hatte es keine Totenwache außerhalb des Hauses des Verstorbenen gegeben, aber es war auch nicht üblich, daß sich der Todesfall auf der anderen Seite des Ozeans ereignete und die Beerdigung mit fast zweimonatiger Verspätung stattfand. Tadelnd und mißbilligend, aber deshalb nicht weniger beflissen oder sogar bewegt, zieht die Stadt während der endlosen, zermürbenden Totenwache die ganze Nacht über durch die Kirche. Die Schwägerinnen und Raquels Kinder sind um Mitternacht gegangen, und nach ihnen die anderen Damen. Die Männer harren stoisch in respektvollem, angespanntem und nervenaufreibendem Schweigen an Marcos' Seite aus und stehlen sich nur hin und wieder davon, um draußen unter den Jakarandabäumen zu rauchen.

In den Mauern seiner Einsamkeit führt Marcos den inneren Kampf weiter, den er ohne Unterlaß gekämpft hat, um sich nicht vorzustellen, in welchem Zustand Raquels Körper in diesem Augenblick sein mag. Die Reise von Guyana hierher war ein peinigender, qualvoller Alptraum, die Bilder der Verwesung ließen ihn nicht los, er wachte nach Raquel schreiend auf, klammerte sich an die süßen Erinnerungen an ihren schönen Körper, der warm und bebend in seinen Armen gelegen hatte, dieser Körper, den er mit Küssen bedeckt hatte, den er in jeder Faser gekostet, der im wahrsten Sinne alles verkörpert hatte, was er im Leben am meisten geliebt hatte. Es war ihm gelungen, seiner nicht mehr kontrollierbaren, leidenden Phantasie an einem Punkt Einhalt zu gebieten, von wo es, das wußte er, keine Rückkehr gegeben, was ihn in den Wahnsinn getrieben hätte: Raquels Gesicht. Selbst im Traum, wenn er keine Macht über seine Gedanken hatte und sich Bilder in grauenhaften Einzelheiten von der Verwesung in der Äquatorhitze einstellten, selbst in diesen Augenblicken, wenn er, vor Entsetzen und Angstqualen wie von Sinnen, wach wurde, hatte er das geliebte Antlitz unversehrt erhalten können. Und hier, in der Kirche, hatte er die Gewißheit, daß der Alptraum ihn bald loslassen, daß dieser infernalische Mechanismus nach der Bestattung endlich abgestellt würde und er das lebendige, wahre Bild von Raquel bei sich behalten würde, für alle Zeit.

Marcos hatte sich nie mit Glaubensfragen beschäftigt, er befolgte die in der Kindheit gelernten Gebote, akzeptierte gleichmütig Gott und die Kirche, die Seelenqualen wirklich religiöser Menschen waren ihm fremd. Nach Raquels Tod jedoch hatte er Zuflucht bei der einzigen Vorstellung gesucht, die ihn retten konnte: die geistige Verbindung zwischen den Gläubigen, den Getauften, die Verheißung eines Wiedersehens in der Ewigkeit, diese Vorstellung machte er sich zur Gewißheit, und von dieser Gewißheit lebte er fortan, bis er akzeptieren konnte, daß der im Schiffsbauch in einem

Sarg eingeschlossene Körper nichts mit der Frau zu tun hatte, die er geliebt hatte und immer lieben würde und mit der er eines Tages vereinigt würde, zwei unversehrte, selige Körper, in einem anderen Leben, einer anderen Dimension, einer anderen Welt. Gelegentlich, wie während dieser zermürbenden nächtlichen Totenwache, beschlich ihn der Verdacht, er sei einfältig, doch nahm er dies gern dafür in Kauf, daß es ihm Frieden schenkte. Jede Arznei, die hilft, ist gut, sagte sein alter Professor immer, und um die Nebenwirkungen kann man sich nachher kümmern.

Am Morgen, einem strahlenden Morgen der herrlichen Herbstmonate auf der Insel, setzte sich der Trauerzug zu Fuß zum Cemitério das Angústias in Bewegung. Catarina Isabel, die neben Benedita ging, beide mit einem Trauerschleier verhüllt, sollte sich ihr Leben lang an die unzähligen wunderschönen Blumen erinnern, die den Sarg bedeckten und nachher rund um das ganze Mausoleum verteilt lagen. Weiße, violette, lila, blaßrosa Blumen, in keiner anderen Farbe sonst, das wäre unpassend und unziemlich gewesen, und Catarina kam ungewollt der zynische Gedanke, ob all diese Pracht wirklich dazu bestimmt war, Raquel zu ehren, oder ob sich damit nicht lediglich jene aufspielten, deren Namen in goldenen Lettern auf den lila Schleifen zu lesen war.

Der Friedhof füllte sich, es schien, als sei ganz Funchal gekommen, um von Raquel Passos Villa, von Raquel Vaz de Lacerda Abschied zu nehmen, die Familien von beiden Seiten waren da, die nahen und fernen Verwandten, die Dienerschaften, die Nachbarn und die Bekannten, die Kollegen von Marcos, die Mitglieder des Domkapitels, die

Nonnen der Schulen, in denen die Mädchen der Familie unterrichtet wurden, und die Schaulustigen, die unzähligen Schaulustigen, die zu Begräbnissen und Hochzeiten mit dem gleichen unwiderstehlichen und berechtigten Verlangen nach Unterhaltung gehen wie ins Theater, in die Oper oder zu Konzerten, denn sie alle sind ja Teil des Lebens in der Gesellschaft, und auf einer Insel, mehr noch als andernorts, zehren die Menschen voneinander bis an die Grenzen der Sättigung und des Anstands.

Catarina Isabel sollte auch über lange, lange Jahre in Erinnerung behalten, daß sich an der Landspitze von Garajau ganz deutlich, schimmernd und körperlos ein doppelter Regenbogen über dem Meer erhob und sich in vollendetem, zartem Rund wölbte. Catarina dachte – und mußte über die unmittelbare Überzeugungskraft dieses Gedankens lächeln –, wie entzückt Raquel darüber gewesen wäre, daß sich am Morgen ihres Begräbnisses ein Regenbogen eingestellt hatte, so leicht und anmutig wie ein Vogel.

*Catarina Isabel*

In Carlotas Geschichten nahmen die Frauen einen speziellen Rang ein. Und alle, denen sie diesen Rang zubilligte, wurden früher oder später unweigerlich als aufsässig bezeichnet. Die braven und folgsamen, die die männliche Vorherrschaft respektierten und als unbestritten weitervermittelten, daß Frauen sich an ihren Platz und die ihnen auferlegten Grenzen zu halten hätten, kamen in Carlotas Erinnerungen nicht vor. Wenn ich nach der Tante A, der Cousine B oder dem Großvater C fragte, beschränkte sie sich mit tödlicher Verachtung auf den lakonischen, bissigen, unerwartet ordinären Kommentar: «Die waren einen Dreck wert.» Carlota interessierten einzig die beherzten, couragierten Frauen, sie achtete und erzählte nur von den aufsässigen, in ihrem Mund war dies ein erhabenes Wort, mit dem sie nur wenige Menschen bedachte, so feierlich und förmlich, als verliehe sie ihnen einen Orden.

Auf einem Stuhl mit sehr hoher Rückenlehne, gebogenen Armstützen und einem Petit-point-Polster in schönen matten Farbtönen sitzend, «mein kostbarer Bischofsstuhl», wie sie ihn nannte, wobei ich nie wußte, ob es stimmte oder ironisch gemeint war, beschwor Carlota die Erinnerung an die Aufsässigen unter den Aspekten, die sie an ihnen am meisten beeindruckt hatten: ihre Redlichkeit, ihr unbeirrbares Festhalten an Plänen, ihr Trotzvermögen, ihre Verachtung für Konventionen, auch wenn die Konventionen ganz vernünftig waren, ihre Weigerung, irgend einem anderen Menschen – und wenn der Preis noch so hoch, das Risiko noch so groß war – die Befähigung zum Vormund, Richter oder Henker zuzubilligen.

Catarina Isabel gehörte zu dieser kleinen Zahl besonderer Menschen, vor allem Frauen, die mir durch Carlotas Erzählungen vertraut wurden. Eine enge Freundin, fast Schwester von Benedita, sie hatten dieselbe Schule besucht, allerdings war Catarina ein Jahr älter, also gleichaltrig mit André, sie wohnten in benachbarten Häusern, deren weitläufige Gärten aneinandergrenzten. Carlota sprach von dem lauten und unbeschwerten, anziehenden und ansteckenden Lachen, das Catarina Isabel sich bis zu ihrem Tod bewahrt hatte, als wäre die Zeit spurlos an ihr vorübergegangen. Aber nicht nur ihr Lachen strafte ihr Alter Lügen, auch ihr gepflegtes Äußeres, ihre aufrechte Haltung, ihr wohlfrisiertes Haar, ihre gut geschnittenen Kleider, ihr energischer Gang und insbesondere ihre glänzenden Fähigkeiten im Gespräch, ihr Spaß an Auseinandersetzungen, ihre subtilen Anspielungen. Sie war weder auf so passionierte Weise wie Tante Constança noch in der genügsamen, fast klösterlichen Art von Marta und Maria Vaz aufsässig gewesen, auch nicht mit der einfältigen, jugendlichen Rebellion von Maria dos Anjos und erst recht nicht in der nach innen gekehrten, glücklichen Art von Raquel, der schönen Frau auf dem sepiabraunen Bild, das Clara immer neben ihrem Bett stehen gehabt hatte. Catarina Isabel war aufsässig gewesen wie eine Frau der Zukunft, rational, unerschrocken und standhaft, sie hatte einen Vater und einen Priester gehabt, die ihre kühnen Pläne unterstützten, die Stadt hatte den Atem angehalten, Benedita und sie hatten häufig über jene Tage damals gesprochen, Carlota hatte ihnen zugehört und gedacht, wie grandios diese Zeiten doch gewesen sein mußten.

Catarina, Raquel, Marcos, Nicolau und Luciana waren einige der großartigen, geliebten Alten, die Carlotas Kindheit bevölkert hatten und durch sie, dank einer wunderbaren Vermittlung, auch meine eigene. Catarina Isabel wurde im Kreise ihrer vielen Freunde alt, einem kleinen Hofstaat interessanter und gebildeter Menschen, die ihr Gesellschaft leisteten, erst in ihrem ganz im Jugendstil gehaltenen Wohnzimmer, später an ihrem Himmelbett, einem sehr alten vornehmen Bett mit hohen geschnitzten Säulen und einer schweren weißen Häkeldecke, wo sie, von zahllosen Kissen gestützt, in pastellfarbene Bettjäckchen gehüllt ruhte. Sie war an Krebs erkrankt und beobachtete mit wachem Geist sehr genau jeden Schritt ihres Sterbens, sie kannte und erkannte die Spuren und Wege des Todes, doch sie bewies die Größe, bis zum Schluß die Segel ihres lauten Lachens zu hissen, als Herausforderung, aus Trotz, als letztes Zeichen ihrer Aufsässigkeit.

«Hör dir diese Nachricht an, Catarina: *In den Vereinigten Staaten will ein Anglo-Amerikaner umfangreiche Versuche unternehmen, um eine Unterwassertele-*

*phonleitung durch den Atlantik zu legen. Der erste Versuch soll in Kürze zwischen Halifax und dem etwa eintausendvierhundert Kilometer entfernten Gloucester im Bundesstaat Massachusetts stattfinden. Sollte der Versuch erfolgreich verlaufen, will man ein Telephonkabel von New York nach London verlegen. Nach Aussage angesehener Elektrizitätsexperten kann der Ton doppelt so weite Strecken zurücklegen wie die telegraphischen Übermittlungen per Unterwasserkabel.* Und auf Madeira gibt's noch immer kein Telephon! Was sind wir rückständig ...»

«Ja, ein Telephon käme uns im Krankenhaus wirklich sehr zupaß, nicht nur, damit die Kranken von zu Hause aus mit uns sprechen könnten, sondern auch, damit wir einander innerhalb des Gebäudes erreichen könnten.»

«Wenn sie in den Vereinigten Staaten schon an Entfernungen von mehr als tausend Kilometern arbeiten, dann könnten unsere bescheidenen portugiesischen Gehirne vielleicht Telephone einrichten, die wenigstens ein paar hundert Meter überbrücken ...»

«Du mit deiner spitzen Zunge, Luciana. Das kommt von deinem faulen Leben. Würdest du arbeiten, hättest du keine Zeit für solche Bissigkeiten. So, und jetzt lies mir noch etwas vor, ich höre dir gern zu.»

«Wie Frau Doktor wünschen. Mal sehen, was für interessante Sachen sonst noch im *Diário de Notícias* stehen. Das hier zum Beispiel, hör zu und dann sag mir, ob ich nicht recht habe, wenn ich vom Fortschritt bei uns spreche: *Die jüngste Statistik des Postverbandes besagt, daß in Portugal jährlich vier Briefe auf einen Einwohner kommen; in Spanien sind es sechs pro Kopf, in Italien sieben, in Schweden acht, in Österreich dreizehn, in Dänemark fünfzehn, in Frankreich sechzehn, in den Niederlanden und Deutschland achtzehn, in Belgien neunzehn, in der Schweiz fünfundzwanzig und in Großbritannien einundvierzig.* Habe ich recht oder nicht?»

«Doch, natürlich. Mir gefällt es nur nicht, mit welcher Lust du auf allem herumhackst, was portugiesisch ist.»

«Nein, meine Liebe, nicht auf allem. Das würde ich zwar gern, aber ...»

Catarina Isabel läßt ihr lautes, perlendes Lachen ertönen. «Du bist schrecklich, Luciana. Jetzt lies weiter, ich werde nämlich gleich erwartet.» Sie ordnet vor dem Spiegel ihr Haar, betrachtet kritisch, wie es schwer und glänzend ihr Gesicht einrahmt. Ihr Haar ist das einzig Schöne an ihr. Das weiß sie seit jeher. Ihr Haar und ihr Lachen. André sagte immer, sie trage ihr Haar wie eine Königskrone und ihr Lachen wie ein Licht. André sagte so viel törichtes, wunderbares Zeug, es war schön, solange sie zusammen waren, hatte aber keine tiefen Spuren hinterlassen. Auch keine Wunden. Bei keinem von ihnen. Nur hübsche, amüsante Erinnerungen. So müßten alle Menschen auf ihre Jugendliebe zurückblicken können, mit Zärtlichkeit und ohne Harm.

Rosa tritt herein und teilt in kerzengerader Haltung mit: «Frau Doktor, die erste Patientin ist da, ich habe sie schon ins Sprechzimmer geschickt.» Catarina lächelt ihr zu und zeigt ihr frech die Zungenspitze, dieses *Frau Doktor* aus Rosas Mund, der Rosa, die sie auf dem Arm getragen und ihr die Windeln gewechselt hat, amüsiert sie immer wieder. Doch gleich darauf setzt sie eine halb liebenswürdige, halb ernste Miene auf und begibt sich zur Patientin.

Das Sprechzimmer ist ein kleiner wohnlicher, in zarten Lilatönen eingerichteter Raum mit einem antiken Brasilholztisch, hinter dem Catarina Isabel Platz nimmt, um sich Leid und Klagen anzuhören. Sie hatte lange geschwankt, bis sie sich entscheiden konnte, welche Art von Sprechzimmer wohl am passendsten wäre: ein kalter, nüchterner, maskuliner Raum oder ein von ihrer Persönlichkeit geprägter kleiner Salon, zwar auch diskret, gewiß, aber in dem die Menschen sich wohl fühlen, geborgen fühlen konnten. Sie entschied sich für die zweite Möglichkeit, unterstützt von Benedita und Lucianas Einwänden zum Trotz: «Meine Liebe, reicht es dir nicht, daß du die erste Ärztin auf Madeira bist? Mußt du das auch noch durch eine Praxis mit Boudoir-Atmosphäre unterstreichen?» Selbstverständlich hatte die Praxis keine Boudoir-Atmosphäre. Es waren drei Zimmer, die ihr der Vater von seinen weitläufigen Geschäftsräumen in der Rua do Aljube, genau gegenüber der Kathedrale, überlassen hatte. Das Vorzimmer, in dem die Kranken warteten, war klein, wie es für die noch spärliche Patientenzahl angemessen war. Ausgestattet mit üppigen Pflanzen, dunkelgrünen Samtvorhängen und Kanapees mit geflochtenen Sitzen. Daran schlossen sich das Sprechzimmer und ein Arbeitsraum an, in dem Catarina ihre Bücher und Instrumente untergebracht hatte und gelegentlich Freundinnen empfing. Rosa, in steif gestärktem, weißem Kittel, führte die Kranken ins Sprechzimmer. Es waren immer Frauen, nur gelegentlich mal ein Kind. Und sie fühlten sich tatsächlich wohl in dem hellen, freundlichen, in zartem Lila gehaltenen Raum, bei einer ruhigen Frau, die ihnen aufmerksam zuhörte und sich bemühte, ihnen zu helfen. Und wie einfach es war, mit einer Ärztin über Frauenprobleme zu sprechen, über schmerzhafte Menstruationen, beunruhigende Menopausen, ungewollte Schwangerschaften, über Jungfräulichkeit, die sie in einer geheimnisumwobenen Hochzeitsnacht verlieren würden. Und wie erleichternd es schon allein war, überhaupt sprechen zu können, an einem sicheren, geschützten Ort, der aber nicht der Beichtstuhl mit seiner seit Urzeiten bedrohlichen Atmosphäre war, mit einem Menschen, der kein Priester war, kein begriffsstutziger Priester-Mann, über Erbärmlichkeiten des Ehelebens zu sprechen, über die Gewalt und die häufige Demütigung, die jene von der Kirche als heilig und unabdingbar bezeichnete Pflicht bedeutet, daß «die Frau sich dem Ehemann niemals verweigern darf».

Catarina heilte Wechselfieber, linderte Schmerzen, gab Ratschläge zur Hygiene, hörte Vertraulichkeiten, betreute Schwangerschaften und Geburten, aber bei Schlafzimmerdramen griff sie zu Ausflüchten. Was wußte sie, eine unverheiratete und unberührte Frau, von Problemen zwischen Eheleuten? Die Medizin lehrte darüber nichts, die Professoren sprachen die Mechanismen der menschlichen Reproduktion kaum an, nur direkte Erfahrung hätte ihr helfen können, doch eigentlich reizte der Gedanke an Heirat Catarina immer weniger. Was ihr an Beispielen begegnete, war nicht ermutigend. Kaum eine Frau äußerte sich überzeugend liebevoll über ihren Mann. Kaum eine sprach von ihrem Sexualleben ohne Mißfallen, und sei es nur indirekt. Alle sagten, «er hat getan, er wollte, er hat gesagt», sie wurden benutzt und mißbraucht, sie ließen sich benutzen und mißbrauchen, denn sie glaubten, dieses Schicksal wäre ihnen in die

Wiege gelegt und der Geschlechtsakt ein den Männern vorbehaltenes Vergnügen, bei dem für die Frauen nur die Befruchtung abfiel und die dazugehörige Achtbarkeit, Ehre und Verherrlichung. Und dabei waren sie in den meisten Fällen nur während der ersten Mutterschaften glücklich, danach stellte sich zunehmend Angst ein, Erschöpfung, der Wunsch, all dem zu entfliehen, doch wußten sie weder wie noch wohin, verzweifelt mußten sie feststellen, daß sie machtlos waren.

Vielleicht kommen die glücklichen Frauen ja nicht zu mir, dachte Catarina so manches Mal, Pech für mich, bestimmt gibt es auch glücklich verheiratete, körperlich und seelisch zufriedene Frauen, denen würde ich gern begegnen, diejenigen, die ich für glücklich halte, sind nicht meine Patientinnen, keiner von ihnen habe ich je eine Körperwunde behandelt, von keiner habe ich je die angedeuteten Worte gehört, mit denen man schwierig zu Erzählendes anderen anvertraut. Die da, die gerade die Praxis verläßt, hat ein drei Monate altes Baby und ist wieder schwanger, daran gibt es keinen Zweifel, und das wird das fünfte Kind innerhalb von vier Ehejahren. Und sie ist so geschwächt, so anämisch, tief in ihrem Blick stand so deutlich Entsetzen, und die Tränen schossen ihr in die Augen, als ich – ich mußte es ja – nach dem ersten Verkehr nach der Geburt fragte. Ich hörte keine Antwort und mußte nachfragen, und sie hauchte nur: «Acht Tage danach». Da hatte ich nicht den Mut, noch mehr Fragen zu stellen.

«Heiraten interessiert mich immer weniger», überlegt Catarina. «Und selbst wenn es mich interessierte ...» Sie weiß genau, daß nur ein couragierter Mann sie ehelichen könnte, nur ein Mann, der selbstsicher genug ist, um nicht ihre intellektuelle Gleichwertigkeit zu fürchten, der aufgeklärt und stark genug ist, um sich über den feigen Argwohn hinwegzusetzen, mit dem die Stadt ihr, obwohl sie ihr in der Öffentlichkeit schmeichelt und sich mit ihr brüstet, trotz der Fürsorge ihres Vaters und Rosas ständiger Anwesenheit, weiterhin begegnet. Von allen Männern, die sie kennt, wäre Marcos als einziger zu einer solchen Haltung fähig und auch der einzige, den sie akzeptieren würde, aber er ist auch der einzige, mit dem eine Heirat undenkbar wäre – ihre Beziehung ähnelt viel zu sehr einem Vater-Tochter-Verhältnis, als daß sie sich ohne Inzestbeigeschmack umwandeln ließe.

«Nachdenklich, Catarina Isabel?»

Luciana steht lächelnd auf der Türschwelle, die letzte Patientin ist schon vor zehn Minuten gegangen, sie will die Freundin zum Abendessen auf die Quinta das Flores locken. «Gibt's Probleme?»

«Nichts Besonderes», antwortet Catarina in gezwungen natürlichem Tonfall. Und nach kurzem Schweigen: «Darf ich dich etwas fragen, Luciana?»

«Klar, wozu die Vorrede?»

«Warst du in deiner Ehe glücklich?»

So ungeduldig, wie sie immer auf mangelnde Präzision oder Lauheit reagiert, geht Luciana zum Gegenangriff über: «Was willst du wissen, Frau Doktor Catarina? Ob ich im Bett glücklich war?»

Catarina Isabel schießt das Blut ins Gesicht, wie früher in ihrer Kindheit. Lucianas ungeschminkte Offenheit ist ihr noch immer peinlich. Aber sie hebt den Blick und sieht die Freundin entschlossen an: «Ja, genau das.»

«Nein, war ich nicht. Ich habe oder vielmehr man hat mich mit siebzehn mit einem fünfundvierzigjährigen Mann verheiratet. Du hast ihn nicht gekannt, oder? Er war, wie die Engländer sagen, ein *gentleman farmer*, liebenswürdig, wohlerzogen, niemals brutal, eher im Gegenteil, er hat mich immer rücksichtsvoll behandelt. Er hingegen, davon bin ich überzeugt, war sehr glücklich, er fand mich wunderbar. Lach nicht. Das stimmt. Aber ich ... Also, es war nicht abscheulich – abscheulich war, das allerdings, daß man mich verheiratet hat, ohne nach meiner Meinung zu fragen –, und nach einiger Zeit war es nicht mal mehr sehr unangenehm, ich bekam sogar eine Ahnung davon, daß es, nun ja, schön sein könnte ...»

«Aber das war es nie?»

«Nein, schön war's nie. Für wie viele Frauen ist es wohl schön? Könntest du das sagen, du als Ärztin, als Vertraute, als Beichtmutter? Entschuldige, ich will nicht indiskret sein. Um auf meinen persönlichen Fall zurückzukommen, vielleicht hat es sich ja gelohnt.» Sie lacht. «Ich bin verwitwet, reich, wohne wieder in meinem Haus in Funchal, noch ist alles möglich – vielleicht läßt sich sogar diese kleine Ungewißheit intimer Art noch klären ...»

«Du bist so zynisch, Luciana ...»

«Nein. Nur realistisch. Und jetzt, nachdem ich keinen Vater und keinen Ehemann mehr habe – Gott sei es gedankt oder wem auch immer –, will ich so leben, wie es mir beliebt und gefällt. Du und ich, wir beide sind, jede auf ihre Art, privilegiert. Ist dir eigentlich klar, daß die meisten Frauen in absoluter Knechtschaft leben? Aber natürlich, darüber weißt du viel mehr als ich.»

«Ja. Und manchmal ist es noch viel schlimmer, als du dir vorstellen kannst. Aber das wird sich ändern, Luciana, das ändert sich. Überall in Europa werden die Frauen wach. Kürzlich erst hat die *Pall Mall Gazette* in London einen Skandal aufgedeckt, bei dem es um Prostitution von Minderjährigen ging, vor ein paar Jahren hätte sich niemand darüber aufgeregt, niemand hätte in Frage gestellt, daß die Männer ein Verfügungsrecht über Frauen haben, egal, unter welchen Umständen. Allmählich kommt ein neues soziales Bewußtsein auf. Eine Amerikanerin, die vor einiger Zeit bei mir in der Praxis war und mit der ich mich sehr angefreundet habe, hat mir erzählt, daß die Anti-Sklaverei-Bewegung die eigentliche Wiege des Kampfes der Frauen für ihre Rechte gewesen ist. Und sie hat mir erzählt, daß 1848 in den Vereinigten Staaten an einem Ort namens Seneca Falls ein Kongreß stattgefunden hat, auf dem eine internationale Kampagne für das Wahlrecht der Frauen beschlossen wurde.»

«Schon 1848? Vor fast vierzig Jahren? Und noch immer kein Erfolg!»

«Geduld ist nicht deine Stärke, ich weiß, aber alles braucht Zeit und Beharrlichkeit, sonst passiert nichts. Und die Frage des Wahlrechts ist eine richtige Revolution, Luciana, da geht es um jahrtausendealte Strukturen, so etwas erreicht man nicht mühelos, im übrigen erreicht man nichts mühelos, worum es zu kämpfen lohnt. Kennst du das Motto der Bewegung für das Wahlrecht der Frauen? Der Satz stammt von einer Frau, ich glaube, sie heißt Susan Anthony, und er lautet ungefähr so: ‚Den Männern ihre Rechte und nicht mehr; den Frauen ihre Rechte und nicht weniger.' Knapp, aber treffend, nicht wahr?»

«Ja, das gebe ich zu, aber ich hasse alles, was lange braucht. Und außerdem, meine Liebe, bin ich eine unverbesserliche Individualistin.»

Sie gehen schweigend durch die stillen Straßen, die den Westhang der Stadt hinaufführen. Und Luciana schlägt aus heiterem Himmel vor: «Wollen wir am Samstag zum Ball des *Clube Funchalense* gehen?»

«Zu was für einem Ball?»

«Du bist nicht von dieser Welt, Mädchen. Das ist der Wohltätigkeitsball zugunsten des ‚Vereins zum Schutz und der Bildung des weiblichen Geschlechts von Funchal'. Ein besseres Anliegen kannst du dir eigentlich nicht wünschen, du als Symbol der gebildeten, selbständigen madeirer Frau.»

«Deine Ironie kannst du dir sparen. Ja, doch, vielleicht gehe ich mit Benedita und Afonso hin. Willst du mit uns hingehen?»

«Afonso? ...»

«Beneditas Verlobter, Afonso Mendes, wir haben zusammen Medizin studiert. Sie werden wohl im Frühjahr heiraten. Eine Heirat, wie Tante Raquel sie sich für ihre Tochter gewünscht hätte ... Hast du Tante Raquel gekannt, Luciana?»

«Entfernt. Wie du weißt, war meine Großtante Alexandrina mit Marcos' Großonkel Vicente Vaz verheiratet, weshalb wir auch sozusagen verwandt waren. Aber ich war sehr viel jünger als Marcos und Raquel, ich habe ihre Brautzeit und Ehe nur aus der Ferne miterlebt.»

«Jetzt ist sie schon seit fünf Jahren tot.» Catarina Isabel hat die Stimme gesenkt, sie hat Raquel noch lebhaft in Erinnerung, sie waren nicht verwandt, aber sie sagte Tante zu ihr, geliebte Tante Raquel, bewunderte sie so leidenschaftlich, wie Heranwachsende ihre Vorbilder bewundern, Raquel war tatsächlich ihr Vorbild, als eine Mutter, die sie selbst kaum gekannt hatte, als erwachsene Frau, der sie gleich werden wollte, als Frau, die in ihren Augen am ehesten Vollkommenheit verkörpert hatte und noch heute für sie verkörperte. «Achtzehnhundertachtzig war für mich ein entscheidendes Jahr. Ich nahm mein Medizinstudium auf, Tante Raquel starb, im Grunde war es das Jahr, in dem ich mich von meiner Kindheit verabschiedet habe.»

Als Catarina Isabel das Abschlußexamen des Lyzeums absolvierte und eine ebenso hohe Benotung erhielt wie der zweitbeste Junge, staunte ganz Funchal. Sie selbst schluckte ihr lautes, sprudelndes Lachen herunter und trat, eher als Ausdruck von Reife als von Berechnung, bescheiden, zurückhaltend und einfach auf. Der *Diário de Notícias* hatte auf der ersten Seite die Namen der dreiundzwanzig Schulabgänger, einundzwanzig Jungen und zwei Mädchen, mit ihren jeweiligen Noten veröffentlicht. Und alle Leute in der Stadt redeten über das Ereignis. Das andere Mädchen mit seinen dürftigen elf Punkten wurde kaum erwähnt, aber Catarina Isabels siebzehn Punkte riefen die unterschiedlichsten Reaktionen hervor. Angefangen von «mit der Kleinen wird es noch ein böses Ende nehmen» bis hin zu manch herablassendem Lob wie «sieh mal einer an, wer hätte das gedacht» konnte man alles hören in diesem Funchal, wo es nicht üblich war, daß sich sechzehnjährige Mädchen mit Jungen maßen, vor allem nicht im Lernen.

Die Stadt ahnte jedoch nicht im Traum, was dann noch kommen sollte. An einem nebligfeuchten Spätnachmittag, als die Kapelle der *Lanceiros 12* auf der Praça da Constituição ein Konzert gab, schlug die Nachricht wie eine Bombe ein und erzeugte einen Widerhall wie Paukenschläge und die Klänge des Horns. Catarina Isabel, die mit Benedita und André im Umkreis der Kathedrale spazierenging, wo die Musik nur gebrochen zu ihnen drang, verkündete plötzlich, als teilte sie ihnen etwas ganz Alltägliches mit: «Ich habe mich an der Medizinischen Hochschule eingeschrieben.»

André blieb wie vom Donner gerührt stehen: «Soll das ein Scherz sein?»

«Wieso? Möchtest du mich nicht als Kommilitonin haben?» Und sie konnte sich die Provokation nicht verkneifen: «Immerhin habe ich das Lyzeum mit einer besseren Note abgeschlossen als du ...»

Benedita blickte schweigend von einem zum anderen. Sie war gerade erst fünfzehn geworden, aber ihr ausgeprägter Gerechtigkeitssinn zwang sie, sich einzumischen: «Herzlichen Glückwunsch, meine Liebe, das finde ich wunderbar, hoffentlich bist du mit deinem Studium fertig, bevor ich Kinder bekomme.»

Hinter ihnen schimpfte das Hausmädchen: «Fräulein Benedita, so etwas sagt man nicht!»

«Warum nicht? Ich werde doch heiraten und Kinder bekommen, wie alle, oder etwa nicht? Und daß es besser ist, einen Arzt dabei zu haben, wenn man Kinder bekommt, stimmt auch. Jedenfalls sagt Vater das immer.»

Die Mitteilung, diese enorme Kühnheit, noch nie hatte es auf Madeira eine Ärztin gegeben, begeisterte die beiden Vaz de Lacerdas, André gab sogar seine männlichen Vorbehalte auf. Die fassungslosen Hausmädchen tuschelten miteinander, unerhört, daß ein junges Mädchen, wohlerzogen und aus guter Familie, etwas so Unschickliches, so Häßliches studieren wollte, sämtliche Körperteile zu Gesicht bekommen, womöglich gar nackte Menschen!

Im Handumdrehen machte die Nachricht die Runde auf der Praça da Constituição, übertönte die Pauken, die Trommeln und Klarinetten und gelangte zu der kleinen Gruppe zurück, die jetzt, schon etwas ruhiger, über die Schwierigkeiten der Fächer im ersten Studienjahr sprach. Wer ihnen das Echo der Aufregung brachte, war der Domherr Nicolau Villa, hochgewachsen, rüstig und dunkel wie ein Maure. So, wenn auch wesentlich jünger, stellte sich Benedita Shakespeares Othello vor. Der Domherr verneigte sich vor Benedita mit der weltlichen Eleganz, die ihm weder durch seinen späten Eintritt ins Priesterseminar abhanden gekommen noch mit den Jahren geschwunden war: «Liebe Senhora Dona Benedita, wie geht es? Nachrichten von den Eltern? Und was machen die Studien, André?» Und dann, den durchdringenden Blick auf Catarina Isabel gerichtet: «Die Senhora Dona Catarina hat sich also für Medizin eingeschrieben? Meinen Glückwunsch. Es wird auch höchste Zeit, daß die Frauen von Frauen behandelt werden.»

Catarina errötete, was bei ihr übrigens trotz ihrer sonstigen Sicherheit nicht ungewöhnlich war, sie errötete heftig vom hochgeschlossenen Kragen ihres Kleides bis zum Ansatz des blonden, im Nacken mit einem blauen Samtband zusammengefaßten Haars. «Danke, Senhor Domherr Nicolau», sagte sie leise. Sie wußte, wie wertvoll dieser unerwartete Verbündete war, fand aber nicht die Worte, um die vielfältigen Gründe ihrer Dankbarkeit auszudrücken, um ihm zu sagen, daß sie gar nicht daran dachte, auf die These, daß Ärztinnen auch nur Frauen behandeln sollten, etwas zu erwidern. Diese Diskussion würde irgendwann stattfinden, das hatte Zeit. Sie hob den Blick, sagte noch einmal aus vollem Herzen, «danke, Senhor Domherr Nicolau», und wurde abermals über und über rot, als sie den verschmitzten, aber unbestreitbar gütigen Ausdruck auf seinem Gesicht gewahrte. Der Nachmittag war plötzlich strahlend geworden. Die giftigen Zungen von Funchal würden keine Ruhe geben, doch der Domherr war eine unschätzbare Kraft, mit seiner und ihres Vaters Unterstützung fühlte sie sich gewappnet, gegen alle antiquierten Vorurteile der Stadt anzutreten.

Benedita hatte tagtäglich Catarinas besorgte Aufregung miterlebt, die im übrigen viel deutlicher zutage trat als bei André. Ein Unterschied, über den die drei ausführlich im Lustpavillon auf der Quinta das Tílias diskutierten, wohin Tante Constança sie mitgenommen hatte, solange die Eltern auf Reisen waren. «Für mich», erklärte André ein wenig naiv arrogant, «ist das nur ein Studium, ich werde ein Student wie jeder andere sein, daran ist nichts Besonderes.»

«Aber du, Catarina», jubelte Benedita, «du bist die allererste, die einzige Studentin, unglaublich mutig!»

Catarina Isabel lächelte – und zitterte. Sie zweifelte nicht an ihren intellektuellen Fähigkeiten, bei ihr zu Hause, genau wie bei den Vaz de Lacerdas, wurden Mädchen nicht als minderwertig behandelt, aber sie wußte sehr wohl, daß dies nicht die Regel war, und machte sich darauf gefaßt, daß sie auf Schwierigkeiten, Spöttereien, Schamhaftigkeit, womöglich gar Entgleisungen und Zweideutigkeiten treffen würde. In den folgenden Jahren sollte sich erweisen, daß alles letztlich viel einfacher war, doch in jenen Ferien des Jahres 1880 auf der Quinta das Tílias, in jenem denkwürdigen Sommer, als sich Marcos und Raquel in Britisch-Guyana aufhielten, schwankte Catarina Isabel zwischen Begeisterung und abgrundtiefer Furcht.

Im September begannen die Vorlesungen, und jeden Morgen ging Catarina zur Medizinischen Hochschule, Rosa an ihrer Seite, darauf hatte der Vater unnachgiebig bestanden, Rosa setzte sich als Hüterin des guten Leumunds ihres Fräuleins hinten in den Raum und begann mit der Arbeit an der riesigen weißen Häkeldecke, die Carlota Jahrzehnte später geschenkt bekommen sollte und die heute, während ich aus der jetzigen Zeit schreibe, auf meinem Bett liegt, eine über hundertjährige Decke, die Waschlaugen, Salz und Wind heil und so strahlendweiß wie in den ersten Jahren überstanden hat.

Rosa hatte erst als Erwachsene lesen gelernt, sobald sich Catarina, mit etwa sieben Jahren, in der Lage gefühlt hatte, sie zu unterrichten. Sie war eine aufmerksame, wißbegierige Frau, und wenn sie in den Vorlesungen der Medizinischen Hochschule hinten im Raum neben der Tür saß, ließ sie häufig die Häkelnadel im Garn ruhen, um dem Vortrag des Professors besser folgen zu können. Die langen Spitzenstreifen wuchsen, je nach ihrem Interesse oder Desinteresse am Unterricht, allmählich heran, sie hatte das ganze Studium vor sich, die Decke brauchte erst fertig zu sein, wenn Catarina ihr Zeugnis erhielt.

In den Unterrichtspausen ging Catarina nie mit den Jungen hinaus auf den Hof, manchmal blieben zwei oder drei zurück und unterhielten sich mit ihr, André blieb fast immer da, Rosa arbeitete fleißig an der Spitze, um die verlorene Zeit wettzumachen, ob verloren oder gewonnen, weiß Gott allein, Catarina und André diskutierten über Medizin, aber auch über Literatur, Musik und Politik, die republikanischen Ideen galten als mit Gefahren verbunden, was sie doppelt faszinierend machte, es war eine Zeit ungebrochener Intensität, voller Freude an Entdeckungen, noch war keine Grenze am Horizont aufgetaucht. Daß es Grenzen gab, sollte übrigens erst unerwartet in Catarinas Bewußtsein dringen, als sie nach Abschluß des vierjährigen Studiums auf die ersten beruflichen Schwierigkeiten stieß, als nämlich den Krankenhausdirektoren klar wurde, daß ihr Studium keine Laune gewesen war und auch nicht dem akademischen Titel gegolten hatte, um sich damit in der Gesellschaft zu brüsten und ihn mit einer Heirat zu begraben. Catarina kämpfte um eine Stelle im Hospital, um Dienstschichten, um Verantwortung, um einen gleichwertigen Status. Da sollte sich der Begriff Grenze fast als vernichtend erweisen – doch Catarina war eine durch und durch aufsässige Frau, und auf die Grenzen, die man ihr setzte, reagierte sie mit der Kraft ihrer Entschlossenheit, mit dem Widerstand ihrer Überzeugungen.

Ihre Gedanken wenden sich wieder der Gegenwart zu, den kleinen, mühsam errungenen Siegen, der bescheidenen Arbeit auf der Frauenstation im Krankenhaus, dem mit Hartnäckigkeit und Überredungskunst, mit zornig heruntergeschluckten Tränen, mit kühler Zurückweisung paternalistischer Attitüden, mit ständigem Abwehren von Tiefschlägen und zermürbender Schlaflosigkeit durchgesetzten Platz. Marcos ist ihre große Stütze gewesen, ohne ihn wäre vielleicht nichts möglich gewesen. Sie spürt Lucianas Hand, die sich ihr auf den Arm legt: «Und wie geht es Marcos jetzt?»

«Besser, natürlich. Es gibt ein paar Gemeinplätze, die wirklich stimmen, und daß die Zeit Wunder vollbringt, ist so einer. Er arbeitet ungeheuer viel im Krankenhaus und in seiner Praxis, die englische Kolonie geht sehr gern zu ihm, aber er ist nicht wieder der alte geworden. Weißt du, welches Bild ich von Raquel und ihm in Erinnerung habe? Das Bild einer Szene, die ich nie gesehen habe, aber Claras Amme Peregrina spricht oft davon. Offenbar sind sie in Georgetown abends, wenn die Hitze etwas nachließ und vom Meer eine erfrischende Brise wehte, viel spazierengegangen. Ja, und so stelle ich sie mir in der Erinnerung vor: wie sie untergehakt in der abendlichen Stille mit dem noch ungeborenen Kind spazierengehen.»

«Du bist romantisch, meine Gute. Du enttäuschst mich. Ich dachte, du denkst wissenschaftlich.»

«Mach dich nicht schlechter, als du bist, ein Drama wie das von Marcos und Raquel läßt niemanden kalt. Hättest du die beiden näher gekannt ...»

«Tja, Raquel kann ich nun nicht mehr näher kennenlernen. Werd nicht böse, so ist es doch, oder? Aber Marcos, den würde ich gern einmal wiedersehen. Besucht er nie Marta und Maria Vaz?»

*Benedita*

Benedita heiratete an einem Aprilvormittag in der Kapelle der Casa do Torreo. Maria Alexandrina und Vicente Vaz waren schon seit vielen Jahren tot, doch ihr ältester Sohn João Vicente und seine Frau Violante hatten der Bitte ihrer Nichte von Herzen gern entsprochen – Trauungen auszurichten war zu ihrer offiziellen Obliegenheit innerhalb der Familie geworden.

Nach dreißig Jahren Hoffen und Enttäuschung hatten João Vicente und Violante noch immer nicht den großen Kummer über ihre Unfruchtbarkeit verwunden. Beide stammten aus einer kinderreichen Familie und erwarteten selbstverständlich, daß auch ihnen dieses bestimmt sei, mit all den Freuden und Opfern, Unbequemlichkeiten und entsprechenden Entschädigungen, den Schreckensmomenten, den Tränen und dem Lachen, die Kinder immer bedeuten, doch die Jahre waren vergangen, und sie waren kinderlos geblieben, Violante war nicht ein einziges Mal schwanger geworden, so groß wie ihrer beider Untröstlichkeit war nur ihre unerschöpfliche Hoffnung. João Vicentes Geschwister heirateten eins nach dem anderen und zogen aus der Casa do Torreo aus, Marta und Maria verteidigten entschlossen ihre Unabhängigkeit in dem kleinen Haus hinten im Garten, in der großen Villa, wo achtzehn Kinder geboren und aufgewachsen waren, gab es immer mehr überflüssigen Raum. Schließlich blieben João Vicente und Violante allein zurück mit ihrem unverändert schmerzlichen Kummer, enttäuscht von den Ärzten und der Wissenschaft, empört über die Geschichten von Abtreibungen, über die man in der Stadt tuschelte, und über die Rezepte zur Verhütung ungewollter Schwangerschaften, die zuhauf von Mund zu Mund gingen. Wie war es nur möglich, beklagten sie sich, daß jemand ein Kind nicht haben wollte? Der alte Kaplan teilte die Gefühle des Paares angesichts solcher Unsittlichkeit und Sünden, stieß aber auf größte Schwierigkeiten, wenn er sie dazu bewegen wollte, sich der Allwissenheit der Kirche und Gottes unerforschlichen Wegen zu beugen. Die Unfruchtbarkeit zweier Menschen, die so offenkundig dazu berufen seien, eine große, vorbildlich christliche Familie zu gründen, versuchte der Priester zu erklären, gehöre zu den unergründlichen Ratschlüssen Gottes, die begreifen zu wollen den Menschen nicht anstehe, sie seien nur aufgefordert, es hinzunehmen, sonst nichts. Violante und João Vicente widersprachen ihm nicht, senkten aber auch nicht, wie erwartet, in Demut den Kopf. Einander in tiefer Zuneigung verbunden, die weit größer war als ihre Frömmigkeit oder ihre Gottesfurcht, wollten sie sich mit ihrer Kinderlosigkeit nicht abfinden. Ständig hatten sie abwechselnd gehadert und hoffnungsvoll gewartet, vielleicht in diesem

Monat, vielleicht im nächsten, die Unregelmäßigkeiten, die Violantes Menopause ankündigten, waren Anlaß zu aufregenden Fehlschlüssen und nährten die letzten inbrünstigen und dann doch zerschlagenen Hoffnungen. Später fügten sie sich aus Vernunft in das Unvermeidliche, doch über das noch immer Unfaßbare kamen sie nie hinweg. Von all diesen Jahren war ihnen indes zu ihrem tiefen Trost eine von Liebe und Zärtlichkeit erfüllte innige Beziehung geblieben, sie pflegten eine wunderbare körperliche Liebe, woran alle in ihrer Gegenwart sofort mit unverhohlenem Neid dachten, ständig suchten sich ihre Blicke, wenn sie nebeneinander standen, hielten sie sich an der Hand, wenn João Vicente seiner Frau den Arm um die Taille legte, und das tat er häufig, strahlten sie deutlich, geradezu fühlbar Sinnlichkeit aus. In der Ansicht, Violantes Menopause müßte den unermüdlichen Bemühungen des Ehepaares um Nachwuchs ein Ende setzen, da sie ja nun in seinen Augen unberechtigt und zwecklos waren, sprach der Kaplan João Vicente auf das Thema an und appellierte an die von der Kirche so gepriesene Keuschheit. Zur Antwort hatte er ein gutgelauntes, aber keinen Widerspruch duldendes «Das meinen Sie doch nicht im Ernst, Pater» erhalten und nicht gewagt, darauf zu beharren. Zwar hatte der Kaplan noch in Erwägung gezogen, mit Violante zu sprechen, zweifelte aber nicht daran, daß sie ihrem Mann sofort davon berichten würde, und dessen Zorn wollte er lieber nicht auf sich ziehen, schon gar nicht, was noch schlimmer gewesen wäre, seine Stelle riskieren und auf das schöne Haus, den reich gedeckten Tisch, den wohlgefüllten Weinkeller verzichten müssen. Also schwieg er, doch die vorhersehbaren Intimitäten des Ehepaares raubten ihm den Schlaf – nach seiner Überzeugung heiligte einzig das Fortpflanzungsstreben den ehelichen Akt.

So kam es, daß Violante und João Vicente zu den Hochzeitspaten der Familie wurden, ihre uneingeschränkte Bereitschaft und ihre überglückliche Verbindung machten die Casa do Torreo zum obligatorischen Hochzeitshaus für alle Nichten, Neffen und weiteren Verwandten der Familie Vaz, die in der alten Kapelle ihre Liebe einsegnen lassen wollten.

Der Domherr Nicolau Villa zelebrierte Beneditas und Afonsos Trauung. Nicolaus Schultern waren noch immer kraftvoll und ungebeugt, und sein dichtes weißes Haar verriet eine Vitalität, die es eigentlich nicht mehr besitzen konnte. Die überlange Soutane ließ die silbernen Schuhschnallen und roten Strümpfe, die das kanonische Protokoll den Domherren vorschrieb, nur erahnen. Und das Chorhemd aus schwerer weißer Spitze unterstrich den theatralischen, pompösen Charakter des katholischen Rituals, eintausendachthundert Jahre nach dem schmucklosen Altar von Jerusalem.

Mit seiner wohlklingenden Stimme, die sich ebenso wie seine Haltung und sein Haar eine erstaunliche Jugendlichkeit bewahrt hat, spricht Nicolau Villa zu dem vor dem Altar knienden Brautpaar und betont, wie unbedeutend seine eigene Rolle in der Zeremonie sei, denn nur Benedita und Afonso zelebrierten sie, indem sie sich vor Gott Treue und Liebe schwören. «Niemand kann einen Mann und eine Frau verheiraten, ein Mann und eine Frau heiraten einander, sie versprechen einander vor Gott für das ganze Leben, der Priester ist lediglich ein Zeremonienmeister, er leitet die Gebete und erbittet den himmlischen Segen, doch die Eheschließung zelebrieren die Frau und der Mann, die hier knien, durch ihren eigenen Willen, mit ihrer eigenen Stimme, beide versprechen einander, nach Glück zu streben, der Selbstsucht zu entsagen, Tag für Tag mit Freuden zu leben.»

Benedita nimmt begierig jedes Wort des alten Onkels auf, tauscht bewegt einen kurzen Blick mit Afonso, es wäre ihr unerträglich gewesen, Banalitäten oder fromme Ermahnungen zu hören, schließlich wollen sie nicht ins Kloster gehen, sie heiraten, weil sie in Liebe und voller Freuden leben wollen, ja, aber der Domherr weiß Bescheid, der Domherr war auch einmal verheiratet, armer Onkel, ob die Kirche ihm über seine Einsamkeit hinweggeholfen hat?

Marcos' Einsamkeit hingegen wird heute mit wieder aufgerissenen Wunden konfrontiert. Es ist nicht allein der Schmerz, den der Gedanke an Raquel unablässig aus tiefster Seele in ihm aufsteigen läßt, es ist diese Zeremonie, diese Kapelle, er hat wieder vor Augen, wie er vor zwanzig Jahren an der Seite einer Frau, die aussah wie Benedita, den Segen des Onkels Nicolau empfing, und wir glaubten, es wäre für immer, Raquel, alle Paare meinen, es sei für immer. Sein Blick verweilt nachdenklich auf Afonso. Was wird dieser Mann, dieser junge Arzt, mit der Frau tun, die ihn heute nacht empfangen wird? Der Gedanke ficht ihn nur deshalb nicht sonderlich an, weil er ihm schon mehrfach gekommen ist und weil er zudem überzeugt ist, daß Afonsos Rücksichtnahme und Ungeschick, seine Zärtlichkeit und Fehler sich nicht sehr von seinen eigenen damals unterscheiden werden. Vielleicht wird der Weg dieser beiden bis zur Erfüllung kürzer sein – falls sie überhaupt jemals Erfüllung erlangen werden. Er ist versucht zu glauben, daß Raquel und er eine Ausnahme waren und nicht die Regel. Und wieder flüchtet er sich in die quälende, wunderbare Erinnerung an jene Dezembernacht, in der sie nach sechzehn Ehejahren, die sie für glücklich hielten, gemeinsam die Seligkeit und vollkommene Befriedigung entdeckt hatten. Deshalb wünscht er sich, und dies wird sein wahres Gebet zu Gott sein, der über dieser Trauung wacht, daß Benedita und Afonso eines Tages den Zustand körperlicher und emotionaler Gnade erleben, die Raquel und er in den letzten Monaten ihrer Ehe erfahren hatten.

Clara zieht an seiner Hand, und als er sich zu ihr beugt, flüstert sie: «Onkel Paulo spielt noch mal.» Die Cembaloakkorde durchfluten die Kapelle, Paulo vollbringt Wunder auf diesem Instrument, wie auf jedem anderen, Marcos ist sicher, daß auch er in diesem Augenblick an Raquel denkt.

Als die Trauungszeremonie beendet ist, geht Benedita zu ihrem Vater und will ihm die Hand küssen. Marcos hält sie von der althergebrachten Geste ab und küßt selbst seiner Tochter beide Hände, bevor er sie ernst und bewegt ansieht: «Werde glücklich, mein Kind.» Mit ebenso ernstem und bewegtem Blick fragt sie leise: «Sehe ich Mama sehr ähnlich?» Es ist eher eine Feststellung denn eine Frage, als hätte sie die Gedanken des Vaters erraten, sein Leiden gespürt, Marcos befürchtet, daß Beneditas übergroße Sensibilität ihr verwehrt, die unerläßlichen kleinen Freuden des Alltags zu genießen, Benedita besitzt nicht Raquels instinktive Neigung zum Glücklichsein.

Benedita wird ein paar Jahre brauchen, qualvolle Jahre, bis sie lernt, den ständigen Vergleich mit ihrer Mutter hinzunehmen, ohne daß es ihr einen Stich gibt. Solange Raquel lebte, wuchs Benedita in dieser Identifikation wie in einem warmen, sicheren Kokon auf, in dem ihr Körper und Geist sich entfalteten. Nie hätte sie sich Schöneres wünschen können, als ihrer Mutter immer ähnlicher zu werden, so stark und unbeirrt, umgänglich und reserviert, aufmerksam und fürsorglich über alle wachend, doch dabei für sich selbst genau abgegrenzte Freiräume in Zeit und Ort bewahrend. Wenn man zu ihr sagte, «du bist deiner Mutter so ähnlich!», lächelte sie arglos, weder überrascht noch entzückt, nahm als selbstverständlich, daß es so war und so sein sollte, als wäre Raquel ein Spiegel, in dem sich die heranwachsende Benedita als größere sehen konnte, von Jahr zu Jahr größer, bis sich eines Tages die Bilder gleichen würden, deckungsgleich wären, zwei erwachsene Frauen, aus demselben Erbgut hervorgegangen, nach denselben Normen erzogen, zu Gleichem bestimmt. Sie nahm sogar an, und zwar ohne zu leiden, denn zu einem solchen Leiden war sie noch nicht fähig, daß ihre Gleichheit von kurzer Dauer sein würde, ein paar Monate, vielleicht ein Jahr oder zwei, dann würde Raquel ihren frischen Teint, das Timbre ihrer Stimme, die Energie ihres Körpers verlieren, und der Spiegel würde erneut unterschiedliche Bilder zeigen, Raquel auf dem Abstieg zum Alter und Benedita unterwegs zum Höhepunkt des Lebens.

Raquels Tod hatte das Gleichgewicht dieses schönen Spiels der Liebe zerstört. Die Ähnlichkeit mit der Mutter war fortan für Benedita erdrückend, sie war ihres Vorbilds und Bezugspunkts unwiderruflich beraubt, so plötzlich in Einsamkeit heranzuwachsen erschreckte sie. Es gab keinen Spiegel mehr, in dem sie sich als erwachsene Frau sehen, der ihr später die Spuren der Reife zeigen, sie eines Tages die Geheimnisse des Alterns lehren konnte. Raquel hatte das Spiel, das sie fröhlich mit ihrer Tochter gespielt hatte, sozusagen verdorben, sie war auf eine unveränderbare und unerreichbare Ebene entflohen, zu der Beneditas Hilferufe nicht vordrangen. Statt des lebenden Spiegels war ihr ein Abbild geblieben, eine Fotografie, wo sie als unsichere Halbwüchsige hinter dem Stuhl stand, auf dem die Mutter saß, die Mutter lächelte sanft und vage, Benedita erahnte an den hochgezogenen Mundwinkeln ihr offen ausbrechendes Lachen, ihre schlanken Hände ruhten auf dem dunklen Samt ihres Rockes, schienen sich aber gleich bewegen zu wollen, Benedita betrachtete die Fotografie und sah sich noch im warmen Kokon jener Ähnlichkeit, mit der seit jeher bewußten Gewißheit, daß sie so heranwachsen würde, mit der diskreten Gestik, dem leichten Gang, der Zurückhaltung und dem Schweigen.

Die Ähnlichkeit mit der Mutter war zweifellos ihr Erbe und ihr Vermächtnis. Benedita hatte im Laufe der Jahre nach Raquels Tod erfahren, wie hart und anstrengend, mitunter sogar grausam es war, dem Bild eines Menschen zu entsprechen, das sich dem Verschleiß durch das Leben entzogen und mit der Vollkommenheit der Fotografien und Erinnerungen im Gedächtnis festgesetzt hatte. Sich davon – dankbar und erleichtert – zu befreien, gelang ihr erst, als einige Jahre später zu Catarina Isabels Entrüstung Luciana erklärte: «Raquel ist ein Mythos.»

Bis dahin sollte jedoch noch Zeit vergehen, und Benedita ahnt nichts davon, als sie in der Kapelle der Familie Vaz im Brautkleid Glückwünsche entgegennimmt und alle liebevoll zu ihr sagen: «Du bist so hübsch, Benedita, du wirst deiner Mutter immer ähnlicher.» Sie trägt Raquels Brautkleid, das hat sie sich inständig, leidenschaftlich gewünscht, nichts brauchte geändert zu werden, sie hat dieselben Maße, das Kleid wurde aus den blauen Tüchern gewickelt, die es seit zwanzig Jahren vor dem Vergilben schützten, es war in makellosem Zustand, elfenbeinfarben, Duchesse und Spitzen, sie hatte es fast furchtsam anprobiert, alle Tanten – Constança, Margarida, Sofia und Angélica – fanden es wunderschön, es paßte ihr wie angegossen, und so perfekt gearbeitet, heutzutage nähte niemand mehr so, während sie schwatzten, dachte Benedita an die Mutter, an ihren jungen schönen Körper, der in diesem besonderen Gewand ohne Argwohn und Angst den Weg zur Kirche und in die Zukunft angetreten hatte. Ihre letzte Erinnerung an die Mutter war, wie diese, auf den Arm des Vaters gestützt, von einem Schiff winkte, eine Frau, die das Leben überreich beschenkt hatte, Glück darf man nicht in Zeit messen.

Sie schreiten die breite Steintreppe zwischen Zwergpalmen in Kübeln hinunter. Der Geleitzug formiert sich für den Weg zum Haus im Vale Formoso, Benedita und Afonso sitzen im ersten Ochsenkarren, dann folgen Marcos, Tante Constança und die kleine Clarinha, Afonsos Eltern fahren mit dem Domherrn, hinter ihnen die Geschwister, Onkel und Tanten, die Paten und die Freunde. Die Wagen, eine kuriose Abwandlung von Kutschen mit überdachtem, an den Seiten offenem Korbgeflechtaufsatz, ziehen gemächlich vorwärts, die in weißem Leinen gekleideten Kutscher treiben die Tiere bei dem steilen Aufstieg nach Santa Luzia an. Die Straßen haben sich mit Menschen gefüllt, die die Braut sehen wollen, so ist es immer, Benedita sucht hinter den weißen, steif gestärkten Gardinen des Karrens Schutz, aber es hilft nichts, sie kann sich nicht verstecken, sie lächelt den winkenden Frauen zu, die Karren schleppen sich über die runden Pflastersteine der Straßen voran, bis sie zu Hause ankommen, wird sie sich für viele Grüße bedanken müssen, ein Hochzeitszug ist langsam und feierlich, niemand käme auf die Idee, die Ochsen zu hetzen, Benedita und Afonso fügen sich der Tradition und der Notwendigkeit, es würde keinen guten Eindruck machen, wenn sie die Straße hinaufjagten, wie sie es als Kinder nach der Messe getan haben. Sie halten einander fest an der Hand unter den Spitzen des Kleides, die sich bis über seine Beine breiten, und wechseln beiläufige Worte, damit ihnen die Zeit nicht lang wird und sie den Blicken ausweichen können, die sie von beiden Seiten der Straße mustern.

Das Haus im Vale Formoso ist sorgfältig hergerichtet, Margarida hatte ihrem Bruder erklärt, das Fest sei unumgänglich, und Marcos hatte ihr nicht widersprochen, Hochzeiten, Geburten, Begräbnisse, das Leben der Familien ist ein Geflecht aus Liebe und Tod, das weiß Marcos nur zu gut. Tagelang ist Margarida frühmorgens im Vale Formoso erschienen und hat voller Energie und Elan die Vorbereitungen geleitet. Die Bodenvasen der Ostindischen Kompanie sind mit blühenden Pflaumenbaumzweigen gefüllt – so eine Vergeudung, hatte sich der Gärtner der Quinta das Tílias im stillen empört beim Gedanken an die Hunderte von Pflaumen, die daraus hätten entstehen können; eine glänzende Idee, hatte Benedita gedacht und war Tante Margarida um den Hals gefallen, selig über jede Minute dieser ausgefüllten Tage, in denen sich alles nur um ihre Hochzeit drehte.

Als die Gesellschaft schließlich eintrifft, hat Ludovina gerade einen letzten Kontrollgang durch das Haus gemacht, das Essen ist im großen Speisezimmer angerichtet, es wäre unmöglich gewesen, alle am Tisch unterzubringen, also hat man sich für ein Büffet entschieden, Dutzende von Platten drängen sich auf dem langen Damasttischtuch zwischen Blumenschalen und silbernen Kerzenleuchtern, aus Porto do Moniz sind Langusten gekommen, von der Serra de Água Rebhühner, Süßes aus der Konditorei Felisberta, Ludovina hat nach einem köstlichen, unnachahmlichen Familienrezept Truthähne mit süßer Füllung gebraten, und ein riesiger, ein herrlicher Mandelpudding, Himmelsspeck genannt, hat die herzlichen Glückwünsche der Nonnen von Santa Clara überbracht. Geschirr, Besteck und Gläser reihen sich auf dem *sideboard*, das mit seinen drei Metern Länge die hintere Wand unter einem im 18. Jahrhundert aus Malta mitgebrachten orientalischen Gobelin einnimmt.

Marcos und Margarida, Benedita und Afonso begrüßen die Gäste, es gibt Gruppen auf der Terrasse, im Garten, im Begoniengewächshaus, das Wetter ist perfekt, der Himmel wolkenfrei, die Sicht vollkommen klar, am Horizont kann man die Desertas-Inseln deutlich erkennen. Erleichtert, weil zwangloses Geplauder für ihn eine Qual ist, sieht Marcos, daß sich der Kellnertrupp mit den Getränken und Hors d'œuvres in Bewegung setzt, er weiß, daß die Lust am Essen ihm bei seinen gesellschaftlichen Pflichten eine mehrstündige Pause gewähren wird. Vergeblich sucht er im ganzen Garten nach Nicolau Villa, er sieht ihn weder unter denen, die auf den Korbstühlen im Schatten der Bäume Platz genommen haben noch auf der Terrasse neben den frischen Farnbüscheln, auch nicht im Gewächshaus, er vermutet, daß er ihn in der Stille der Bibliothek finden wird und beschließt, ihm das Essen dorthin zu bringen. Er nimmt einen Teller und legt großzügig auf, der alte Nicolau hat noch immer einen gesegneten Appetit, schenkt einen Whisky ein, den Nicolau in jeder Situation und zu jeder Stunde am liebsten trinkt, geht noch einmal zurück, um eine Serviette zu holen, und begibt sich schließlich in die Bibliothek. Sofia und André, die dort bereits bei Nicolau sitzen und essen, witzeln liebevoll über Marcos' neue Begabung als Gastwirt.

«Gibt's Nachrichten von André?» fragt der Domherr. Doch bevor Marcos antworten kann, protestiert sein Schwager gegen die Unsitte der Villas, alle Söhne auf die Namen Paulo oder André zu taufen. «Wenn ich den Namen André höre, denke ich immer, es gilt mir, aber es kann genau so gut mein Neffe, mein Sohn oder mein Großvater gemeint sein. Und wenn ich Paulo höre, kann es um meinen Bruder, meinen zweiten Sohn oder meinen Vater gehen, den ich kaum gekannt habe.»

«Ganz besonders, wenn gerade ich spreche, nicht wahr, André? Ich bin ja der einzige, der alt genug ist, um von deinem Großvater und deinem Vater zu sprechen, als wären sie noch bei uns, womit das Durcheinander, das sich schon allein durch die Lebenden ergibt, noch größer wird.

Aber weißt du was, mein Lieber, ich mag solche Familienunsitten – und du auch, immerhin hast du dich daran gehalten. Und dein André wird meinem André, meinem direkten Cousin, immer ähnlicher, da mußte erst ein Urenkel kommen, damit sein scharfgeschnittenes Kinn, seine hohe Stirn wieder auftauchen und sein Humor, ach, was hatte mein alter André für einen Humor ...»

«Ich hatte immer etwas Angst vor Großvater André», gesteht Sofia, die ihn erst kurz vor ihrer Heirat kennengelernt hatte. Ihr Mann korrigiert sie: «Er schüchterte nur Menschen ein, die ihn nicht gut kannten», und fügt lachend hinzu: «Weißt du noch, Marcos, als du bei ihm um Raquels Hand angehalten hast? Er ließ dich gar nicht zu Wort kommen, ich habe damals hinter der Tür gelauscht, Großvater sagte gleich, ‚Ich weiß schon, was du willst, mein Junge, ich habe mich nur gewundert, warum du nicht eher gekommen bist ...' Weißt du noch, Marcos?»

Marcos weiß es noch und stellt einigermaßen verwundert fest, daß ihn die Erinnerung amüsiert, ohne weh zu tun. Raquels Großvater war ein prächtiger alter Herr, er hat ihn immer wie ein echter Enkel geliebt, spontan und lebhaft spricht er von ihm und von Raquel, die anderen verständigen sich mit verstohlenen Blicken, es ist das erste Mal seit der Rückkehr aus Georgetown vor fünf Jahren, daß sie ihn so gelöst und unbeschwert erleben. Sofia steht auf, sagt zu ihrem Mann, daß sie zum Fest zurückgehen müssen, und erinnert Marcos daran, daß er die Frage des Domherrn noch nicht beantwortet hat.

«Ja, richtig, André geht es gut, er hat seiner Schwester heute ein Telegramm geschickt. Die Famulatur gefällt ihm, anscheinend hat er sich für Allgemeinmedizin entschieden und den Gedanken an Chirurgie aufgegeben.»

Nicolau nimmt einen großen Schluck Whisky und kommt Marcos' drohender Ermahnung zuvor: «Ja, ja, ich weiß schon, ich hätte keinen zweiten nehmen sollen, aber mir war danach, nun laß mich mal meinen Whisky in Ruhe genießen, wofür soll ich denn darauf achten, daß ich noch lange lebe?»

«Um mir zu helfen, Clara großzuziehen, um ihr die Geschichten von Malta zu erzählen, die Raquel so geliebt hat ...» Marcos' scherzhafter Ton soll seine Ängste kaschieren, in Wirklichkeit fürchtet er eine Thrombose, in Wirklichkeit will er nicht schon wieder einen Tod erleben, nicht den von Nicolau, er braucht den alten Nicolau, er ist der einzige Mensch, bei dem er sich Verletzlichkeit und die Offenheit uneingeschränkten Vertrauens gestatten kann.

Der Domherr brummelt, ein sicheres Zeichen, daß er gerührt ist: «Ich bin mir nicht sicher, wer von beiden lieber Geschichten hört, ob Clara oder ihr Vater ...»

Marcos lenkt ein: «Ich gebe ja gern alles zu.»

Da fragt der alte Herr, und seine mächtige Stimme wird unüberhörbar weich: «Täusche ich mich, mein Junge, oder hat sich tatsächlich etwas verändert? Als wir vorhin von Raquel und Großvater André sprachen, war mir, als hätte ich eine neue Nuance, so etwas wie wiedergewonnenen inneren Frieden herausgehört ...»

Durch das offene Fenster sieht man auf das Begoniengewächshaus, an dem Raquel so viel Freude hatte. Dorthin scheint Marcos zu blicken, während das Schweigen sich hinzieht. Als er endlich zu sprechen beginnt, ringt er sich sorgfältig die Worte ab, als bemühte er sich um einen ersten, schwierigen Ausdruck des Gefühlszustands, den er überraschend bei sich feststellt: «Ich weiß nicht, vielleicht ist es bloß eine Unterbrechung, bloß vorübergehend. Ich weiß es nicht. Vorhin in der Kapelle, das war nicht einfach für mich – genau wie vor zwanzig Jahren, derselbe Ort, derselbe Priester, eine Braut, die wie Raquel aussieht – aber so ganz anders ist. Nein, das war nicht einfach. Aber dann sagte Clarinha etwas über den Hochzeitsmarsch, ‚die Musik für das Brautpaar' in ihren Worten, und es war, als wäre mir erst in dem Augenblick richtig klar geworden, daß ich ein Kind großzuziehen und vielleicht, ja, vielleicht noch viele Jahre vor mir habe. Zum ersten Mal seit Raquels Tod habe ich den Gedanken an eine Zukunft ohne sie zugelassen. Ich werde sie nie vergessen, natürlich nicht, du hast auch nie vergessen, aber vielleicht beginne ich zu lernen, ohne sie zu leben. Es ist so, als stünde ich an der Schwelle zu einem neuen, ein wenig unwirtlichen Gebiet und müßte es erkunden, seine Koordinaten ziehen, seine Position bestimmen. Und ich empfinde sogar ein leises Interesse an dem, was noch kommen mag. Weißt du, woran mich das erinnert? An die afrikanischen Morgenstunden, wenn ich an der Schiffsreling auf den Sonnenaufgang und den Anblick eines neuen Dorfes wartete, darauf, daß die Menschen lärmend aus ihren Hütten herauskamen, mit ihren geschmeidigen, tänzerischen Bewegungen, die kein anderes Volk besitzt, es war immer ein faszinierendes Schauspiel, auch wenn es keine großen Unterschiede gab, nein, es war fast immer gleich.»

Nicolau unterbricht nicht das Schweigen, zündet nicht einmal seine Zigarre neu an, er wartet ab, vielleicht will er noch etwas hinzufügen, vielleicht auch nicht, Marcos stopft unkonzentriert seine Pfeife, drückt den Tabak in den Pfeifenkopf, hält ein Streichholz daran und zieht an der Pfeife, ihr Duft steigt auf und verbreitet sich im Raum, und dann schließt er mit den Worten: «Ich stehe an der Reling. Vorläufig beobachte ich nur. Ob ich jemals an Land gehen werde, weiß ich nicht.»

Das Wesentliche ist gesagt, zwischen ihnen bedarf es keiner überflüssigen Worte, der Domherr wechselt das Thema: «Die Zeitungen schreiben noch immer über die schwere Krise, in der sich die Arbeiterschaft befindet, vor allem in Frankreich, Spanien, England und den Vereinigten Staaten von Amerika. Anscheinend gibt es Hunderttausende von Arbeitslosen. Das ist wirklich besorgniserregend.»

«Um so mehr», pflichtet Marcos ihm bei, «als die Zahl von Demonstrationen und die Gewalt dabei zunimmt, denn am Ende bekommen sie immer einen politischen Charakter. Die sozialen Unruhen greifen über.»

«Wen wundert das? Ein arbeitsloser Mann, der eine Familie hat und hungert, überlegt nicht mit kühlem Kopf, der greift zur Gewalt, das ist unvermeidlich. Das ist unvermeidlich», wiederholt Nicolau.

«In London hat der Prinz von Wales eine Kommission gebildet, die den Auftrag hat, die Lebensbedingungen der Arbeiterklasse zu verbessern. Und er hat erreicht, daß der Premierminister Lord Salisbury dem Parlament einen Gesetzentwurf über den Bau von Wohnungen für die Arbeiter vorlegt.»

«Woher hast du die Information?»

«Von Geoffrey Ashton, er verfolgt immer genau, was die Londoner Presse schreibt.»

«Wenn das stimmt», sagt der Domherr, «dann müssen wir zugeben, daß die britische Monarchie besser funktioniert als die portugiesische. Mir ist nicht bekannt, daß sich der König in Lissabon über die wachsende Arbeitslosigkeit und das Elend in seinem Reich Gedanken macht.»

«Auch Republiken können keine Wirtschaftskrisen verhindern. Sieh dir die Vereinigten Staaten von Amerika an: da breiten sich die sozialen Unruhen auch aus, und inzwischen hat die Regierung einen Einwanderungsstopp verhängt.»

«Sicherlich, Republiken vollbringen keine Wunder, Marcos. Wunder kommen nur von Gott. *Et quand même* ... Aber in einer Republik ist gewährleistet, daß nur die fähigsten Männer an die Regierung kommen, und zwar direkt vom Volk gewählt und auf befristete Zeit. Solange ein halbes Dutzend Auserwählte allein auf Grund ihrer Geburt die Macht innehaben, kann es keine soziale Gerechtigkeit geben. Gott schuf den Menschen Ihm zum Bilde, und Er schuf alle Menschen gleich. Die Heilige Schrift macht für die königlichen Herrschaften dieser Welt keine Ausnahme ...»

«Du brauchst mich nicht zu überzeugen, du weißt doch, daß ich kein Monarchist bin. Es hat mich sehr gefreut, daß inzwischen im Regierungsanzeiger der Amnestie-Erlaß für politische und Wahlstraftaten veröffentlicht worden ist, denn er gilt auch für die inhaftierten madeirer Republikaner. Aber die große Wende wird, wenn sie überhaupt kommt, nicht ohne Blutvergießen abgehen. Die Bragança-Dynastie wird nicht weichen. Und diese Amnestie bedeutet keine Mäßigung.»

«Die Geschichte kennt kein Mitleid. Irgendwann kommt die Republik unausweichlich. Die Feier zum dreihundertsten Todestag von Camões vor fünf Jahren hat die Zündschnur in Brand gesteckt, und weder die Braganças noch der Adel werden sie löschen können. Man wird ihnen ihre Privilegien und die Macht nehmen, und natürlich werden sie kämpfen, um sie zu verteidigen.»

«Meinst du, es geht lediglich darum, um Macht und Privilegien? Und nicht um Grundsätze, Überzeugungen, einen bestimmten Begriff von politischer Moral?»

«Vielleicht auch, mein Sohn, aber da wäre ich nicht so edelmütig. Wenn das Königshaus wenigstens ein Zeichen gäbe, daß es sich für das Volk interessiert, Besorgnis erkennen ließe, den Willen zur Entwicklung und Verbesserung ... Aber nichts ist zu sehen, gar nichts, der Graben zwischen König und Reich wird ständig tiefer. Erst kürzlich wurde ein königliches Dekret zur Änderung der Heeresuniformen erlassen. Sind das also die Sorgen der Regierung Seiner Majestät?»

«Nicht nur, Onkel Nicolau, nicht nur. Wir müssen gerecht sein. Sieh mal, eine zweckmäßige, gerade bekannt gewordene Entscheidung ist zum Beispiel, daß Portugal sich an dem Plan Italiens beteiligen wird, 1892, also in sieben Jahren, vierhundert Jahre Christoph Kolumbus zu feiern. Die Feierlichkeiten werden in Genua und in Spanien stattfinden, Frankreich und die südamerikanischen Republiken haben auch schon ihre Unterstützung zugesagt. Es ist die Rede von einer großen Ausstellung amerikanischer Erzeugnisse und der Gründung eines historischen Museums, in dem Kolumbus' Erinnerungen und Dokumente aufbewahrt werden sollen. Für Portugal kann das eine ausgezeichnete Gelegenheit sein, erneut zu zeigen, welche zivilisatorische Bedeutung es in der von ihm entdeckten Welt gehabt hat.»

«Ja, das ist zweifellos interessant. Zugegeben. Aber damit werden nicht die Probleme des Landes gelöst.»

«Man muß sämtliche Bedürfnisse in Einklang bringen und alle Probleme lösen, das tägliche Brot und die Kultur, die Gesundheit und die Arbeit. Darin liegt die große Herausforderung und folglich das große Versagen des Regimes. Wußtest du, daß nach wie vor immer mehr Menschen nach Angola auswandern? Das *Jornal de Moçâmedes* hat vor ein paar Tagen über die Ankunft von dreihundertsechsunddreißig madeirer Siedlern berichtet, das macht in den letzten sechs Monaten insgesamt siebenhundert. Der Artikel enthielt übrigens eine Lobrede auf die heldenhaften Pioniere, die Moçâmedes vor sechsunddreißig Jahren gegründet und ihm zu raschem Aufstieg verholfen haben.»

«Die Leute sind auch auf die Sandwich-Inseln ausgewandert und wandern immer noch nach Brasilien und Britisch-Guyana aus. Marcos, wie sieht die Zukunft für Madeira aus, wenn weiterhin die jungen Generationen mit Unternehmungsgeist aus allen Gesellschaftsschichten die Insel verlassen?»

«Selbst André, Onkel Nicolau, selbst André scheint nicht geneigt, nach Funchal zurückzukehren.»

«Will er auch auswandern?»

«In gewisser Weise ja, wenn auch nicht sehr weit. Ein Professor, der ihn bei seiner Famulatur in Lissabon betreut, hat ihm von dem großen Ärztemangel auf den Azoren erzählt, und André reizt der Gedanke, es zwei oder drei Jahre dort zu versuchen.»

«Auf São Miguel?»

«Nein, auf Faial. Die Lage scheint in Horta kritischer zu sein als in Ponta Delgada.»


Bald nach der Hochzeit erkrankte Constança Vaz de Lacerda. Benedita und Afonso brachen ihre Flitterwochen ab und kamen von der Quinta das Tílias in die Stadt, um in den letzten Stunden der alten Dame zugegen zu sein. Für Benedita ist es die erste direkte Berührung mit dem düsteren, schwermütigen Ritual des Sterbens. Sie fühlt sich wie auf einer Bühne, als spielte sie im letzten Akt eines Dramas mit, bei dem sämtliche Gebärden und sämtliche Dialoge einem aus Urzeiten stammenden, strikt vorgeschriebenen Text folgen und nur die Hauptdarstellerin wundersamerweise die behutsamen Bewegungen, die flüsternden Stimmen, die lautlosen Tränen nicht wahrnimmt.

Ludovina sinniert gefaßt über ihren eigenen Tod, der nicht lange auf sich warten lassen wird, ist sie doch kaum jünger als die Senhora Dona Constança, und breitet ehrfürchtig eine gestickte Leinendecke über die Eichenkommode, auf der bald das Viatikum und die Öle für die Letzte Ölung abgestellt werden sollen. Neben dem Bett sitzend, streichelt Benedita eine Hand der Tante, die scheinbar friedlich schläft. In der anderen Hand hält die Kranke den Amethystrosenkranz, den der Onkel Antero vor vielen, vielen Jahren aus Brasilien mitgebracht hat. Die Perlen bewegen sich nicht, sie sind Teil der unendlich tiefen Ruhe, die die Kranke auf eine ferne, unerreichbare Ebene entrückt hat, wo nichts ihr mehr etwas anhaben kann. Catarina Isabel, die während der letzten Tage fast nicht von Constanças Seite gewichen ist, hat Benedita erklärt, daß die Kranke in eine Bewußtlosigkeit ohne Schmerzempfindung gefallen ist, aus der sie wahrscheinlich nicht mehr erwachen wird. Benedita wäre von ihrem Leid befreit gewesen, hätte sie spüren können, daß Tante Constança an der leuchtendhellen Schwelle zur letzten Tür, über die sie bald schreiten wird, Gott dankt, daß er ihr einen so harten, verzweifelten Todeskampf wie den ihrer Mutter erspart hat, jener frommen, unreifen Frau, die sich vierzig Jahre zuvor in panischer Angst gegen die unausweichliche Einsamkeit des Todes gesträubt hatte.

Eine fast unmerkliche Bewegung der Finger, die sie zwischen den ihren hält, läßt Benedita den Blick heben und auf das Gesicht der Tante richten. Vielleicht ist es eine Täuschung oder durch die Schatten der flackernden Kerzenflammen bewirkt, doch scheint ihr, daß Constanças Ausdruck sich verändert hat, daß ihre Lider ganz leicht gezuckt haben, ein stilles Lächeln sich schwach angedeutet hat, Benedita legt ihre Stirn in die Innenfläche der alten, unberingten Hand, liebe, liebe Tante Constança, mit deinem Tod trete ich endgültig in das Erwachsenenalter ein, jetzt gibt es keine andere Frau mehr in diesem Haus, die mich anhört, mir etwas erklärt, mir hilft, ich fühle mich so allein, Tante Constança, so schrecklich allein.

Benedita war immer der atavistischen, obskuren, aber deshalb nicht minder festen Überzeugung gewesen, daß diese geheimnisvolle, leiderfüllte

Stunde, in der die Seele sich vom Körper löst, um zu Gott, dem Schöpfer, heimzugehen, Fähigkeiten der Wahrnehmung und des Verstehens weckte, die es nicht nur leichter machten, das Sterben hinzunehmen, das sich dort vollzog, sondern auch den Keim für Vorstellungen legten, die für die Versöhnung der Anwesenden mit der Unausweichlichkeit ihres eigenen Todes unerläßlich sind. Aus ebenso obskurer und fester Überzeugung glaubte Benedita, wenn sie die langwierige, schmerzhafte Entbindung miterlebt hätte, die am Ende zum Tod ihrer Mutter in Guyana geführt hatte, wäre der Schlag für sie weniger hart gewesen, ihr Schmerz weniger hadernd, denn so hatte sich der Tod ihrer Mutter auf ein Telegramm reduziert, es hatte keine Vorbereitung und keine Warnung gegeben, der Mutter war eine solche dramatische Inszenierung erspart worden, die leisen Gebete, die Schritte auf Zehenspitzen, das Zwielicht der geschlossenen Vorhänge und brennenden Kerzen, das ganze seit Jahrhunderten überlieferte Ritual, das den Eintritt ins ewige Leben angeblich erleichterte. Aber wenn das ewige Leben die endliche und endgültige Begegnung mit Gott war, die glorreiche, makellose Glückseligkeit, wo blieb dann die Freude der Christen, warum dann die Trauer, die Gebete, die Dunkelheit? Benedita kommen Zweifel an der Weisheit der Kirche, sie fühlt sich um ihre Gewißheiten gebracht, all ihrer Erwartungen beraubt, die sie mit dem Tod ihrer Mutter hätten versöhnen sollen, mit Tante Constanças Tod, mit der Aussicht auf den Tod ihres Vaters, mit dem Grauen – irgendwann – bei Afonsos Tod. Niemand hat eine Antwort auf ihre tiefen Seelenängste, und sie weiß nicht, noch nicht, daß die Kirche irrt, schwankt, ihre Pflicht verletzt und Verrat begeht, und sich letztlich, trotz allem, als der feste und zerbrechliche, getreue und verwundbare, mutige und furchtsame Fels behauptet, auf den Christus unvergängliche Worte gesetzt hat, und wie sollte auch eine aus unvollkommenen, nach Gott suchenden Menschen bestehende Kirche vollkommen sein, irgendwann wird die Kirche das Wesen des Todes besser verstehen und eine Lithurgie entwickeln, mit der sie angstfrei die Freude jener besingt, die den Weg zu Gott antreten.

Es wird dunkel, als Marcos mit dem Priester kommt, Nicolau ist krank und läßt sich vertreten, die Zeremonie bestimmt den Dialog zwischen dem Offizianten und den knienden Gläubigen, das Latein ist nicht immer ganz korrekt, Ludovina, Peregrina und die anderen Dienstboten haben nie Latein gelernt, doch sie antworten dem Priester in der Lautfolge, die sie mit den Jahren und Todesfällen gelernt haben. Marcos steht, er hat sich in eine Fensternische geflüchtet, und Benedita weint die ganze Zeit, um ihre Schultern liegt der tröstende Arm ihres Mannes.

*Charlotte*

Marcos richtete sich in der Alltagsroutine ein, nutzte die diskrete Fürsorge der anderen, um seinen Schutzschild aus Schweigen und Abwehr zu festigen, ging genau beschriebene Wege zwischen der Praxis und dem Krankenhaus, zwischen der Familie und den Kranken, dachte so manches Mal daran, vom Vale Formoso wegzuziehen, ein neues Heim für Clara und sich zu schaffen, beließ es aber bei den Plänen, war nicht fähig zu einer Entscheidung, einem Entschluß, nicht einmal zu einem jener Fluchtimpulse, die früher, in einer anderen Zeit, einer anderen Ära, häufig und unwiderstehlich über ihn gekommen waren. Nichts konnte ihn jetzt aus der Passivität und Apathie herausreißen. Constanças Tod hatte den Funken Interesse, der aufgeglimmt war, anscheinend wieder erstickt. Er ging weiterhin ein und aus, das Haus bot ihm unveränderte, ungefährdete Zuflucht, Clara wuchs unter Peregrinas bewunderndem Blick gesund und anmutig heran. Und Benedita, mit der Religion und dem Tod hadernd und ständig mit Raquels Bild konfrontiert, verlor sich in traurigen

Stimmungen und labyrinthischen Zweifeln, wo Afonso sie nicht erreichen konnte, und worüber Catarina Isabel sich zunehmend ernsthafte Sorgen machte. Doch dann trieb der Zufall, dummes Dienstmädchengeschwätz über Gespenster, Marcos zu dem kleinen Abenteuer, bei dem Charlotte seinen Weg kreuzen sollte. Die Begegnung mit dieser Frau, auf Grund ihres Naturells und ihrer Erziehung noch passiver als er, zwang Marcos, Entscheidungen zu treffen, und dazu mußte er ohne jede Nachsicht und Ausflucht in sich hineinblicken.

Als der Friedhof das Angústias etliche Jahrzehnte vor Constança Vaz de Lacerdas Tod eingerichtet wurde, hatte die begierige Phantasie der einfachen Leute reichliche Nahrung erhalten. Vom Kloster São Francisco, das bis dahin die Begräbnisstätte der angesehensten Familien von Funchal gewesen war, hatte man vor dessen Abriß die Gebeine auf den neuen Friedhof umgebettet, der fast mitten in der Stadt lag, auf einem weitläufigen Gelände oberhalb des Hafens, das sich eher für eine öffentliche Grünanlage eignete als für die letzte Ruhestätte verwesender Körper. Die Bestattung eines Selbstmörders Jahre später, vom Bischof untersagt, doch auf Beschluß des Stadtrats vollzogen, hatte eine hitzige Diskussion in der Presse und endlose Streitgespräche in fast allen madeirer Häusern ausgelöst – die Kirche versagte Selbstmördern den letzten Segen, war es dann rechtens, sie auf geweihtem Boden beizusetzen? Aber wenn man sich dem widersetzte, verstieß man damit nicht gegen die christliche Nächstenliebe? Warum konnte man nicht annehmen, daß in einem letzten Moment der Reue ein erlösendes Zwiegespräch zwischen der sündigen Kreatur und ihrem göttlichen, barmherzigen Schöpfer zustande gekommen war? Glich die Haltung des neuen Bischofs nicht der Unerbittlichkeit der Inquisition?

Die alten Hausmädchen, die in der Nacht der Totenwache für Constança Vaz de Lacerda im Haus vom Vale Formoso in der Küche zusammensitzen und löffelweise dampfende Bouillon schlürfen, schwatzen über Friedhöfe, Geistererscheinungen und Büßerseelen. Von Zeit zu Zeit geht eine von ihnen durch die Flure, kniet im Sterbezimmer nieder und betet den Rosenkranz mit.

Die Stunden vergehen in ständiger Unruhe, unablässig kommen Menschen, Kutschen erschüttern das Straßenpflaster, Stimmen und Schritte und Gebete durchbrechen gedämpft die Stille, und deshalb wundert Peregrina sich nicht, daß Clarinha übermüdet, weil sie nicht einschlafen kann, in der Küche erscheint und sich auf ihren Schoß kuscheln will. Peregrina wiegt sie leise summend und wickelt sie in die weiche Wollstola, die sie sich zum Schutz gegen die nächtliche Feuchtigkeit über die Schultern gelegt hat. Als die Kleine tief zu schlafen scheint, setzen sie ihre Unterhaltung fort. Madalena erinnert daran, daß am Abend nach der Beerdigung des Selbstmörders vor etlichen Jahren ein Licht gesehen worden war, das über den Friedhof flackerte. Vielleicht stand ja jemand am Tor und rauchte, entgegnet skeptisch Rosa, die damals, als sie die Frau Doktor Catarina Isabel zu den Vorlesungen in die Medizinische Fakultät begleitete, die sarkastischen Bemerkungen der Studenten gehört hatte, wenn sie in den Anatomiestunden nach dem Sitz der Seele suchten. Doch Ludovina widerspricht energisch: von wegen Zigarette, Unsinn, es waren sogar mehrere Lichter, das hatte der Mann ihrer Freundin Evangelina ihr erzählt, und die Lichter waren über den ganzen Friedhof verteilt, als ob die Toten gegen die Anwesenheit des Gottlosen protestierten.

Peregrina konnte nie ganz klären, wieviel genau Clara von diesem törichten, haarsträubenden Geschwätz mitgehört hatte, doch genug war es gewesen, denn sie brach in ein krampfartiges Weinen aus, das mit keinem Streicheln zu beruhigen war. Beklommenen Herzens, erschrocken und wütend über sich selbst, brachte Peregrina Clarinha in ihr Zimmer, legte sie ins Bett, drückte ihr die Decke fest an den zitternden Körper, befühlte ihre pochenden Schläfen, kniete nieder und blieb bei ihr, sprach leise liebevolle, beschwichtigende Worte, bis sie beide spät nachts vor Erschöpfung einschliefen. Peregrina liebte Clara mit doppelter und dreifacher Hingabe, bedingt durch den Verlust ihres totgeborenen Kindes und in verehrungsvollem Gedenken an die Senhora Dona Raquel, doch überwogen die Bande, die beim Stillen, beim Anblick des ersten Lächelns und Hören der ersten Worte zwischen ihnen entstanden waren, aber auch in durchwachten Nächten, bei Fieber und Appetitlosigkeit, in den alles überragenden Glücksmomenten einer Mutterschaft, die zwar nur geliehen war, aber ihrem Leben Sinn und Erfüllung gab. Man hatte aus ihrem Leib ein totes Baby geholt, sie war in Tränen aufgelöst, verzweifelt und allein, ohne Mann und Kind, in einem fernen fremden Land, und dann hatten der Doktor und die Senhora Bradshaw sie geholt und ihr Clara anvertraut. Peregrina dachte häufig nach und fand doch keine Erklärung dafür, welch seltsame Verflechtungen es im Leben gibt, ihr hätte es nichts ausgemacht, wenn sie gestorben wäre, hätte Dr. Lacerda die Wahl gehabt, hätte er sich bestimmt für das Leben seiner Frau entschieden statt für ein weiteres Kind, wäre es umgekehrt geschehen, dann wäre alles am richtigen Platz, die Senhora Dona Raquel hätte Peregrinas Kind nicht im Stich gelassen, Peregrina wäre klaglos gestorben, warum hatte alles so sinnlos geschehen müssen, alles verkehrt herum, letztlich war sie die einzige, die dadurch gewonnen hatte, denn sie hatte Clara bekommen. Innerlich aufgewühlt hatte sie das Kind mit einem jäh aufwallenden Erzittern vor Liebe in Empfang genommen, die Augen geschlossen, als der hungrige Mund gierig an ihrer Brust saugte, und sofort, ohne den geringsten Zweifel, gewußt, daß sie einander bis an ihr Lebensende nie mehr verlassen würden.

Erst als die Trauerfeier für Tante Constança vorüber ist, kann Marcos endlich mit Catarina Isabel über Claras Zustand sprechen, denn sie glüht noch immer vor Fieber und klammert sich an Peregrinas oder Beneditas Hand, die abwechselnd bei ihr wachen. Beide sind sich einig, daß es sinnvoll wäre, sie woandershin zu bringen, weit weg von der Umgebung, die ihre Krankheit ausgelöst hat, vielleicht auf die Quinta das Tílias, aber nein, auf dem Landgut ist Tante Constança überall gegenwärtig, und das Kind wird unweigerlich eine Verbindung zwischen dem Tod der alten Tante und dem einfältigen Gerede der Hausmädchen herstellen. Da fällt Marcos das Hotel das Gaivotas seines Patienten und Freundes Domingos Junqueiro ein, noch heute will er zum Hotel gehen und sich um seine Einquartierung mit Clara und Peregrina kümmern.

Domingos Junqueira trinkt seinen üblichen Spätnachmittagswhisky in der kleinen Hotelbar, als Marcos hereinkommt. Er ist ein beleibter, gutmütiger alter Herr, ein pensionierter Richter, der Hotelier geworden ist, gemeinsam mit Walter Broadhurst, einem englischen Coronel, ebenfalls pensioniert und ebenfalls ein Liebhaber von schottischem Whisky, Büchern und Hunden, was braucht man mehr, um glücklich alt zu werden? Drei der getäfelten Wände sind mit Büchern bedeckt, wie in einem Club in der City, doch auf der vierten prangt eine üppige Flaschensammlung, von oben bis unten in gleichmäßigen Reihen wie zum Appell angetretene Soldaten, wer sie so aufgestellt hat, der hat sein Leben lang nichts anderes getan, und genau dies dürfte bei dem alten Seemann zutreffen, der hinter der Bar das Zepter führt, fließend vier Sprachen spricht und die abenteuerlichsten Reisegeschichten erzählt. An den Bridgetischen sitzt jeden Abend eine treue Spielergemeinde – in Treue zu den Karten, der Bar und dem *barman*, in Treue zu den beiden Hausherren und zu deren Hunden. Denn die Hunde sind eine weitere Besonderheit des Hotels und, zumindest nach Marcos' Auffassung, eine der attraktivsten. Es sind zwei gemsfarbene deutsche Doggen, sie heißen *Sir Percival* und *Lady Cynthia*, liegen riesengroß und friedfertig den Abend über schlafend zu Füßen ihrer Herren und erwidern jedes Streicheln mit feuchten, sanften Blicken und heftigem Schwanzklopfen.

Nachdem die Zimmer ausgesucht sind, drei große Südzimmer mit Blick aufs Meer, geht Marcos hinunter in den Garten, schlendert um die vernachlässigten, aber von Blumen überquellenden Beete, es ist nicht schwer, sich vorzustellen, wie Clara hier umhertollen, wieder gesund werden, eine frische

Farbe bekommen, Ängste und Gespenster vergessen wird, im Hotel wird es keine geselligen Dienstmädchenrunden an Totenwachenabenden geben. Marcos bleibt an der gußeisernen Balustrade stehen, die den Garten über den zum Meer abfallenden Felsen begrenzt. Rechts hinten in der Ecke, jenseits der geschlossenen kleinen Pforte, führt ein steiler, steiniger Pfad hinunter, er schlängelt sich bis zum Kieselstrand, wo die mächtigen Wellen des Atlantiks auslaufen. Peregrina muß auf diese mögliche Gefahr hingewiesen werden, doch wird es schön sein, an einem sonnigen Tag mit Clara hinunterzugehen und sie in Reichweite seiner Hand und Stimme dort im Wasser spielen zu lassen.

Zur Linken dehnt sich die mit Schiffen übersäte Bucht, Möwen fliegen über sie hinweg, ihre Schreie dringen kaum bis zum Garten herauf, der Geruch des Meeres jedoch, sein treuer Gefährte während so vieler Episoden in seinem Leben, der steigt kräftig und salzig zu ihm auf. Mit dem bedächtigen, genau bemessenen Ritual, das die Männer ersonnen haben, um die Vorfreude auf den Rauchgenuß auszudehnen, steckt Marcos seine Pfeife an und sagt sich selbst noch einmal voller Überzeugung und von dem Wunsch erfüllt, davon überzeugt zu sein, daß der Ortswechsel für Clara, aber auch für ihn heilsam sein wird, das Haus im Vale Formoso erdrückt ihn immer mehr, es hilft nichts, wenn er sich vor Augen hält, daß sein Schlafzimmer und sein Bett unverändert sind, denn dort schmerzt Raquels Abwesenheit besonders tief. André verlängert seine Famulatur in Lissabon, Tante Constança ist tot, das Haus ist jetzt Beneditas und Afonsos Heim, Afonso wird ein viel besserer Ehemann sein als ich, bei ihm wird es keine egoistischen, sinnlosen Fluchtausbrüche geben. Wenn ich mich hier wohl fühle, kann ich mir ein Haus in der Nähe suchen, einen neuen Ort, wo das Alleinleben weniger schmerzlich sein wird, so als ginge ich wieder auf die Reise und vergeudete leichtfertig Raquels begrenzte Zeit. Jetzt ist es mein Los, daß ich bleibe, den Verzicht des Bleibens erlernen, zurückbleiben muß, nicht auf Reisen gehen, nicht die Hand ausstrecken und berühren und fühlen und festhalten kann, jetzt ist es mein Los, die Einsamkeit zu ertragen, Schritt für Schritt, ohne Ende, heilt die Zeit wirklich alle Wunden? Sechs Jahre sind seit jenem Nachmittag vergangen, als Raquel und ich nach Guyana abreisten, ein altes Ehepaar, das die Liebe und die Erfüllung neu entdeckte und glaubte, sie für immer zu besitzen. Ich hätte in der Nacht meiner Heimkehr nicht vergessen dürfen, «das Erdreich zu lockern, aber die Saat danebenzuwerfen», doch Raquel hätte auch nicht gewollt, daß ich daran denke, es wäre rücksichtslos gewesen, einen klaren Kopf zu bewahren und mich zu beherrschen, während sie ihre wunderbare Entdeckung machte. Jetzt lebe ich von Tag zu Tag, ich bin darin Experte geworden, von Tag zu Tag zu leben, würde Clara nicht immer größer, wäre mir nicht bewußt, wie die Jahre vergehen, ich sehe und höre nichts davon, die Zukunft interessiert mich nicht mehr, Reisen sind mir lästig, wenn ich überlege, wie oft ich in der trügerischen Gewißheit abgereist bin, daß sich während meiner Abwesenheit nichts verändern würde, auch die Zeit sich nicht weigern würde, sich dem Rhythmus meiner Wünsche anzupassen, Raquel sagte immer, ich fliehe vor der Eintönigkeit, vielleicht stimmte das, aber die Eintönigkeit war nicht Raquel, inzwischen glaube ich, daß ich vor der schrecklichen Angst geflohen bin, die in mir steckte, mir nur noch nicht bewußt war, der Angst, sie zu schwängern, ich floh vor dem Fast-Sterben, in dem sie bei der Geburt unseres dritten Kindes lag, letztlich bin ich vor dem geflohen, was dann eintrat, als wollte ich ein unerbittliches Urteil aufschieben, vielleicht habe ich einfach nur auf den richtigen Moment gewartet, in dem wir uns in jener Dezembernacht entdeckten. War es das wert? Raquel hat gesagt, ja, es noch gehaucht, als es schon zu Ende ging, noch versucht, mir meine Ruhe wiederzugeben, mich mit dem Leben zu versöhnen. Hätten weitere zwanzig Jahre in stillem Glück die wenigen Monate unserer vollkommenen Übereinstimmung aufgewogen? Ich kenne Raquels Antwort, aber ich fühle mich noch immer zu schuldig, um die gleiche Antwort wie sie zu geben. Und schuldig nicht nur als Mann, auch als Arzt schäme ich mich der Begrenztheit der Medizin, schäme mich, daß ich mitansehen mußte, wie sie ihr Leben verlor, weil noch in keinem Labor, von keinem Forscher das Mittel entdeckt worden war, daß die Geburtsmechanismen in Gang setzt. Zeugen und Gebären sind natürliche Vorgänge, die Medizin hat die Aufgabe, ihre Unvollkommenheiten und Mängel zu beheben, doch bislang beschränken sich die Ärzte darauf, kaum mehr als Zuschauer zu sein, bewußt wird ihnen das erst, wenn sie auch Urheber und Akteure der Tragödie sind, ungewollt Vater oder schuldhaft Witwer werden, es gibt wohl keine absurdere Rolle als die des Mannes angesichts der Frau, die stirbt, weil er sie unbewußt, ungewollt, verantwortungslos geschwängert hat. Die Liebe kann nicht dazu verurteilt sein, einzig der Zeugung zu dienen, dies ist eins der Gebiete, auf dem wir uns eindeutig von den übrigen Arten unterscheiden, die sich nur zur Fortpflanzung paaren, seit Jahrtausenden sucht man nach Antworten, doch sie sind nach wie vor behelfsmäßig und unzuverlässig, wenn die Wissenschaft wirksame Lösungen findet, wird sich das Verhalten der Menschen und das soziale Gefüge radikal verändern. Jahrtausendelang haben wir geglaubt, die Frau sei der einzige Lebensquell, die Göttin und die Mutter, das höchste Geschöpf, das ganz allein die Erneuerung der Spezies garantiere. Dann entdeckten wir zu unserem maßlosen Stolz, daß wir Männer auch am Reproduktionsprozeß beteiligt sind, wir sind der Tropfen, der die Saat sprießen läßt, wir stoßen Tausende von Spermien aus, damit einer, ein einziger, das Ei befruchtet. Was haben wir seitdem gelernt, in den darauf folgenden Jahrtausenden? Kleine unsichere und entwürdigende, ungeeignete und nicht zufriedenstellende Tricks. Noch immer sind wir unfähig, die edelste und tyrannischste unserer Körperfunktionen über den Verstand zu steuern und zu disziplinieren. Welch eine Vergeudung auf diesem langsamen, säumigen Weg der Menschheit, Entscheidungen wirken wie Willkürakte, das Nebensächliche kommt vor der Hauptsache, man kümmert sich um das Beiwerk und mißachtet das Wesentliche, der Domherr sagt, die Menschen versündigen sich gegen sich selbst und nicht gegen Gott, gegen Gott kann man sich nicht versündigen.

Die Einquartierung im Hotel das Gaivotas fand statt, sowie Claras Temperatur sich normalisiert hatte und den Umzug erlaubte. Sie fuhren in einer Kutsche, das Kind wohlbehütet und beschützt in Peregrinas Armen, für beide war es fast eine Reise, fast ein Fest, Peregrina genoß noch ihren Erfolg gegenüber den anderen Hausmädchen, keine von ihnen hatte je ein Hotel betreten.

Wie Marcos vorausgesehen hatte, knüpfte Clara in der neuen Umgebung als erstes Freundschaft mit den Hunden. Mit ihrem sicheren Instinkt spielten sie mit dem Kind, ohne ihm etwas zu tun, als wären sie sich ihrer Größe und Kraft bewußt und könnten damit vernünftig umgehen. Nach ein paar Tagen schrie Peregrina nicht mehr vor Angst, wenn sie sah, daß die beiden wie zwei freigelassene Raubtiere, die gleich das Kind niederreißen würden, durch den Garten auf Clara zuliefen, doch letztlich immer noch rechtzeitig stehenblieben und mit gesenkten Riesenschädeln auf ein Streicheln warteten.

Marcos und Clara sprachen viel über die Hunde, Marcos kaufte sogar ein illustriertes Buch, in dem verschiedene Rassen abgebildet waren, darunter auch die dänische Dogge, auch *great dane* oder *grand danois* genannt, und erklärte seiner Tochter alle ihre Besonderheiten, daß sie außergewöhnlich groß, als Wachhunde sehr aggressiv waren und gleichzeitig eine ungewöhnliche Fähigkeit besaßen, sich den Menschen und ihren häuslichen Gewohnheiten anzupassen. Clara staunte, als sie erfuhr, daß die Hunde, bei der Geburt so klein wie die Welpen jeder anderen Rasse, in engem Umgang mit ihren Herren aufgezogen und häufig auf den Schoß genommen werden mußten, damit sie sich als ausgewachsene Tiere noch instinktiv als abhängig und ihrem Herrn unterlegen fühlten.

Das Hotel wurde für Clara ein wunderbares Zuhause. Die Hunde, die zahllosen Dienstboten, die Gäste, Clara liebte sie alle, war immer zum Lachen bereit, grüne Pünktchen blitzten in ihren honigfarbenen Augen, breite Samtbänder hingen in ihrem blonden Haar, sie war «unsere Kleine», «*our little girl*», die Erwachsenen buhlten um ihre Gesellschaft, folgten ihrem tänzelnden Schritt, verwöhnten sie über die Maßen. Monatelang war das Hotel ihr Heim, ihre Bühne, ihre Schule, im Hotel wurde gegen sämtliche Normen verstoßen, die für die Erziehung von Kindern aus guter Familie galten. Keine traditionelle Disziplin engte Claras Spontaneität ein, erst viele Jahre später wurde ihr bewußt, unter welch außerordentlichen, privilegierten Umständen dieser Abschnitt ihres Lebens verlaufen war. Eingedenk des Schweigens, zu dem er in seiner Kindheit gezwungen war, unterhielt sich der Vater mit ihr wie mit einer Erwachsenen, sprach von den Ländern, aus denen die anderen Hotelgäste stammten, von ihren Sprachen, gelegentlich sogar von ihren Krankheiten, dem Asthma der zarten Miss Miller oder dem Rheuma des Reverend Hunt, erzählte Geschichten aus der Hauptstadt Lissabon, aus England, Afrika oder Guyana und immer wieder aus Malta, und in diesen Geschichten kamen immer Tiere, Pflanzen, Bauwerke und Menschen vor, so daß sie schon früh eine Vorstellung von den Reichtümern und der Vielfalt der Erde gewann. Doch vor allem sprach Marcos von Raquel, ihrer Mutter, deren sepiabraunes Foto sie jeden Tag im Zimmer des Vaters ansehen ging. Zu Marcos Beruhigung entwickelte

Clara eine natürliche, unbeschwerte Beziehung zu Raquel, in die sich keinerlei Todesschatten zu drängen wagte.

«Miss Bell!»

Charlotte bleibt stehen und lächelt in sich hinein, bevor sie sich umdreht, diese Worte können nur von Dr. Vaz de Lacerda kommen. Sie neigt den champagnerfarbenen Spitzenschirm ein wenig zur Seite, um ihm auf dem schmalen Fußweg Platz zu machen. Er bleibt schweigend an ihrer Seite, und ein bißchen verlegen sagt Charlotte ganz überflüssigerweise, sie sei soeben aus der Banco de Portugal gekommen, wo sie sich eine Überweisung aus London abgeholt habe. «Das habe ich gesehen», antwortet er, «ich unterhielt mich gerade mit Geoffrey Ashton, der gestern aus England gekommen ist. Haben Sie von einer Geschichte mit Suffragetten gehört? Sie müßten noch dort gewesen sein, als sie sich ereignet hat ...»

Charlotte errötet. Das weiche, durch die Spitzen ihres Sonnenschirms gefilterte Licht, die cremefarbene Seide ihrer Bluse, selbst das Weiß ihrer Glacélederstiefeletten, all diese Helligkeit zusammen scheint auf einmal nur dem Zweck zu dienen, die Röte ihrer Wangen zu betonen. Sie zögert so offensichtlich und lange, daß Marcos befürchtet, er hätte etwas Unpassendes gesagt. Aber was sollte die ernsthafte Miss Campbell mit den Ausschreitungen der Suffragetten zu tun haben?

«Ja, ich war dabei», sagt Charlotte. Ihre Stimme hat eine Melodik, die ihn immer verwirrt. Sie sprechen selbstverständlich Englisch, doch nachdem er seine eigenen, zwar korrekten, aber unweigerlich fremdländisch klingenden Sätze gehört hat, wirken die Klänge ihrer Worte auf ihn immer wie die richtige Orchestrierung einer ihm bekannten, aber für ihn unerreichbaren Partitur. Es ist dieselbe Sprache und doch wieder nicht. Nun erst reagiert er auf das, was Charlotte gerade gesagt hat.

«Sie waren dabei?!»

Sie kennen sich erst seit zwei Wochen, haben ein halbes Dutzend Male im Speisesaal oder in den Grünanlagen des Hotels miteinander gesprochen, doch Charlotte, der die Erinnerungen manchmal die Kehle zuschnüren, verspürt den Drang, ihm alles zu erzählen. Dieser reservierte Mann, der im Umgang mit seiner Tochter ein seltenes Maß an Zärtlichkeit beweist, strahlt unwiderstehlich etwas Vertrauenerweckendes aus. Charlotte, dazu erzogen, sich zurückhaltend auszudrücken und Gefühle zu verbergen, fürchtet, den Code der Aufnahmebereitschaft, den sie in Dr. Vaz de Lacerdas Verhalten zu erkennen meint, falsch zu interpretieren. Doch einmal, nur ein einziges Mal, will sie gegen die Normen verstoßen und das Risiko eingehen.

«Ja, ich war dabei», bestätigt sie. «Und das war der Grund, weshalb meine Brüder mich zu dieser Reise mit unseren Verwandten, den Andersons, gedrängt haben. Wie zur Strafe. Oder ins Exil.» Sie lächelt ein wenig bitter. «Doch, ich war dabei.» Ihre Stimme wird überraschend kraftvoll, klingt fast unbefangen auftrumpfend. «Ich war dabei», sagt sie noch einmal.

Es war bloß ein Treffen von Frauen gewesen, die miteinander über das Recht auf Bildung und das Wahlrecht diskutieren wollten. Zwanzig Jahre zuvor hatte John Stuart Mill, ein Parlamentsabgeordneter, eine Gesetzesvorlage eingebracht, um die Frauen in das Wählerheer aufzunehmen. Die Debatte hatte in Westminster für gewaltige Aufregung gesorgt, und die Vorlage war, wie vorauszusehen, abgeschmettert worden. Danach stellte sich die Frage, wann man den Mut haben würde, einen neuen Vorstoß zu wagen, und wer diesen Mut aufbringen würde. Es schien weder richtig noch gerechtfertigt, die Initiative allein den gutwilligen Männern zu überlassen, die Frauen selbst mußten sich bemühen, die Anerkennung ihrer Rechte zu erzwingen. Deshalb hatten sie sich an jenem Tag getroffen, für Charlotte war es das erste *meeting*, aber es gab Veteraninnen mit langjähriger Kampferfahrung, einige hatten sogar am Tag der historischen Abstimmung in Westminster auf der Besuchergalerie gesessen.

Die meisten wohnten in London, andere waren aus umliegenden Kleinstädten angereist, wo sich die Frauen, durch die Bewegung für die Sklavenbefreiung aufgerüttelt, ihre eigene Situation plötzlich deutlich vor Augen hielten. Erst als sie das Nebenhaus der Grundschule am Sloane Square, in dem die Lehrerin wohnte, betreten hatte, konnte Charlotte sich eine Vorstellung vom Umfang der Bewegung und der Organisation machen, die so viele und so verschiedene Frauen zusammengeführt hatte. Sie kam sich ein wenig laienhaft vor zwischen diesen aktiven, mutigen und entschlossenen Frauen, die empörten Ehemännern, bestürzten Eltern, boshaften Nachbarn zum Trotz hierher, in diese Londoner Schule gekommen waren, um einander zu sagen, daß der Kampf um das Recht auf Schulbesuch und das Wahlrecht dringend fortgesetzt werden mußte, denn wenn selbst die Krone von einer Frau getragen wurde ...

Womit keine von ihnen gerechnet hatte, war das plötzliche Eingreifen der Polizei, der strikte Befehl, die Versammlung aufzulösen. Der Lärm war ohrenbetäubend. Die kämpferischsten Frauen weigerten sich, den Raum zu verlassen. Die Polizisten verloren die Geduld und drohten an, sie auf den Armen hinauszutragen – was mehr bewirkte als die vorausgegangenen strengen Befehle. Sie versuchten, ohne Aufsehen hinauszugelangen und vereinbarten, sich bald an einem weniger auffälligen und sichereren Ort wiederzutreffen. Doch auf dem Sloane Square hatten sich schon viele Leute versammelt, was sie gleich an Verrat denken ließ. Und der *Punch* widmete ihnen in seiner nächsten Ausgabe zwanzig vernichtend sarkastische Zeilen, in denen er den Suffragetten-Damen nahelegte, sie sollten sich um ihre Männer, ihre Kinder, ihre Gärten kümmern oder um sonstige ihnen angemessene, anständige Aufgaben, und Wahlen, Schulbesuch und Politik jenen überlassen, denen dies zustünde, also – indirekt gesagt – den Männern.

Charlotte, der während ihres Berichts die Röte aus den Wangen gewichen ist, wird abermals rot, doch diesmal vor Empörung. Und sagt immer wieder, ohne sich dessen bewußt zu sein: «Es war furchtbar, ganz furchtbar!» Marcos schluckt eine scherzhafte Bemerkung herunter und stellt fest, daß er nach und nach ein echtes Interesse an ihrem Bericht entwickelt hat. Im Moment ist ihm nicht wichtig herauszufinden, ob das Interesse jener Handvoll kämpferischer und resoluter Frauen gilt oder einzig der Frau, die neben ihm, von den champagnerfarbenen Spitzen beschattet, erneut errötet ist. Aber bei ihr scheint Erröten nicht auf Schüchternheit hinzudeuten, eher auf Entschlossenheit. «Es war furchtbar», sagt Charlotte wieder, «auf dem Sloane Square hatten sich viele Leute versammelt, und sie starrten uns an und lachten. Frauen, hauptsächlich Frauen, die uns erbarmungslos verspotteten. Da habe ich begriffen, daß Gewalt Mut und moralische Kraft mobilisiert, Sarkasmus hingegen demütigt und vernichtet. Wie sollten wir auf das grausame Gelächter der Frauen aus dem Volk reagieren, die uns begafften, als wären wir keine normalen Menschen? Auch die beste Erziehung und Ausbildung wappnet uns nicht gegen den Spott des ungebildeten Volkes. Und dabei forderten wir ja auch für diese Frauen, daß sie in baldiger Zukunft einen Anspruch auf Schulbesuch haben, wählen, sich versammeln und eine eigene Meinung vertreten dürfen.»

Charlotte hat kein einziges Mal die Stimme erhoben, doch in ihrer Geschichte schwingt, beherrscht und kontrolliert, eine große Gemütserregung mit. Als sie verstummt und ihren Blick schweifen läßt, scheint sie einige Zeit zu brauchen, bis sie die düsteren Erinnerungen vom Sloane Square mit der herrlichen Nachmittagssonne und den Unmengen von Petunien in Einklang bringen kann, die auf beiden Uferböschungen des Ribeiro Seco hinabwuchern.

«Kommen Sie, wir gehen im Hotel Gordon einen Tee trinken», beschließt Marcos, «bitte sagen Sie nicht nein, Miss Campbell.» Und auf der Terrasse des Hotels, der schönen Terrasse, von der aus man auf die Stadt und links, tief unten, auf die Bucht blickt, bittet Marcos Vaz de Lacerda unvermittelt Charlotte Campbell, sie möge sich ein wenig mit Clara beschäftigen. Die Kleine ist fünf Jahre alt, sie wird spielend Englisch lernen. Und außerdem braucht sie den Umgang mit einer Dame, sie muß gute Manieren lernen, sich in Gesellschaft zu benehmen, etwas Abstand bekommen von den pittoresken Geschichten der lieben, aber ungebildeten Peregrina und auch von der unverbesserlichen Menschenscheu ihres Vaters ...

Während die Wochen gemächlich und sacht vergehen, so geruhsam wie der Lebensrhythmus der Insel, lernt Charlotte Marcos Vaz de Lacerda näher kennen. Und auch Clara (deren Namen sie Cläraaaa ausspricht, die letzte Silbe sehr lang gedehnt und sehr melodisch) und selbst Peregrina, die treue Seele Peregrina, die über Clara wacht wie ein starker brauner Schutzengel, vielleicht ein Erzengel, denkt Charlotte. Als ihre Portugiesischkenntnisse zunehmen, kann sie sich besser mit Peregrina verständigen, mit der sie die tiefe Zuneigung zu dem Kind verbindet. Denn Charlotte hat Clara sofort in ihr Herz geschlossen, dieses kleine blonde Mädchen mit den honigfarbenen, grünlich gesprenkelten Augen, das seinem Vater ähnlich sieht, das aber jeder dem Aussehen nach auch für ihre Tochter halten könnte, eine Tochter, die sie mit ihren dreißig Jahren noch nicht hat. Eine weit zurückliegende Verlobung mit einem jungen Offizier, der nach Indien abkommandiert und dort bei einem Grenzzusammenstoß getötet worden war, hat bei Charlotte ein überspanntes Gefühl von ewigwährender Witwenschaft hinterlassen. Inzwischen kann sie sich kaum mehr an das fast jungenhafte Gesicht dieses Verlobten erinnern, hat den kaum wahrgenommenen Geschmack seines Mundes vergessen, das kurze Idyll ist auf die Kürze eines Namens geschrumpft, Brian, und noch immer währt die traurige Vorahnung, daß sie nie wieder lieben wird. Vielleicht hat sie sich deshalb mit so großem Einsatz an den Kampagnen zur Abschaffung der Sklaverei beteiligt und später beim Treffen der Frauen am Sloane Square. Das Wahlrecht, das Recht auf eine Neigung und einen Beruf, diese so gerechten und so umstrittenen Ziele, eines Tages werden vielleicht Claras Töchter, nein, das wäre viel zu schön, aber vielleicht ihre Enkelinnen davon profitieren. Doch wo wäre Charlotte dann, könnte sie diese glücklichen Enkelinnen von Clara noch erleben?

Die Vereinbarung mit Dr. Vaz de Lacerda, die sie an jenem Nachmittag beim Tee im Hotel Gordon getroffen hatten, erwies sich als für alle erfolgreich: Clara lernte Englisch – und gute Manieren, worauf der Vater besonderen Wert legte; Charlotte war in ihren Mußestunden beschäftigt und entdeckte eine neue Zärtlichkeit in der Beziehung zu dem Kind und beim Beobachten ihrer unermüdlichen Wißbegier; Peregrina konnte endlich in ihrer ständigen Fürsorge etwas nachlassen. Und Marcos bemühte sich, wieder im Hotel zu sein, solange sich die Unterrichtsstunde noch am Teetisch im Beisein von Coronel und Mrs. Anderson hinzog. Clara trank ihren Tee mit Milch sehr gewissenhaft und gab sich Mühe, keine Krümel der *scones* auf den Fußboden fallen zu lassen. Marcos brachte gelegentlich neue, aus England eingetroffene Bücher mit, fast immer Kindergeschichten, die Miss Bell, wie Clara sie weiterhin nannte, ihr laut vorlas, um sie an die englische Sprache zu gewöhnen. Am meisten faszinierten sie zweifellos *Alice's Adventures in Wonderland* und *Through the Looking Glass* von einem gewissen Lewis Carroll, die gut zehn Jahre zuvor veröffentlicht worden waren und Clara größte Wonnen bereiteten. Zweimal schon hatte Marcos Bücher für Charlotte mitgebracht und Clara aufgetragen, sie als ein Geschenk von ihr zu überreichen. Dabei war, obwohl Charlotte die Geste als ganz natürlich betrachten wollte, eine leichte Verlegenheit zwischen ihnen entstanden, und Mrs. Anderson hatte Marcos mit wohlwollendem Verdacht nachgeblickt, als er sich mit dem Coronel zu einem Spaziergang in den Garten begab. Zwar versichert Charlotte sich selbst, daß sie sich keine verfrühten Träumereien gestatten wird, dennoch muß sie sich ehrlicherweise eingestehen, daß sie inzwischen nicht nur Clara, sondern auch diesen blondbärtigen, breitschultrigen Mann liebt, dessen erstaunlich gepflegte Hände, aber schließlich sind es Chirurgenhände, sie sehr verwirren, denn sie verspürt den tiefen Wunsch, sie zu berühren und zu fühlen.

Marcos und das Kind essen früh zu Abend, an ihrem Stammplatz neben dem Fenster. Dies, eine der Regelwidrigkeiten in Claras Erziehung, mißfällt der Familie am meisten, vor allem Benedita, doch darin erweist sich der Vater als unnachgiebig. Clara ißt mit den Erwachsenen an einem Tisch, wird zum Gespräch angeregt, von klein auf wird sie zur Gefährtin des Vaters. Und Marcos' Seele findet in der Gewißheit Ruhe, daß Raquel dafür von Herzen Verständnis hätte. Benedita bezweifelt es, bemüht sich aber, die Eigenheiten, die dem Vater Trost geben und die Trübsal seines unausgefüllten Lebens mildern, zu verstehen und zu unterstützen. Also schweigt sie, schon allein deshalb, weil Miss Campbell anscheinend einen mäßigenden Einfluß auf ihre Schwester ausübt. Und auf den Vater? Benedita wünscht sich vorbehaltslos, daß der Vater wieder heiratet, sie hat mit Afonso darüber gesprochen, und beide finden, vielleicht, weil die Liebe sie großmütig macht und ihren Blick schärft, daß der Vater nicht zum Alleinsein verurteilt bleiben darf, und Charlotte Campbell könnte ein völlig neues Leben bedeuten, ohne Erinnerungen und Vergangenheit.

Clara spricht viel von Miss Bell, und wenn der Vater sich ihre bis ins letzte Detail ausführlichen Beschreibungen anhört, hat er das Gefühl, auf ungebührliche Weise in ihre Privatsphäre einzudringen. Zum ersten Mal in den letzten fünf Jahren fühlt er sich in der Lage, eine Frau mit den Augen zu betrachten, wie eine Frau es verdient, er spürt sogar das heranreifende Verlangen, Charlottes Augenlider zu küssen, ihr Haar zu lösen, den Druck ihres Körpers an seinem zu spüren. Seit Wochen geht es ihm so, seit drei, fünf Wochen, seit vielen Wochen, wie ihm scheint. Benedita hat behutsam über die Verliebtheit ihres Vaters gescherzt, er hat immer nur wortlos die Achseln gezuckt, er hatte ihr Miss Campbell, kurz nachdem er sie kennengelernt hatte, an einem Nachmittag vorgestellt, als sie im Hotelgarten Tee tranken und den Dampfer aus Kapstadt in die Bucht einlaufen sahen. Und an einem ebensolchen Nachmittag fragt Benedita am Teetisch in ihrem tadellosen Englisch: «Wann kehren Sie nach England zurück, Miss Campbell?»

«In einer Woche», antwortet Charlotte, «meine Verwandten haben Verpflichtungen in London, wir sind schon seit fünf Monaten hier.»

Die Aussicht, daß Charlotte an einem nicht mehr fernen Tag abreisen wird, stellt Marcos vor die Notwendigkeit, eine Entscheidung zu treffen. Da Peregrina krank ist, hat Charlotte sich an diesem Abend bereit erklärt, Clara zu Bett zu bringen. Und statt sich an einen Bridgetisch zu setzen, geht Marcos durch den Garten und lehnt sich an die Balustrade oberhalb des Hafens. Der Mond steht im abnehmenden Viertel, beleuchtet aber noch deutlich die Umrisse der Segelschiffe und Schoner, die Kapelle von Penha und die Stadt im Hintergrund. Irgendwo am Hang liegt das Haus vom Vale Formoso, früher das Haus von Raquel und Marcos, heute das Haus von Benedita und Afonso. Ein Teil seines Lebens ist dort begraben, nein, nicht dort, in Georgetown. Niedergeschlagen und nervös zündet er seine Pfeife an, er weiß, daß er sich wegen Raquels Tod keine Vorwürfe machen darf, aber er weiß auch, daß er es bis an sein Lebensende tun wird. Irgendwann wird er lernen, mit diesem Schuldgefühl zu leben, und wenn ihn etwas daran hindern wird, noch einmal zu heiraten, dann nicht dieses Schuldgefühl. Er braucht nicht nach Alibis oder Vorwänden zu suchen, er muß einzig und allein herausfinden, ob er den Rest seines Lebens mit Charlotte verbringen will. Und der Rest seines Lebens kann eine lange Zeit sein. Der Drang, zu ihr zu gehen, sie in die Arme zu schließen, die warme seidige Haut ihres Halses und ihre blassen Lippen zu küssen, bedeutet nicht mehr als genau dies. Und dann? Nach einem Jahr, nach zehn, nach zwanzig Jahren? Wird er sich dann genau so unmäßig auf sie freuen, wenn er heimkehrt, wie er sich immer auf Raquel freute? Wird er es ertragen, jeden Morgen eines jeden Monats eines jeden Jahres, bis ins Alter, am Frühstückstisch ihr Gesicht zu sehen? Er will dieser bezaubernden Frau nicht den Tort antun, sie unablässig an Raquel zu messen und den kürzeren ziehen zu lassen. Daß sie den kürzeren ziehen wird, steht für ihn außer Zweifel, jede Frau ist von vornherein dazu verurteilt, er wird nie ein objektives, unparteiisches Urteil fällen können, seine Entscheidung steht von vornherein fest. Raquels Vitalität, ihre mitreißende Begeisterungskraft, die Heftigkeit ihrer Gefühle, selbst die Art, wie sie vor anderen an sich hielt und sich schützte, indem sie eine unüberwindbare Grenze zu ihrem eigenen Bereich zog, Marcos weiß, daß niemand sie ihm je wird ersetzen können. Charlotte ist viel zu zurückhaltend, selbst ihr Interesse an den Suffragetten hat sich auf ein sehr vorsichtiges Maß beschränkt, sie hat die Anweisungen ihrer Brüder befolgt, den Kampf aufgegeben, sich gefügt, Raquel hätte ihre Überzeugungen verteidigt und niemals das Terrain geräumt, Raquel war eine Kämpferin, so sanft und unschlagbar wie keine zweite. Sein Entschluß ist gefaßt, er wird Charlotte nicht küssen, nicht ihren Körper an seinem spüren, ihr keinen Heiratsantrag machen, nicht aufs neue die weiche Haut einer Frau erleben. Nein, zumindest nicht bei dieser Frau. Er will keine Ehefrau mit all dem, was dazugehört, er braucht eine Gefährtin, eine intelligente Frau, mit der er auch Gespräche führen, diskutieren, Meinungsverschiedenheiten haben und lachen kann – er sehnt sich danach, zu zweit zu lachen, über dieselben Dinge zu lachen, in vollkommener Einigkeit über einander zu lachen. Er will eine unabhängige, freie Frau, mit der er ohne Ansprüche und Verpflichtungen schlafen kann. Gibt es eine solche Frau?

An dem Tag, an dem Charlotte abreist, gibt Marcos in aller Frühe an der Hotelrezeption eine Kiste Wein und einen Brief für den Coronel Anderson ab, in dem er erklärt, daß er den ganzen

Vormittag über im Krankenhaus operieren und keine Gelegenheit haben wird, den Damen seine Aufwartung zu machen, und wünscht ihnen eine glückliche Heimreise nach England.

Wochen später, als er von einem Krankenbesuch in der Nähe der Kapelle von Penha kommt, fällt sein Blick auf ein Haus, das instand gesetzt wird, ein zweistöckiges, sehr langgestrecktes Haus mit einem Dutzend Fenstern zur Straße und einem Garten zur Linken, den eine hohe, mit Glyziniendolden überwucherte Mauer schützt. Er stößt die Pforte auf, der Garten ist eine weitläufige rechteckige Fläche mit einem kleinen gekachelten Teich und Hortensienhecken, und am hinteren Ende, zwischen zwei dicht belaubten Jakarandabäumen, hängt eine rote Schaukel. Gegenüber der Mauer verläuft eine schmale Terrasse, die sich an der Hausfront fortsetzt und einen mit Steinplatten ausgelegten, kühlen Patio bildet, verschönt durch leuchtende Christsterne in dickbäuchigen Tontöpfen. Mit Erlaubnis des Poliers geht Marcos ins Haus hinein, das obere Stockwerk hat eine lange, durchgehende Veranda, die gesamte Südseite ist dem Meer zugewandt, der Blick ist ähnlich wie vom Hotel, nur etwas näher zur Stadt, Marcos zögert keine Sekunde, seit er die rote Schaukel gesehen hat, weiß er, daß dies sein Zuhause, Claras Zuhause wird, die Veranden mit Meerblick haben jeden Zweifel beseitigt, der unentschlossene, ruhelose Mann hat endlich einen Ankerplatz gefunden.

*Luciana*

Das Hausmädchen klopft an die Tür und tritt ein, ohne eine Antwort abzuwarten. Ihre leichten Schritte werden von den dicken Teppichen verschluckt, Luciana wird sie erst gewahr, als sie ein leises «Senhora ...» hört, sie blickt vom Buch auf und nimmt das Kuvert in Empfang, das Deolinda ihr auf dem Silbertablett reicht. Es ist ein Brief von Marcos, er schreibt, daß die Bradshaws lieber zu Fuß zu Benedita gehen wollen, deshalb werden sie sich früher aufmachen müssen, gegen sechs werden sie vorbeikommen und sie abholen.

Mit dem Abendessen im Vale Formoso setzt sich die Reihe von Beneditas ständigen Launen fort. Dieses Mal hat sie mit der Begründung, sie könne nicht lange von zu Hause fort sein, weil sie ihr Baby stillt, für sich den Anspruch erhoben, beim Willkommensessen für Claras Pateneltern die Gastgeberin zu spielen. Marcos war verärgert, hatte protestiert und abgelehnt, aber auf Lucianas Betreiben schließlich doch nachgegeben. Zwar ist es richtig, daß Beneditas Launen ein Riegel vorgeschoben werden muß, aber nicht an diesem Tag, nicht bei dem Fest zu Ehren der Bradshaws, dem Wiedersehen nach neun Jahren, für den größten Teil der Familie die erste Begegnung.

Auf der altrosa Samt-Chaiselongue liegend, spielt Luciana mit den Schleifen des Batist-Negligés, das sie nach dem Bad übergezogen hat. Es ist elf Uhr, sie hat den ganzen Tag vor sich und kann in Ruhe weiterlesen, sie schlägt *Madame Bovary* wieder auf, doch die Wörter verschwimmen vor ihren Augen, sie legt das Buch weg, verschränkt die Hände hinter dem Kopf und denkt an Marcos. Zugegeben, sie ist eine unverzeihlich berechnende Person und schämt sich dessen nicht, doch dieses Eingeständnis hindert sie nicht daran, den Triumph über die uneingeschränkte Verwirklichung ihrer Pläne zu genießen. Die Legende von Marcos und Raquel hat ihre Wahl entscheidend beeinflußt, eine Legende setzt Liebe und Leidenschaft voraus, Raquels Tod konnte solche Gelüste und Veranlagungen in Marcos nicht völlig zunichte gemacht haben, sie mußte nur den richtigen Zeitpunkt abwarten, dann würde Marcos unweigerlich nach einer neuen Frau, einer neuen Gefährtin, einer neuen Liebe verlangen, Luciana wollte achtgeben und im richtigen Augenblick auf der Bildfläche erscheinen, sich geschickt annähern, für ihn zur einzig passenden, begehrenswerten Frau werden, ein Mann mit so breiten Schultern, mit einem so ironisch zärtlichen Lächeln, mit so starken und einfühlsamen Händen mußte ein guter Liebhaber sein, für den Mythos Raquel konnte es keine andere Erklärung geben, nur eine große, körperlich und seelisch erfüllte Liebe kann den Tod überdauern und Geschichte werden. Und Luciana fand, sie verlange vom Leben völlig zu Recht eine intensive

Liebeserfahrung, die sie für das Joch und die Unlust ihrer Ehe entschädigte. Sie hatte Entscheidungen getroffen und Pläne entworfen. In aller Umsicht. Jetzt, da ihr Leben nur ihr, ganz allein ihr, verdientermaßen für immer ihr gehörte, sollte nichts und niemand, selbst Marcos nicht, das Recht haben, über ihren Willen und ihr Schicksal zu bestimmen. Was immer auch kam, und wenn es noch so verheißungsvoll und faszinierend war, die geheiligten Grenzen ihrer Freiheit würden ihm Einhalt gebieten, denn ihre Freiheit würde sie niemals hergeben, um keinen Preis, keinen Gegenwert, keinen Ausgleich.

Der erste strategische Schritt war natürlich, Marcos wiederzusehen und die durch ihre fast verwandtschaftliche Beziehung gegebene lose Bekanntschaft zu vertiefen. Dieser Schritt war spielend einfach, und zwar über Marta und Maria Vaz, in deren Schule Clarinha inzwischen den ersten Unterricht in Tanz und Klavierspielen erhielt. Der Vater holte sie häufig nach Beendigung seiner Sprechstunde ab, kam herein, um die alten Tanten zu begrüßen, und unterhielt sich mit ihnen, während der Unterricht unter Anleitung der Lehrerinnen weiterging, die jetzt die Verantwortung für die Stunden hatten, Marta und Maria übten nur noch aus der Ferne eine wohlwollende Aufsicht aus. Mit der Zeit hatten sich die Rollen, die sie in ihrer Jugend so deutlich voneinander unterschieden, umgekehrt, Marcos sollte später zu Luciana sagen, es dränge sich auf, die Parabel zu ergänzen, und zwar so, daß Jesus viele Jahre später in Lazarus' Haus zurückkehrt und es ihm die Sprache verschlägt, als er Maria eifrig in der Küche wirken sieht und Marta sich besinnlich zu seinen Füßen setzt und ihm lauscht. In der Tat hatte sich eine gerechte, ausgewogene Umverteilung vollzogen, Martas Energie war nach und nach auf Maria übergegangen, Maria übernahm immer mehr Aufgaben, Marta verbrachte immer mehr Stunden mit Lektüre und Muße, die Eintracht zwischen den beiden war ungebrochen, niemand in der Familie konnte sich vorstellen, daß die eine die andere überleben würde.

An einem solchen Spätnachmittag hatte Luciana es so eingerichtet, daß sie anwesend war. Und Marta sagte, «Marcos, erinnerst du dich noch an meine Nichte Luciana?», ja, Marcos erinnerte sich, sah ihr unverhohlen bewundernd in die Augen, küßte ihr die Hand, fragte, ob sie nun ständig in Funchal lebe, womit er diskret zu verstehen gab, daß er vom Tod ihres Mannes erfahren hatte und wußte, daß sie nun auf der Quinta das Flores wohnte, übrigens ganz in der Nähe von Penha. Luciana gestand, sie sei eine eingefleischte Städterin, zudem habe sich noch in den langen Jahren des Exils Heimweh aufgestaut, aber sie habe gern in Calheta gelebt, das Klima sei ausgezeichnet, sehr trocken, und im Gutshaus der Quinta das Giestas habe es jeden erdenklichen Komfort gegeben, doch, sie habe gern in Calheta gelebt, trotz allem. Und dieses *trotz allem* ließ sie bewußt im Raum stehen, noch betont durch ihr Verstummen und einen Anflug von Traurigkeit, der ihre gesenkten Lider überschattete.

Dann ergab sich die unerwartete Begegnung in der Apotheke Ribeiro an jenem Nachmittag, als sie die Cremes abholte, die speziell für sie nach einem geheimen Rezept und unter Verwendung ihres persönlichen Parfüms, einer direkt aus Paris importierten Duftessenz, hergestellt wurden. Zwischen den Mahagoniregalen voller kostbarer handbemalter Porzellangefäße – wie prächtig und reizvoll kann doch eine Apotheke sein! – war Luciana mit der von ihren Eltern und Großeltern geerbten Selbstverständlichkeit in das Büro von Leonardo und Venceslau gegangen, übrigens hatte sie auch einen beachtlichen Geschäftsanteil geerbt, sie war Teilhaberin der alten Ribeiro-Brüder, die sie seit jeher Onkel nannte. Leonardo und Venceslau unterhielten sich mit einem Besucher, der mit dem Rücken zur Tür saß, alle drei erhoben sich mit der gleichen spontanen Höflichkeit, der dritte Mann war Marcos, Luciana entschuldigte sich für die ungewollte Störung, willigte aber auf ihr Drängen ein, sich kurz zu setzen, und beteiligte sich gleich darauf an der scharfen Kritik am Parteienkleinkrieg, der die progressiven und die regenerativen Kräfte zu Gegnern machte, die Erwartungen des Volkes dem Karrierestreben der Kaziken opferte, von denen keine Partei frei war, und jeden Ansatz einer widerstandsfähigen und geschlossenen republikanischen Bewegung schon im Keim erstickte.

Als sie sich verabschiedete, lud sie Marcos spontan ein, sich mit den Ribeiros an den üblichen Bridge-Abenden am Dienstag zu beteiligen, «die Unterhaltung war so lehrreich, ich würde sie gern fortsetzen ...» Marcos begleitete sie wie selbstverständlich, ohne vorher um ihre Erlaubnis zu fragen, das Hausmädchen folgte ihnen mit den Päckchen im Abstand von ein paar Schritten, Luciana bemerkte, «ich wußte gar nicht, daß Sie sich für Politik interessieren», und er entgegnete, «das tue ich auch nicht, mein einziges Interesse gilt der Medizin, aber ich glaube an die Republik, Raquel war eine begeisterte Republikanerin.» Dies war für Luciana die erste Lektion beim Erkunden des Weges zu Marcos: Raquel würde immer gegenwärtig sein, sie war ein Teil von ihm, das mußte sie hinnehmen, Tote braucht man nicht zu fürchten. Marcos Gesichtsausdruck hatte sich nicht verändert, Luciana wünschte sich, ihre Miene sei ebenfalls gelassen geblieben, und fuhr fort: «Mein Vater und die beiden Onkel Ribeiro haben immer viel von der Republik gesprochen und darüber, daß sie eines Tages ausgerufen wird. Mein Vater nahm mich oft in die Apotheke mit, ich kann mich noch erinnern, daß ich dort Ihrem Onkel, dem Domherrn Nicolau, begegnet bin.»

«Raquels Onkel», stellte Marcos richtig (und Luciana registrierte *zweimal*), «der Domherr war ein unbeirrbarer Verfechter der Republik und ein eifriges Mitglied der Diskussionsrunden in der Apotheke Ribeiro, hin und wieder schleppte er mich auch mit. Nach seinem Tod habe ich die Gewohnheit beibehalten, allerdings mehr aus Freude an der Gesellschaft als aus Glauben an die politischen Umtriebe. Luciana, glauben Sie, daß die Parteien, die wir haben, etwas bewirken können?»

«Irgendwo muß man doch anfangen, nicht wahr? Auch wenn die Parteien in ihrer jetzigen Form nichts ausrichten, sie werden sich mit Sicherheit weiterentwickeln, besser organisieren, den Zeitläuften anpassen. Und wenn Lissabon der Monarchie die Absage erteilt und die Republik ausruft, werden wir immerhin nicht so ganz unvorbereitet sein.»

«Genau das sagte der Domherr auch immer, er glaubte an das staatsbürgerliche Bewußtsein des Volkes, an seine Entschlossenheit zum Wandel, er vertraute darauf, daß das Volk in der Lage ist, den Erfordernissen der Stunde zu genügen, wenn die Stunde geschlagen hat.»

«Und Sie, Marcos, sind Sie nicht dieser Meinung?»

Er sah sie schweigend an, lächelte knapp und sagte dann: «Nur mit Einschränkungen. Selbst in der Republik werden die Kaziken weiterhin über das Volk herrschen, ihm vorschreiben, mach hier dein Kreuz, und es wird sein Kreuz machen, oder da, und wird es genauso tun. Wir müssen bei der Schule, beim Unterricht, beim Denken anfangen. Nehmen Sie als Beispiel João de Deus – er allein hat für das Land mehr getan als jede Partei. Nur ein Mann, der lesen, denken, vergleichen und beurteilen kann, ist befähigt, seine Wahlentscheidung richtig zu treffen.»

«Ja, sicherlich, aber wenn die Monarchie das Erziehungswesen nicht ausbaut, wenn sie nicht mehr Schulen einrichtet und den Schulbesuch der ganz Armen nicht fördert und finanziert, dann muß die Monarchie zu Fall gebracht werden – oder es wird nie dazu kommen, daß die Menschen lesen, denken und beurteilen können.»

«*Touché*», sagte Marcos.


Luciana erhebt sich von der Chaiselongue und ordnet die Kissen, sie liebt diese elegante, zierliche Recamière, die der Vater für ihre Mutter hatte anfertigen lassen, als sie selbst zur Welt kommen sollte, in gewisser Weise hatte sie sich hier entwickelt, hatte hier Gestalt und Naturell angenommen, die dunklen Haare, die schlanken Fesseln, das spontane Lachen, den direkten Blick, den Gefallen an Autorität, den Widerwillen gegen Heuchelei, den Spaß am Trotzen und Sichdurchsetzen, die Lebenslust, die so lange in der Beinah-Gefangenschaft in Calheta geknebelt worden war. Von der Mutter wußte sie nur noch wenig, ihr Tod war in den Erinnerungen an ihre Jugend verblaßt, sie konnte sich nur des Bildes von einem Sommertag und eines Gebets entsinnen, das sie am Sonntag darauf oder an irgendeinem anderen Sonntag im Meßbuch gelesen hatte: «In Euch, Herr, habe ich alle meine Hoffnungen gesetzt und gesagt: ‚Ihr seid mein Gott, mein Leben liegt in Eurer Hand.'» Zu jener Zeit war sie ein frommes Mädchen, doch kamen ihr die ersten Zweifel, als ihr Vater, inzwischen schwerkrank, sie mit einem alten Freund aus seiner Kindheit verheiratete, es war eine kurze, schlichte Feier, sie waren gleich per Schiff zur Quinta das Giestas gefahren, dem «Ginsterhof» genannten Landgut in Calheta, das fortan ihr Zuhause sein sollte. Die Reise auf der *Bútio* war etwas Neues, ein aufregendes Erlebnis, Ferdinando hatte es ihr auf einem schönen Stuhl bequem gemacht, Filomena neben ihr, der Vater hatte ihr die alte Filomena als Dienerin und Gefährtin mitgegeben, die Fahrt verlief ruhig und abwechslungsreich, ständig zogen Buchten, schwarze Kieselstrände, Böschungen und Steilküsten vorüber, alles scharf abgehoben gegen die grünen Hänge der Insel, erstaunlich, wie viele Nuancen das Grün entwickeln konnte, die Agaven mit ihren dicken, stachelbesetzten Früchten waren zu erkennen, die Bananenstauden mit ihren breiten fächelnden Blättern, die Weingärten auf halber Höhe der Hänge, als das Schiff auf offener See am Cap Girão vorüberfuhr, bekreuzigte Filomena sich tief erschrocken, Luciana betrachtete es mit grenzenloser Bewunderung, es ist großartig, ganz großartig, ihr fiel ein, was man sie in der Schule gelehrt hatte, «das höchste Kap Europas, fünfhundertachtzig Meter über dem Meeresspiegel», von unten gesehen war es überwältigend, ihr Blick erhaschte einen Mann, der zu einem rechteckigen Fleckchen Acker hinunterstieg, sie sah genauer hin und entdeckte auf einem Steilhang, den sie für senkrecht abfallend und unwegbar gehalten hatte, mehrere bestellte Flächen, Filomena sah sie auch, denn sie wies dorthin, «sieh mal die *Beete*, Mädchen, siehst du die *Beete*», und Luciana lächelte über das Wort *Beete* und dachte an die Männer und Kinder, die ihr Leben riskierten, wenn sie zu diesen Terrassen hinunterstiegen, um sie zu bestellen, und wieder hinaufkletterten, um ihre kleinen kostbaren Ernten heimzubringen. Das Schiff legte unterwegs in Ribeira Brava und Ponte do Sol an, Luciana wurde allmählich müde, Filomena war eingeschlafen, endlich erreichten sie Calheta, Ferdinando half ihr ins Ausschiffboot, die Ruderer steuerten den Strand an, sie waren jung und kräftig, einer hob Luciana auf die Arme und setzte sie auf den trockenen Kieselsteinen ab, zu denen die Wellen nicht mehr heraufschwappten, ein anderer trug Filomena an Land, Ferdinando sprang, aus langer Gewohnheit behende, ohne Hilfe aus dem Boot, er trug hohe Stiefel und wurde nicht naß, mit zwei Schritten stand er neben seiner Frau. Luciana und Filomena bestiegen die wartenden Maultiere, die zwei barfüßige Jungen am Koppelstrick hielten, dann begann der steile Aufstieg, während Ferdinando noch kurze Anweisungen zum Gepäck erteilte, er holte sie in der breiten Kurve ein, von der man tief unten das Meer, die

*Bútio* und die Männer sehen konnte, die mit dem Ausladen begannen, Luciana fand, das alles sehe wie eine echte Illustration aus einem Reisebuch aus. Nach einer Stunde – Luciana las die Zeit von der kleinen Uhr ab, die sie an einer goldenen Spange auf der Brust trug, ein letztes Geschenk des Vaters kurz vor der Abreise, ob sie den Vater wohl noch einmal lebend wiedersehen würde, fragte sie sich, den Tränen nahe – nach einer Stunde ritten sie durch ein geöffnetes breites Tor, überall blühte Ginster, Hunderte, Tausende, Millionen von winzigen gelben Blüten, erst sehr viel später sollte Luciana sich mit ihrer rustikalen Schönheit versöhnen. Drei Hausmädchen beleuchteten mit Petroleumlampen den Eingang des herrschaftlichen Hauses und entrichteten ihr mit salbungsvoller Freundlichkeit den abendlichen Gruß. Tage später erfuhr sie, daß alle drei Geliebte ihres Mannes gewesen waren oder noch immer waren, und verlangte, daß sie entlassen wurden, zu diesem Zeitpunkt hatte sie bereits begriffen, daß die Nächte, die ihr so große Qual bereiteten, ihr im Gegenzug einige Macht verliehen. Von da ab benutzte sie diese Macht ganz bedenkenlos, erhob den Anspruch auf ein Zimmer für sich allein, setzte den nächtlichen Besuchen ihres Mannes Grenzen, veränderte das Herrenhaus nach ihrem Geschmack, wobei sie den antiken Stücken mehr Wert beimaß und den Plunder hinauswarf, setzte ihren Willen und ihre Wünsche so geschickt und erfolgreich durch, daß es sie selbst überraschte, auch wenn dies ihre Niedergeschlagenheit nicht minderte – welcher Gott konnte ein blutjunges Mädchen in dieser Form einem Fünfzigjährigen ausliefern? Einen Gott gab es für Luciana seit der Hochzeitsnacht nicht mehr, und am nächsten Morgen war sie nur deshalb nicht vollkommen gebrochen, weil Ferdinando äußerst rücksichtsvoll gewesen war und sich mit der Erklärung, «die Frauen müssen diese Prüfung durchmachen, damit sie Mutter werden können», dafür entschuldigt hatte, daß er ihr Schmerzen zufügte. Da ihr sein geschraubtes Gerede ebenso widerwärtig gewesen war wie die Frostigkeit des Akts, tat Luciana alles, um nicht schwanger zu werden. Das Dienstmädchen, das sie aus dem Haus ihres Vaters mitgebracht hatte, überschlug sich in Rezepten für vorher und nachher, Tees, die den Monatsfluß auslösten, und Aufgüsse für Spülungen, Luciana wendete alles an, selbst wenn der Nutzeffekt offenkundig zweifelhaft war, und hoffte, daß eins der Mittel wirkte. Als sie sich später mit Catarina Isabel anfreundete und erfuhr, daß die Ärzte über keine Möglichkeit verfügten, in den Befruchtungsmechanismus einzugreifen, konnte Luciana ein schallendes Lachen nicht unterdrücken. «Da gibt es nichts zu lachen», rügte Catarina, «die Männer haben immer die Meinung vertreten, daß die Medizin sich um Dringenderes kümmern müsse, und deshalb sind die Vorgänge der Fortpflanzung und Schwangerschaft systematisch vernachlässigt worden.»

«Und Frauen haben nie Medizin studiert ...»

«Da irrst du dich. Die Geschichte hat ihre Namen unterschlagen, aber es gibt Belege dafür, daß im Laufe der Jahrhunderte viele Frauen Medizin studiert und mit öffentlicher Anerkennung und Erfolg praktiziert haben. Im elften Jahrhundert haben die Damen von Salerno in ihrem berühmten Zentrum für medizinische Wissenschaften gründliche Studien der Frauenkrankheiten betrieben und als erste das heiße Eisen männliche Unfruchtbarkeit angesprochen. Daß im fünfzehnten Jahrhundert ein Gesetz erlassen wurde, wonach den Frauen verboten war, als Chirurginnen zu arbeiten, beweist nur zu deutlich, daß die Anzahl der Ärztinnen für eine Gesellschaft, in der die Macht und das Gesetz in der Hand der Männer lagen, allzu groß und allzu unbequem geworden war.»

Im Herrenhaus der Quinta das Giestas waren Wochen vergangen, bis Luciana wieder Freude am Lachen und am Leben fand. Ihren Glauben jedoch hatte sie für immer verloren, sie konnte weder hinnehmen noch verzeihen, daß Gottes Antwort auf ihr Gebet – *mein Leben ist in Eurer Hand* – die erzwungene Intimität mit einem Mann gewesen sein sollte, an den sie lediglich eine ihr abgenötigte Unterschrift auf einem Papier und die teilnahmslose Erklärung eines Priesters band.

Luciana merkt, wie das Gefühl in ihr aufsteigt, das sie am meisten haßt – Selbstmitleid. Sie schiebt die Erinnerungen ganz weit weg, sie ist befreit, ein freier Mensch, inzwischen kann sie schon Tage in Calheta verbringen, ohne Alpträume und Beklemmungen zu bekommen. Sie bleibt vor dem Spiegel stehen, schlägt die Spitzen ihres Negligés zurück und betrachtet den *bust improver*, diese neumodische, lächerliche, köstliche Erfindung englischer Schneider, die den Busen in bessere Form bringen soll. Luciana braucht ihre Brüste nicht besser in Form zu bringen, sie sind klein, fest und ein wenig nach außen gekehrt, Marcos findet sie wunderschön, Marcos verabscheut dunkle Brustwarzen, Lucianas sind rosig und weich, nein, sie braucht wahrhaftig keine *bust improver*, aber sie sind so hübsch und schick, daß sie nicht widerstehen kann und sie auch trägt. Sie streicht mit den Händen über die Spitze, die Erinnerung an Marcos Hände läßt ihr Schauer über den ganzen Körper laufen, sie lächelt der Luciana im Spiegel zu, die einen verhangenen, sinnlichen Blick zurückwirft.

Sie tritt hinaus auf die Veranda und begegnet einer Sonnenflut, ihr Zimmer liegt im obersten Stockwerk, es überragt die ganze Umgebung, das Meer in der Ferne ist ein riesiger Silberfleck, die Sonne hat alles Blau geschluckt, Luciana würde zu gern einen Seidenstoff in diesem Ton finden, nur aus Schatten und Widerschein, bei dem die Farbe eine bloße Andeutung wäre, vielleicht ein glanzschimmerndes Moiré, dann wird sie sich daraus ein dekolletiertes Kleid nähen lassen, sehr tief dekolletiert, um darin beim nächsten Ball des Clube Funchalense mit Marcos zu tanzen. Die Stadt hat sich inzwischen vom Schock über ihre Kühnheit erholt, niemand redet mehr über ihre Verachtung für ewige Trauerkleidung, man hat sich an ihre weißen Kragen, gestreiften Blusen, grauen, violetten oder lila Kleider gewöhnt. Irgendwann, beschließt Luciana, trage ich Grün, Blau, Granatrot oder Gelb, das gibt den nächsten Skandal, und auch das werden die Leute schlucken müssen, diese Stadt ist nur mit der Peitsche zu bändigen. Und ich werde allein aus dem Haus gehen, so ein Blödsinn, immer mit einem Dienstmädchen im Schlepptau, vor allem an einem Ort wie diesem, wo die Ausländerinnen unabhängig und unbeirrbar ohne Eskorte spazierengehen. Aber ich bin eben keine Ausländerin, und das macht für die Hüter von Sitten und Anstand den großen Unterschied aus, doch sie werden sich auch mit dieser Extravaganz von mir abfinden müssen, im übrigen akzeptiert diese Stadt alles, selbst die Unsitte der *ménage à trois*, davon gibt es immer mehr, und niemand verschließt ihnen sein Haus, eher im Gegenteil, alle denken daran, daß sie Herrn Y oder Frau Z nicht vergessen dürfen, wenn sie das Ehepaar X einladen, es gibt wohl im ganzen Land keine zweite Stadt, wo so viel geheuchelt wird und die Moral so dehnbar ist, wenn die feine Gesellschaft gegen den Sittenkodex verstößt.

Die Sonne hat alles Blau des Himmels und des Meeres geschluckt, Luciana hebt das Gesicht und blickt in die Sonne, seit ihrer Kindheit kann sie das, ohne zu blinzeln, sie lächelt genußvoll vor Behagen, auf den Zehenspitzen stehend breitet sie die Arme aus und spreizt die Hände, wenn jemand sie sähe, könnte er meinen, sie erweise einem unbekannten Gott ihre Verehrung, weit gefehlt, Luciana schert sich nicht um Götter, ihre einzige Schwäche ist Marcos, nur bei ihm und wenn sie beide allein sind, legt sie ihre anmaßende Art und ihren Egoismus ab und gestattet sich Aufrichtigkeit und Hingabe.

Die Begegnung mit den Bradshaws beschäftigt Luciana, Marcos hat ihr von den Monaten in Guyana erzählt, von der Freundschaft, die gleich nach ihrer Ankunft in Georgetown entstanden ist und durch Raquels Tod und Claras Taufe endgültig besiegelt wurde, Dorothy war Raquels treue Gefährtin in den letzten Monaten ihres Lebens, wie wird Dorothy auf die Frau reagieren, die jetzt Marcos liebt?

Luciana geht mit dem Verb lieben äußerst vorsichtig um, selbst in Gedanken benutzt sie es nie anders als in der ersten Person, nur dann weiß sie sich auf sicherem Terrain. Ich liebe Marcos, Punkt.

Sie hatte ihn nach nüchternen Kriterien auserwählt, als den attraktivsten Mann in ihrem Bekanntenkreis und vor allem als den, der am ehesten dazu befähigt war, sie in der körperlichen Lust zu initiieren, sie von der Enttäuschung der Ehe zu erlösen, sie in die Welt der wirklich Erwachsenen einzuführen, die Welt derer, denen die miteinander erlebte Liebe das wichtigste Unterpfand des Glücks bedeutet. Sie hatte sich sehr stark zu ihm hingezogen gefühlt, sie wußte, daß er intelligent war, ein humorvoller Gesprächspartner, und vermutete, daß er sinnlich und gewandt war, sie wollte die Freuden sich findender Körper kennenlernen, die Wahrheit einer gelungenen, erfüllten, bis zum nächsten Mal vollkommen ausgekosteten Vereinigung, war es nicht das, wonach jeder Mensch auf dieser Welt streben mußte? Sie war auf der Grundlage einer sachlichen, klaren Überlegung angetreten, Marcos zu erobern, Verstand und Liebe gegeneinander zu setzen, hatte sie immer für idiotisch gehalten, sie hatte sich auf die von der Legende Raquel schwärmenden Äußerungen gestützt, die sie von Verwandten und Freunden hörte. Alles war nach Plan verlaufen, Marcos hatte keinen Widerstand geleistet, nicht gekämpft, vielmehr schien er sie zu erwarten, ganz einfach und gelassen, als hätte er die Schranken der Einsamkeit überwunden und festgestellt, daß er zu einem Neuanfang bereit war. Ah, doch Marcos hatte die Regeln bestimmt. An diesem ersten Abend, an dem sie Bridge gespielt und über Politik gesprochen, sich mit einer Mischung aus übersteigerten und gedämpften Erwartungen für die Einführung der Republik eingesetzt hatten, an diesem Abend war Marcos unter dem Vorwand, noch eine bestimmte Kantate von

Bach hören zu wollen, geblieben, als Leonardo und Venceslau sich verabschiedeten. Luciana hatte die alten Onkel nach draußen bis unter das Vordach begleitet und ihnen nachgeblickt, während sie durch den Garten gingen, bis sie das kurze Zuschlagen der Pforte hörte. Und dann spürte sie, daß Marcos dastand, hinter ihr stand, sie drehte sich um, und sofort umschlossen sie seine Arme, von Bach war nicht mehr die Rede, von überhaupt nichts anderem, Marcos küßte sie sanft, ja, anfangs war er sanft, doch dann wurde die Begierde zunehmend stärker, sie verschmolzen ineinander, die Gefühle brachen sich Bahn, als sie innehielten, zitterte sie und spürte auf dem Rücken, den Schultern, im Nacken die Lust, die seine Hände weckten, und sie war unendlich viel größer, als sie erwartet hatte. Und dann hatte er die Spielregeln aufgestellt, und die Liebenswürdigkeit seiner Worte nahm ihnen nicht ihre Bestimmtheit, es würde keine Heirat geben, auch keinerlei Verbindlichkeit, ihre Beziehung würde auf gegenseitiger Loyalität beruhen, also entweder oder, so hatte Marcos es natürlich nicht ausgedrückt, dazu war er viel zu höflich und feinfühlig, aber Luciana hatte begriffen, daß es genau um dies ging, nicht mehr und nicht weniger, und daß er sich noch frei genug fühlte, um sich taktvoll, aber ohne Zugeständnisse zurückzuziehen. Und das Erstaunlichste war, daß diese ungewöhnliche Vereinbarung ihr vorbehaltlos entgegenkam, besser als mit ihrem Lachen konnte sie es nicht zum Ausdruck bringen, sie sagte lediglich: «Komm, wir gehen nach oben.»

Luciana senkt den Blick und die Arme, setzt die Fersen auf den Boden, kneift die Augenlider zusammen, damit sich der Feuerschleier verflüchtigt, der ihr die Sicht nimmt, dieser Pakt zwischen Marcos und ihr währt nun schon seit zwei Jahren, sie verdankt ihm einen blühenden Körper, eine glückliche Gemeinschaft, eine dauerhafte Zärtlichkeit ohne Ansprüche. Und Marcos ist wieder der geworden, der er immer war, die Familie jubelt insgeheim, schließlich sind beide verwitwet und frei, es gibt keine boshaften Kommentare, das hat Catarina Isabel zu Luciana gesagt.

Als die Glocke an der Pforte klingelt, geht sie die Treppe hinunter und hinaus unter das Vordach, um die Gäste zu begrüßen, die dem Hausmädchen folgen. Marcos küßt sie auf die Wange, wie er es immer vor anderen Menschen tut, – oh, Marcos' selbstverständliche Sicherheit ist wunderbar – und macht sie miteinander bekannt. Clara verkündet maßlos aufgeregt: «Tante Luciana, meine Pateneltern sagen, daß ich sehr gut Englisch spreche!» Luciana streicht ihr liebevoll übers Haar, Kinder zu lieben, unter deren Ungezogenheiten und schlaflosen Nächten man nicht zu leiden hat, ist nicht schwer, und fordert mit ihrem stockenden Schulenglisch die Gäste zum Eintreten auf. Dorothy bittet inständig, sie möchten im Garten bleiben, er ist eine Pracht, und Luciana begleitet sie auf einem Spaziergang zwischen den Beeten, Clara hüpft voraus, Harry und Marcos folgen ihnen gemächlich, die Pfeifen in der Hand, Dorothy gerät bei jeder Blüte in Verzückung, die Seerosen in dem kleinen Becken, die gelben Jonquillen, die Freesien, die Levkojen, die Bartnelken und die riesigen Dahlien, und im Hintergrund der überwältigende Rosengarten, der sich bis zu der breiten Kaskade aus gefurchten, mit Frauenhaarfarn bewachsenen Steinen dehnt, wo ein feiner Springbrunnenstrahl die Luft benetzt, bevor er plätschernd in das große ovale Becken fällt.

In den mit Chintzkissen gepolsterten Korbstühlen auf der Terrasse sitzend, trinken sie einen trockenen Madeira. Dorothy macht der Hausherrin Komplimente für die Makellosigkeit von Garten und Terrasse, Harry fügt hinzu, auch der Wein sei ganz ausgezeichnet, Marcos bedauert, die gemütliche Runde sprengen zu müssen, doch es ist Zeit zum Aufbruch, sie haben ein gutes Stück zu gehen, mal bergauf, mal bergab, so ist das in Funchal, noch ist es jedoch nicht zu spät, es sich anders zu überlegen, sie können auch eine Kutsche holen lassen oder die einheimische Spezialität, einen Ochsenschlitten. Die Bradshaws wollen lieber laufen, einen Monat haben sie eingesperrt auf einem Schiff verbracht, sie möchten die Stadt kennenlernen, und eine Stadt lernt man nur kennen, wenn man sie erwandert.

Die Gruppe teilt sich wie im Garten auf, die beiden Damen vorweg, die Herren dahinter, Clarinha läuft zwischen ihnen hin und her, sie hat das spontane Lächeln vom Vater, die honigfarbenen Augen, in denen das Lachen grüne Sprenkel entfacht, die Pateneltern stellen zufrieden und erleichtert fest, daß aus dem mutterlosen Baby ein offenkundig glückliches Kind geworden ist. Und darüber spricht Dorothy, während sie die Straße mit Katzenkopfpflaster hinuntergehen, und Luciana erklärt, es habe sich ganz natürlich ergeben, das Kind sei in liebevoller Umgebung aufgewachsen, Benedita, die alte Tante Constança, Marcos' Schwester und Raquels Schwägerinnen, und Peregrina, ja, natürlich, Peregrina sei nach wie vor eine mustergültige *nanny*. Und dann das Hotel, das Jahr dort hat die Kleine bereichert, sie hat Englisch gelernt, sich von der allzu großen Beachtung in der Familie gelöst, ist zur engen Gefährtin des Vaters geworden.

Nun gehen sie am Flüßchen São João entlang, überqueren die Rua da Carreira, beginnen mit dem steilen, verwinkelten Aufstieg nach Quebra-Costas. Marcos achtet auf das Tempo, um die Freunde nicht zu ermüden, von Zeit zu Zeit bleibt er stehen und erzählt Geschichten von der Insel, ihrem Entdecker Zarco und dessen Frau Dona Constança, von Nonnen, die vor Piraten in ein entlegenes Tal flohen, das seitdem als Curral das Freiras, «Nonnengehege», bekannt ist, Marcos unterbricht sich, stockt bei der Übersetzung, entscheidet sich für eine Erklärung anstelle einer Übersetzung, alle lachen, die List hat geklappt, der mühsame Aufstieg wird ohne Ungemach bewältigt. Am Largo das Cruzes setzen sie sich zum Ausruhen auf die Steinbänke, und Marcos lenkt ihren Blick auf die mächtige graue Steinmasse des Convento de Santa Clara zu ihrer Linken, das erste auf Madeira erbaute Kloster, alle Kinder der Familie haben dort den Katechismus gelernt, auch Raquel und er, sie kannten sich von klein auf, Dorothy wirft einen Seitenblick auf Luciana, doch Luciana hat keine Miene verzogen, ihre offensichtliche Liebesbeziehung zu Marcos hat sie nicht besitzergreifend gemacht, Raquel ist also kein verbannter Name, so verhält sich nur eine intelligente Frau, Luciana steigt in Dorothys Achtung.

Dann durchqueren sie eine breite, von Bäumen gesäumte Straße, die über und über lilarote Blüten tragen, es ist eine solche Blütenfülle, daß sie auf dem Erdboden einen dichten Teppich bilden, Dorothy hakt sich bei Marcos unter, die Tragödie, die sie gemeinsam erlebt haben, löscht die inzwischen vergangenen Jahre aus, sie ist mit Haltung und Anmut gealtert, Marcos sagt, die Jahre seien spurlos an ihr vorübergegangen, sie antwortet, sie habe mit ihrem Alter keine Probleme, nur so könne man gut älter werden, dann drückt sie ihm liebevoll den Arm und sagt, «ich freue mich, daß Sie wieder glücklich sind», er sieht sie an und lächelt bestätigend, sie werden das Thema nicht wieder ansprechen. Sie kommen an der großen Casa do Torreo mit der Kapelle und dem Garten vorbei, dem uralten Eisenbaum und der Magnolie mit ihrer üppigen Krone, die neben dem öffentlichen Brunnen auf dem kleinen Platz stehen. Luciana erklärt, daß Marcos und sie zwar nicht miteinander verwandt, aber Nichte und Neffe der Besitzer des großen Hauses seien, die allerdings nicht mehr lebten, jetzt gehöre das Haus ihrem ältesten Sohn. «So wie alle aus unserer Familie in Santa Clara den Katechismus gelernt und die erste Kommunion gefeiert haben, genau so haben wir auch alle in dieser Kapelle geheiratet», erklärt Marcos, «auch Raquel und ich. Und Benedita und Afonso.»

«Und ich auch», wirft Luciana ein, doch Dorothy, ein wenig aufgeschreckt, macht in ihrer Stimme nicht den geringsten Anflug von Gereiztheit oder Bitterkeit aus, es war eine bloße Bemerkung, ein Beitrag zum Gespräch, im selben beiläufigen Ton setzt sie noch nach, «mein Mann ist vor drei Jahren gestorben», auch zu diesem Thema, überlegt Dorothy, sind wohl alle Erklärungen abgegeben.

Noch ein steiler Hang, noch eine Straße mit Anwesen und Gärten, dann sagt Marcos endlich, «wir sind da», Clara läuft voraus, stößt die schwere

Pforte auf, die Bäume bilden eine kleine Allee, die alte Ludovina öffnet die Tür und weist ihnen den Weg ins Wohnzimmer, Dorothy und Harry treten zwei Schritte auf die Hausherrin zu, die sie reglos, mit einem Lächeln auf den Lippen, doch reglos erwartet, und bleiben unschlüssig stehen.

An der Wand hinter Benedita hängt ein Porträt von Raquel, ein Ganzbildnis, die Haltung der beiden Frauen ist vollkommen gleich, auch die Kleider, im selben leuchtenden Seegrün, die Bradshaws sind bewegt, die Zeit stockt, ist stehengeblieben, da lacht Harry sehr britisch kurz auf, um die Rührung zu bannen, geht auf Benedita zu und verkündet, wie sehr er sich freue, sie persönlich kennenzulernen, nun endlich, Benedita!

Zwischen Mißbilligung der geschmacklosen Inszenierung und Mitleid mit dem unsicheren, pathetischen Mädchen hin- und hergerissen, bedankt Dorothy sich ziemlich kühl für die Blumen, die sie am Morgen im Haus in Penha erhalten hat, doch der Blick, der ihrem begegnet, ist so ganz anders als Raquels, so flehentlich, so sehr nach Anerkennung heischend, daß Dorothy sich ganz gegen ihre Gewohnheit vorbeugt und sie küßt.

Marcos und seine Schwester Margarida haben beide die Lippen zu einem schmalen, harten Strich zusammengepreßt, der an Tante Constança erinnert und Luciana veranlaßt, ihnen zuzuflüstern: «Ganz ruhig, verderbt nicht den Bradshaws das Fest, ich spreche nachher mit Benedita.»

Afonso, sehr rücksichtsvoll, will seinen Platz am Kopfende der Tafel an den Schwiegervater abtreten, doch Marcos setzt sich lieber zwischen Dorothy und Luciana. Benedita ihnen gegenüber scheint dem im Wohnzimmer zurückgebliebenen Bilderrahmen entstiegen und unterhält sich angeregt mit Dr. Bradshaw und Onkel Rodolfo, sie sprechen von dem Opernensemble, das mit *Rigoletto* nach Funchal gekommen ist, und von den wunderbaren Gesangsdarbietungen, die es der vom Meer eingeschlossenen und fast ausschließlich von Schiffen abhängigen Stadt beschert hat.

Margarida, die Luciana noch nie gemocht und immer ihre Aggressivität und Arroganz mißbilligt hat, sieht sich gezwungen, ihre Meinung zu ändern, und muß ehrlich zugeben, daß sie Marcos guttut, seine Verkrampftheit, Mutlosigkeit, Geistesabwesenheit sind verschwunden, Marcos lebt, Marcos nimmt am Leben teil, Marcos hat seine Ironie und seinen Humor wiedergefunden, Luciana sei gelobt, Luciana sei willkommen, sagt man nicht, daß Gottes Wille, zur Unterhaltung oder aus Geheimnistuerei, gewundene Pfade geht? Im übrigen ist der gute Einfluß gegenseitig, Luciana, deine Borsten pieksen nicht mehr, deine Krallen kratzen nicht mehr, du bist nicht mehr die hochmütige, zynische Raubkatze, die von Calheta am Arm ihres alten Ehemanns zum Einkaufen in die Stadt kam, diesen Wandel hat Marcos' Güte bewirkt.

Harry Bradshaw und Rodolfo sprechen über Guyana, über Geschäfte, den aktuellen Rumpreis, die Zuckerrohrernten, Benedita lauscht der Unterhaltung, alles, was direkt oder indirekt mit Raquel zu tun hat, fesselt sie.

«Ich habe mich pensionieren lassen», verkündet Harry, «ich bin jetzt sechzig, wir haben dreißig Jahre am Äquator gelebt, da wird es Zeit, daß wir nach England heimkehren.»

«Werden Sie sich in London niederlassen?» fragt Rodolfo.

«Nicht direkt in London, aber in einem Vorort. In Kew, das liegt ebenfalls an der Themse. Wir besitzen dort ein kleines Haus, nicht weit vom königlichen botanischen Garten, wir haben das Häuschen speziell für die Zeit nach der Pensionierung gekauft.»

«Aber Sie wollen doch nicht schon wieder abreisen ...», protestiert Benedita.

«Nein, mein liebes Kind, wir bleiben ein paar Wochen bei Ihrem Vater und Clara. Madeira ist der ideale Ort für den Übergang vom Äquatorklima in die englische Kälte. Außerdem ist Marcos' Köchin fabelhaft!»

«Wir sollten Dr. Bradshaw und seiner Frau die Quinta das Tílias zeigen», schlägt Afonso vor.

Benedita spricht den Vater an, das sei eine glänzende Idee, und Marcos erklärt Harry, daß eine *quinta*, ein Landgut, auf Madeira kein landwirtschaftlicher Betrieb, sondern ein Anwesen mit einem Haus und einem Garten sei. Sie planen eine Fahrt hinauf nach Monte, vielleicht sogar mit einem Picknick in Ribeiro Frio. Das unerfreulich Theatralische bei ihrem Empfang scheint in der Runde vergessen, auf dem Tisch flackern die Kerzen und brennen langsam herunter, ihr Schein läßt die Gläser funkeln und macht die Gesichter weicher. Marcos und Margarida wechseln einen beruhigten, Catarina Isabel und Luciana einen besorgten Blick, deshalb sind sie auch am wenigsten überrascht, als Benedita sich erhebt und sie ins Gewächshaus hinüberbittet, wo der Kaffee und die Liköre serviert werden sollen.

Sie reicht Harry den Arm und tritt durch die verglasten Flügeltüren in den Garten hinaus, der Mondschein dämpft die Dunkelheit, kein Windhauch rührt sich, in Funchal gibt es nie Wind, Afonso bietet Dorothy seinen Arm an und folgt ihnen, die anderen gehen widerstrebend mit einem Gefühl von Unwirklichkeit hinterher, arme kleine Benedita, so viele Widersprüche, solch eine Unsicherheit, das Gewächshaus ist über und über mit chinesischen Lampions erleuchtet, es könnte märchenhaft sein, wirkt aber fast makaber, «die haben das hier zu einer Totenkammer gemacht», tobt Marcos, «das hat nichts mit dem kreativen Ort zu tun, wo Raquel Begonien züchtete und die Kinder spielten, irgend jemand muß mit Benedita sprechen.»

Benedita schenkt den Kaffee ein, Clara reicht ganz anstellig die Tassen weiter, Clara verhält sich als einzige ungezwungen, sie hängt der Schwester an den Lippen, sie verstehen sich gut, die beiden, Dorothy beobachtet sie und empfindet zunehmend Mitleid, nicht das Baby, sondern die Halbwüchsige hat unter dem zu frühen Tod der Mutter gelitten.

Lucianas und Harrys Bemühungen, die Unterhaltung zu beleben, haben keinen Erfolg, die Atmosphäre ist wieder angespannt, sie sehen einander an und wissen nicht, was sie sagen sollen, Beneditas Lächeln hat etwas verlegen Starres angenommen, endlich schlägt Marcos vor, in den gemütlichen Salon zurückzukehren, und alle schließen sich ihm eilends an, Luciana hält Benedita zurück, und Catarina Isabel bleibt vorsichtshalber auch da.

«Benedita, warum läufst du so hartnäckig einem Mythos hinterher? Begreif es doch, Mädchen, deine Mutter ist ein Mythos!»

«Luciana, wie kannst du es wagen?»

«Beruhige dich, Frau Doktor Isabel, es gibt keinen Grund, sich so aufzuregen, du siehst doch,

Benedita ist nicht gekränkt.» Und dann, in ernstem, eindringlichem Ton: «Ich habe größte Achtung vor dem Gedenken an deine Mutter, Benedita. Nur eine außergewöhnliche Frau kann eine solche Treue verdienen, wie ihr alle sie ihr erweist. Aber das schließt nicht aus, erklärt vielmehr, daß Raquel zu einem Mythos geworden ist. Und Mythen lassen sich nicht nachahmen, man kann sie in Ehren halten, aber nicht nachahmen. Deine Mutter möchte, daß du glücklich bist, aber glücklich auf deine Art, wie du es willst, bis hin zu deinen Kleidern, deinen Frisuren, deinen Meinungen. Deine fixe Idee, genau wie sie zu sein, ist kindisch. Du verwunderst mich, du hast mehr zu bieten als so ein unreifes Verhalten. Jeder von uns ist einzigartig und unersetzbar, lehrt das nicht auch die Kirche? Aber wie komme ich dazu, von der Kirche zu sprechen? ...»

Niemand antwortet, niemand bewegt sich, Luciana kommt sich lächerlich vor, am liebsten würde sie die ganze Geschichte verfluchen, Beneditas Probleme gehen sie überhaupt nichts an, sie ist ja nicht mal mit Marcos verheiratet, soeben hat sie eine scheußliche Rolle gespielt, die niemand sonst übernehmen wollte, sie kehrt beiden den Rücken zu, geht in den Garten hinaus und versucht, ihren Zorn herunterzuschlucken, sollte selbst Catarina nicht merken, wie notwendig es ist, Beneditas krankhafte Unterordnung unter ihre Mutter drastisch zu unterbinden? Sie ist schon fast mit einem Fuß im Wohnzimmer, da ruft Benedita: «Tante Luciana, darf ich dich morgen besuchen?»

Lucianas Zorn verfliegt, sie hat es geschafft, hat gesiegt, der Beweis für ihr richtiges Gespür ist diese schüchterne Bitte, sie reicht Benedita den Arm und sagt, sie erwarte sie zum Mittagessen, gemeinsam betreten sie das Haus, Marcos verhehlt kaum seine Verstimmung, der Abend ist eine Katastrophe, sie bitten Luciana um etwas Musik.

Auf dem Heimweg in einer Kutsche schläft Clara zwischen dem Vater und dem Patenonkel ein, und da fragt Marcos Luciana: «Hast du mit ihr gesprochen?»

«Ja, keine Sorge, wir werden morgen zusammen zu Mittag essen, Benedita möchte das kurze Gespräch, das wir im Gewächshaus geführt haben, fortsetzen.»

«Das ist gut. Danke. Ich bin sicher, daß du mit solchen Dingen sehr viel besser umgehen kannst als ich.»

Mit einem Blick auf die schlafende Clara bemerkt Dorothy ganz leise, als flüsterte sie nur vor sich hin: «Äußerlich ist Benedita der Mutter sehr ähnlich. Aber Raquels Naturell, das hat Clara geerbt.»

*Das letzte Ufer*

Die Sonnenuntergänge entfalteten in jüngster Zeit eine rote und purpurne, goldene und violette Pracht, Lavamassen ergossen sich ins Meer und verblaßten in der Ferne, wenn der helle Mond am Himmel erschien, die Möwen zeichneten sich im letzten, rasch schwindenden Gegenlicht ab, Marcos merkte daran, daß es Herbst wurde. Seit er die entscheidende Phase nach dem Herzanfall vor ein paar Wochen überstanden hatte, verbrachte er die Nachmittage auf der Terrasse, in einem Liegestuhl ruhend, das Reiseplaid über den Beinen, das Fernglas ungenutzt in Reichweite, er verspürte keine Lust, es auf die Kriegsschiffe, Liniendampfer und Küstenfahrzeuge zu richten, die sich in der Bucht scharten. Die Attacke war ungefährlich, hatte der Kollege gesagt, der ihn behandelt hatte, doch sollte er die Warnung lieber ernstnehmen, die Arbeit einstellen, zu Hause bleiben und lesen, Musik hören, die Enkel heranwachsen sehen, Marcos hatte ihn freundschaftlich und gutgelaunt weggeschickt, nur allzu gut kannte er diese mitleidige Litanei, wie oft hatte er sie abgespult, wenn der

Tod sich unausweichlich näherte. Er ließ Afonso kommen, verpflichtete ihn zu Verschwiegenheit, er wollte seine letzte Zeit fröhlich erleben, mochten es nun kurze Tage oder lange Wochen werden, vor allem wäre ihm unerträglich, mitansehen zu müssen, wie Beneditas und Claras Lachen erstarb, er wollte nicht zulassen, daß sein Haus zu einem Ort der Stille und des Schreckens wurde, wollte nicht plötzlich bekümmerte Blicke der Freunde auffangen, Sterben ist etwas Natürliches, Afonso, das brauche ich dir nicht zu sagen, wir sind doch beide Ärzte, wir wollen es nicht unnötig dramatisch machen, laß uns Clara und Benedita und die Kinder verschonen, André werde ich selbst schreiben und ihn informieren, ich verlasse mich auf dich, Afonso.

An Claras Geburtstag war Marcos zum ersten Mal aus dem Schlafzimmer nach unten gekommen, Henrique hatte dem Schwiegervater geholfen, sich nach dem Mittagessen auf der Terrasse einzurichten, das Wetter war noch immer wunderschön, der Sommer schien keinerlei Anstalten zu machen, dem Herbst zu weichen, Marcos ließ sich erschöpft in den Liegestuhl fallen und sank sofort in einen ruhigen Halbschlaf, aus dem er erst zu sich kam, als die Stimmen der ersten Gäste im Wohnzimmer nebenan zu hören waren.

«Herzlichen Glückwunsch, Clara, zum wievielten Geburtstag?»

«Das läßt sich leicht ausrechnen, ich bin 1880 geboren.»

«Vierundzwanzig, wer hätte das gedacht, dabei siehst du wie ein junges Mädchen aus ...»

«Vierundzwanzig und zwei Kinder ...»

Den Rest hört Marcos nicht. Der Hinweis auf

das Datum hat Erinnerungen wachgerufen, die während der Krankheit verblaßt waren, hat ihn zurückversetzt auf die Reise über das Meer, in die Straßen von Georgetown, die große Sehnsucht nach Raquel neu auferstehen lassen. Er hatte immer vermieden, regelmäßig an die Vergangenheit zu denken, er fürchtete, die Erinnerungen könnten verflachen, sich abnutzen, eines Tages könnte er vor leeren, leblosen, nichtssagenden Bildern stehen, nur von Zeit zu Zeit dachte er zurück, in den stillen Momenten, wenn er sich von aller Furcht und Sorge frei, aller Wünsche ledig fühlte und innerlich in der Lage und vollkommen bereit, die Gedanken an Raquel zuzulassen. Zu solchen wunderbaren Momenten kam es nur in langen Abständen, deshalb wurden sie für Marcos besonders kostbar, er hütete und hegte sie, genoß jede Minute, jedes Wort, jedes Bild, jeden Klang, jeden Geschmack und Duft, das Licht und die Halbschatten. Schon so lange Zeit ohne Raquel ist vergangen, Luciana teilt seit fast zwanzig Jahren sein Leben aufgrund einer Übereinkunft, die zwar völlig unorthodox ist, aber für seine Einsamkeit die beste Arznei war. Er hat weit mehr erhalten als selbst gegeben. Aber vielleicht denkt Luciana genauso, vielleicht ist es ihnen fast perfekt gelungen, sich innerhalb der Grenzen ihrer persönlichen Freiheit zu arrangieren, die sie beide kompromißlos verteidigt haben, wenn auch aus unterschiedlichen Gründen. Sich arrangieren hat allerdings etwas Einschränkendes, überlegt Marcos, mag sein, daß sie mit ihrer Zuneigung zueinander diskret umgegangen sind, aber eingeschränkt war sie nie, die Weigerung zu heiraten hat ihre Gefühle nicht beeinträchtigt, seit Luciana hat es keine andere Frau gegeben, sie war das unverdiente Glück, niemandem steht zu, zweimal eine erfüllende Beziehung zu leben.

Lucianas Stimme flüstert «Marcos, schläfst du?», sie neigt sich, um ihn zu küssen, und fordert ihn auf, ihre neue, aus Lissabon gekommene *toilette* zu begutachten – ein zweiteiliges Kleid aus graublauem Sandkrepp, eher grau denn blau, der sehr gewagte Rock läßt ihre Fesseln, in hauchdünne Seide vom selben Grauton wie die Schuhe und der Hut gehüllt, vollkommen frei, nur eine prächtige Granatkette setzt einen Kontrapunkt zu der gekonnten Harmonie des Ensembles. Marcos spricht die erwarteten Komplimente aus, und er tut es mit überzeugender Begeisterung. «Sehr schön, mein Schatz, damit hast du deine Pflicht erfüllt, nett zu sein, aber jetzt sag mir die Wahrheit – sehe ich wirklich gut aus, ist der Rock für mein Alter nicht zu kurz?»

«Es geht nicht ums Alter, sondern um die Beine. Und deine sind makellos. Und wenn du wirklich die Wahrheit hören willst, ich sage doch immer, du bist als älter werdende Frau viel attraktiver als in der Jugend, du trägst dein weißes Haar und deine Falten mit unvergleichlicher Eleganz. Nur intelligente Frauen können älter werden, alle anderen färben sich die Haare.»

Luciana nimmt seine Hände in ihre, Marcos' Worte, auch wenn sie großzügig übertreiben oder gerade deshalb, lassen ihre ganze Liebe zu ihm in ihr aufwallen. Auch nach so vielen Jahren kommt es ihr noch wie Zauberei vor, wie tollkühn sie in sein Leben getreten ist und ihn entschlossen, forsch und begierig erobert hat. Sie hält seine warme Hand an ihre zart gepuderte Wange, haucht einen Kuß auf die weiche, glatte Haut, und plötzlich, ganz grundlos, bricht Bitterkeit in ihr auf und verdrängt ihre Bewegtheit, der klare Verstand gewinnt die Oberhand über die Liebe, wozu sich selbst täuschen, sich etwas vormachen, sie weiß, daß sie ihn nie erobert, ihn nie besessen hat, Marcos hat sich lieben lassen, hat den bei ihr gefundenen Frieden und die Ruhe, das Zusammensein und die Lust genossen, Marcos hat sie geliebt, doch nur in dem strikt begrenzten Maß, das ihm die Treue zu Raquel gestattete. Sie zuckt vor Bitterkeit und Enttäuschung zusammen, Raquel ist nie verschwunden, im übrigen hat sie immer gewußt, daß Raquel gegenwärtig sein würde, es hilft nichts, nach Schuld oder Vorwürfen zu suchen, niemand hat schuld, es gibt weder Opfer noch Folterer, nur Zufälle der Zeit und des Lebens, Raquel war vor ihr geboren, vor ihr in Marcos' Leben getreten, Marcos war ein Mann von hingebungsvoller Treue, Luciana würde diese zwanzig Jahre gegen nichts in der Welt eintauschen, auch wenn sie diesen Preis zahlen muß.

Marcos richtet sich etwas auf und blickt ihr forschend in die Augen, die Hand, an die sie ihre Wange gelehnt hatte, ist zu ihrem Nacken gewandert und hat sich in ihr Haar geschoben, die altvertraute Liebkosung erregt sie noch genau so wie früher, und er fragt: «Was ist, Luciana, sag, ist etwas?»

Sie braucht nicht zu antworten, weil Afonso dazukommt, er lächelt bei ihrem Anblick, Marcos lehnt sich im Stuhl zurück, Luciana steht auf und murmelt, «ich hole dir deinen Whisky», «nicht zu stark», empfiehlt Afonso, setzt sich auf den Hocker, den sie freigemacht hat, und mißt dem Schwiegervater den Puls. Dann kommt Carlota, sie ist die älteste Tochter von Benedita und Afonso und erinnert an Tante Constança, hat aber irgend etwas von Raquel, vielleicht das bezaubernd strahlende Lächeln, ein Lächeln, das wie ansteckend auf den Großvater übergeht, «sieh mal, wie dein Urenkel mich ständig mit Fußtritten bearbeitet», Marcos streckt die Hand aus und fühlt die Stöße des Kindes gegen Carlotas gewölbte Bauchdecke, der Gedanke an den Tod läßt ihn nicht los, er ist sicher, daß es nicht mehr lange dauert, wenn sein Platz in der Familie frei ist, wird Carlotas Kind ihn einnehmen, das Leben siegt immer über den Tod.

Es war an einem jener Herbstnachmittage, an denen ein Aufflammen von blendend blutrotem Licht die nahenden Schatten der Abenddämmerung ankündigt, als das Hausmädchen auf der Terrasse erschien und mitteilte, ein amerikanischer Lord frage nach dem Herrn Doktor. Jedem gutgekleideten Ausländer gewährten die ärmeren Leute von Funchal die Bezeichnung Lord, der höchste Titel in ihrer bescheidenen und äußerst begrenzten sozialen Rangordnung. Und jener Herr, der vor der Tür stand, sah nicht nur unverwechselbar nach einem Lord aus, sondern hatte auch noch das einzige englische Wort erwähnt, das die gute Kleine verstehen konnte: Amerika. Die Botschaft war, wenn auch an Erklärungen arm, unverstümmelt angekommen, und Clara eilte ins Wohnzimmer, um das Geheimnis zu lüften. Kurz darauf kehrte sie mit drei Gästen zurück: «Papa, hier ist ein Verwandter aus New York, John R. dos Passos.»

Der Mann kam mit einem kräftigen Händedruck und warmherzigem Lächeln auf ihn zu.

«Ich freue mich, Sie kennenzulernen», dann stellte er seine Frau und seinen Sohn Jack vor.

Hätte Clara die Gabe der Vorhersehung besessen, dann hätte sie dem schüchternen Jungen mehr Beachtung geschenkt, doch da sie bloß eine sensible Frau war, beschränkte sie sich darauf, das Mitleid zu verbergen, das sein jammervolles, durch die Brille kaum verdecktes Schielen in ihr weckte. Die Passos waren im Reid's Hotel abgestiegen, dem besten der *palaces* auf Madeira, wo Jack sich von einer Operation erholte, der man ihn in London unterzogen hatte. Und John R. hatte die Reise zur Verwirklichung eines alten Plans genutzt und das kleine Dorf Ponta do Sol an der Westküste der Insel besucht, von wo sich vor siebzig Jahren sein Vater Manuel in die Vereinigten Staaten aufgemacht hatte. Eben diese Passos aus Ponta do Sol hatten – zufällig und fast zu spät, *hélas* – den Zweig der Familie erwähnt, der in Funchal lebte und sich im 18. Jahrhundert mit den Villas verbunden hatte. «*And so, here we are!*» erklärte John R., er sprach zwar kein Portugiesisch, doch sein Temperament und seine Gesprächigkeit bezeugten, daß in ihm die südländischen Gene überwogen.

Aus der tiefen Eintönigkeit des Krankseins herausgerissen, reagiert Marcos mit Freude auf den Besuch von Raquels Verwandten aus dem fernen, sagenhaften Land, in dem eine Revolution der britischen Krone getrotzt, sie besiegt und damit, ohne daß es damals jemand ahnte, den Zyklus des Zerfalls des Imperiums eingeleitet hatte. John R. war ein intelligenter und gebildeter Mann, ein Anwalt mit einem ausgeprägten Hang zur Politik, er schrieb Essays und las die Klassiker, konnte noch farbig und aufregend aus seiner kurzen Erfahrung als blutjunger Trommler in den Streitkräften der Nordstaaten vom Sezessionskrieg erzählen und brachte es fertig, New York, das riesige, pulsierende, dynamische New York in den stillen Salon von Funchal hineinzutragen, zwei so ungleiche Welten, die sich kraft seiner Worte, letztlich kraft seiner eigenen Gegenwart dort begegneten. Clara war zutiefst dankbar dafür, daß er Marcos so aufleben ließ, und überlegte, ob der kleine Jack wohl eines Tages zu einem ebenso kontaktfreudigen und faszinierenden Erwachsenen werden würde.

Jahrzehnte später, nachdem Jack sich bereits als der große Schriftsteller durchgesetzt hatte, den die Welt unter dem Namen John dos Passos kannte, begegnete Clara ihm unverhofft in jenem selben Reid's Hotel. Als leidenschaftliche Leserin seiner Werke, zu der sie inzwischen zwangsläufig geworden war, wollte sie im ersten Moment freudig erregt auf ihn zugehen und ihn ansprechen, «Jack, erinnern Sie sich ...», ersparte sich dann aber lieber ein womöglich enttäuschendes Gespräch, Jack konnte sich bestimmt nicht mehr erinnern, damals war er höchstens acht oder neun Jahre alt, Henrique und Clara waren immerhin schon ein Ehepaar in den Siebzigern und gutbürgerlich, allerdings mit einem kleinen, winzigkleinen Hang zur Bohème, sie saßen noch immer gern bei einem Whisky in der Bar des Reid's und sahen zu, wie sich die Dunkelheit still und leise über das Meer breitete – was hätten sie zu dem großen Mann aus der großen weiten Welt sagen können, das für ihn auch nur im entferntesten interessant gewesen wäre? Von weitem erkannte Clara seine Schüchternheit und seinen schielenden Blick wieder und dachte sehnsüchtig an John R.'s liebenswerte Überschwenglichkeit zurück. Nach diesem Abend las sie begierig *The Best Time*, eins seiner weniger bekannten Bücher, eine Art Biographie, worin der Autor seiner ersten Reise in die Heimat seiner Großeltern lediglich ein Dutzend Zeilen widmet, davon mehrere den Eidechsen im Garten des Hotels. Clara war froh, daß ihr gesundes Gespür sie davon abgehalten hatte, Jack auf eine Begegnung anzusprechen, die in seinen Kindheitserinnerungen offenkundig nicht die geringste Spur hinterlassen hatte.

Doch Clara hatte keine seherische Begabung, neigte nicht zu Vorahnungen und auch zu keinem anderen solcher psychologischen Hilfsmittel, zu denen unsichere oder schwermütige Menschen gern und häufig greifen. Sie fand in jenem Frühherbst des Jahres 1904 die amerikanischen Verwandten einfach nur sympathisch, im übrigen sahen sie sich nicht wieder, die Verwandten traten am nächsten Tag die Heimreise nach New York über London an, John R. war ein überzeugter Anhänger der englischen Erziehung, der kleine Jack kehrte in seine Schule in der Nähe von London zurück, Clara äußerte den Wunsch, ein großer Meister der Augenchirurgie könnte recht bald Jacks Schielen beheben. Marcos raubte ihr diese Hoffnung, die Entwicklung der Medizin berechtige in keiner Weise zu solchen Erwartungen.

Marcos stöbert in der Bibliothek, wählt ein halbes Dutzend Bücher aus, er will nicht lesen, nur blättern, die edlen schaflederen Einbände anfassen, in der Hand halten, befühlen, den Blick auf eine Gedichtzeile oder einen Satz werfen, will sich von den Worten die Personen und Geschichten in Erinnerung rufen oder sich in die Zeit und Begleitumstände der ersten Lektüre zurückversetzen lassen. Er schlägt eine Erstausgabe von *A Velhice do Padre Eterno* auf, er hat sie gleich damals 1885 gekauft, um sie dem Domherrn zu schenken – und ihn zu ärgern. Doch das Werk, schon vor seinem Erscheinen wegen seines Antiklerikalismus berühmt, begeisterte Nicolau, er las es immer wieder, zitierte unzählige Male daraus, die formale Schönheit faszinierte ihn, die provokanten Gedanken reizten ihn, so manche Kritik und Forderung entsprach seinen eigenen, was er für unangemessen oder plump hielt, verwarf er, ohne sich darüber zu empören.

*Kulte, Religionen, Bibeln, Dogmen, Schrecken / sind wie die eitle Asche, die Pompeji begräbt. / Laßt uns den Glauben aus diesem Trümmerhaufen graben, / Gott vom Schutt der Sandhalden säubern. / Und eines Tages wird die gesamte Menschheit / wie ein windstiller Ozean einig in ihrem Streben / die Vernunft und die Zuversicht zu den Augen der Seele erheben, / die Wahrheit und den Glauben zu den Polen des Lebens.*

Marcos hält inne, aufgeschreckt durch den plötzlichen Schmerz, der in ihm hochsteigt, ihn durchflutet, ihn zerfrißt, ihn vernichtet. Er ringt nach Luft, versucht, Ruhe zu bewahren, atmet ein und aus, wieder ein und aus, langsam, ganz langsam, der Schmerz wird nicht mehr stärker, läßt etwas nach, geht etwas zurück, wird fast erträglich, Marcos schleppt sich auf die Terrasse, sinkt in den Liegestuhl, in die Wärme der Sonne, versinkt in unendlicher Erschöpfung. Als er wieder zu Bewußtsein kommt, schwebt ein Möwenschwarm vor der Terrasse, ähnlich einem Ballettensemble, das mit kontrollierter Kraft und Rhythmus auf den Einsatz des Orchesters wartet, das Meer glitzert hell wie eine Theaterbühne, und plötzlich, in gleichzeitiger und gleichförmiger Bewegung, beginnt der Ballettanz, mit geschmeidigem, seidigem Flügelschlag stoßen die Möwen im Sturzflug hinab, streichen mit strenger Präzision über das Wasser, schießen gleich darauf in weiter, anmutiger weißer Kurve wieder himmelwärts und warten erneut im Schwebeflug zitternd auf das nächste Zeichen des unsichtbaren Dirigenten.

Doch schon kehrt der Schmerz tief und stechend zurück, er zerreißt ihm die Brust, erstickt ihn, Marcos bietet seine ganze Widerstandskraft, seine ganze Energie auf, gleich muß Clara mit dem Tee kommen, es ist die Stunde, die sie ausschließlich dem Vater widmet, die alte Peregrina beschäftigt sich mit den Kindern, Clara setzt sich zu ihm, sie unterhalten sich oder leisten sich in behaglichem Schweigen Gesellschaft, Marcos kommt gelegentlich der Verdacht, daß auch sie Bescheid weiß und Abschied nimmt, sich einen Vorrat an Erinnerungen zulegt. Der Schmerz martert noch immer seine Brust, nur eine Minute, eine Minute nur noch, dann wird alles gut, der Schmerz kommt und geht, er kommt und geht, eines Tages wird er nicht mehr vergehen, und das wird das Ende sein, aber nicht heute, heute geht der Schmerz noch zurück, nimmt allmählich ab, löst sich in tiefer Benommenheit, in großem Übelkeitsgefühl, wieder schließt Marcos maßlos erschöpft die Augen.

Claras Gegenwart stärkt ihn und beschützt ihn in seiner Verletzlichkeit, er setzt eine friedliche, entspannte Miene auf, essen kann er nichts, aber er zwingt sich, den ausgezeichneten Ceylon-Tee zu würdigen, er wird gewahr, daß Claras Blick umschattet ist, das Lächeln, zu dem sie die Lippen ein wenig öffnet, tritt nicht in ihren Blick, sie weiß

Bescheid, sagt Marcos sich noch einmal, vielleicht ist es gut, daß sie Bescheid weiß, es hinnimmt, ihre Angst verliert, weil ich keine Angst zeige, wir geben einander Halt ohne kraftraubende, nutzlose Worte.

«Leg Musik auf, mein Kind.»
«Beethoven?»
«Ja. Die *Eroika*.»

Clara sucht die Schallplatte heraus, dreht die Kurbel, richtet den Schalltrichter zur Terrasse, setzt die Nadel auf – machtvoll und mitreißend braust die Musik auf. Der Vater lächelt beglückt, sie zieht ihm das Plaid zu den Schultern hoch, die Sonne wärmt noch, doch die Feuchtigkeit ist tückisch, Marcos haucht einen Kuß, ohne die Augen zu öffnen, Clara streichelt ihm über die schmal gewordenen Wangen und geht dann Luciana entgegen, die gerade hereingekommen ist. Marcos hört noch ihre Stimme, er hat das Gefühl, in einen behaglichen, gewölbten Raum zu sinken, als fiele er ganz sacht in unbezwingbaren Schlaf, er läßt sich fallen, läßt sich entführen, er entrückt, versinkt in vollkommene Friedlichkeit.

Auf der Schwelle zur Terrasse flüstert Clara «Papa ist eingeschlafen», Luciana blickt zu ihm und begreift sofort den Irrtum, sie beugt sich über Marcos, streichelt ihm über die hohe Stirn, seine geliebten Hände, das kräftige weiße Haar, die geschwungene Linie seiner Augenbrauen, Clara wird mit einem Schlag schmerzhaft bewußt, wie großartig diese seltsame, außergewöhnliche Liebe ist, da sagt Luciana mit plötzlich gealterter Stimme: «Er ist sehr krank, mein Kind, wir müssen den Arzt holen, ich gehe telephonieren, bleib du bei deinem Vater.»

Auf dem Hocker sitzend, legt Clara ihrem Vater den Kopf an die Schulter, Marcos' Körper strahlt eine lebendige Wärme aus, die sie tröstet, sein Atem geht langsam und leicht, sie kann nicht glauben, daß sein Tod naht. Der Tod ist ihr immer vertraut gewesen, denn wer die eigene Mutter nie gekannt hat, hat immer im Schatten des Todes gelebt, doch der Vater hat nie zugelassen, daß dieser Schatten ihr Leben verdüsterte, ihr Leben war von Sonne erfüllt, eine glückliche Kindheit, eine glückliche Jugend, man hat sie immer gelehrt, daß das Leben dem Tod überlegen ist, sie ist mit einem festen, stabilen Bezugspunkt aufgewachsen, im Umkreis des starken Baumes, der ihr Vater war, in seiner Nähe hat sie nie Sorgen gekannt, das Leben war sicher und herrlich, sie weiß noch, was der alte Domherr am Tag ihrer ersten Kommunion zu ihr gesagt hat: «Denk immer daran, Lebensfreude ist eine christliche Pflicht, eine der wichtigsten, mein Kind, denn ein trübsinniger Heiliger ist ein trauriger Heiliger.» In dem Jahr, das sie in England verbracht hat, bevor sie Henrique kennenlernte, hat Dorothy ihr immer wieder von den Eltern erzählt, von Georgetown, von ihrer Geburt und dem Tod ihrer Mutter. Dorothy hat ihr auch klargemacht, daß Marcos Luciana zum Überleben brauchte, und sie feierlich davor gewarnt, die beiden jemals zu verurteilen.

Daß Marcos sich nicht bewegt, dringt in Claras Bewußtsein wie ein unmißverständliches Zeichen. Sie streichelt seinen Bart, während ihr die Tränen herunterlaufen, doch ist sie nicht verzweifelt, zwischen ihnen hat immer uneingeschränktes Vertrauen bestanden, wenn der Vater der Baumstamm war, der Clara Halt gab, solange sie heranwuchs, war Clara ihrerseits für Marcos der wichtigste Lebensinhalt, das von Raquel hinterlassene Vermächtnis, für das sie ihr Leben gegeben hatte. Seinem Versprechen bis ans Ende getreu, geht Marcos nun von ihnen, da Henrique an Claras Seite ist und die Kinder bereits ihre Nachfolge in der großen Bejahung des Lebens und der Zukunft antreten. «Erinnerst du dich noch an die rote Schaukel, Vater? Je höher du sie stießest, um so lauter schrie und lachte ich, um so mehr lachten wir beide, während Peregrina vor Angst zitterte. Wir waren so glücklich, Vater, Dorothy hat immer gesagt, ich hätte, genau wie Mutter, eine Veranlagung zum Glücklichsein, aber ich glaube, diese Veranlagung ist bei mir wie bei Mutter erst durch dich, Vater, Wirklichkeit geworden, es ist so leicht, mit dir zusammen glücklich zu sein ...»

Marcos hört sie nicht mehr, Marcos steuert auf einer Schaluppe einen nebelverhangenen Strand an, der sich allmählich aus dem frühen Morgenlicht herausschält. Die Harmonien der *Eroika* dringen zu ihm, und er wundert sich über das meisterhafte Spiel, er wußte gar nicht, daß die Marinekapelle Beethoven so gut spielen kann, er sieht sich um, doch das Oberdeck der *Mandovi* ist leer, die Musik kommt nicht von dort, er blickt forschend zum Strand und meint, eine größere Gruppe Menschen zu erkennen, vielleicht ist das eine Militärkapelle, die triumphalen Akkorde werden immer deutlicher, je deutlicher und schärfer die Küste aus dem sich auflösenden Nebel heraustritt. Die Sonne steigt höher, Marcos spürt sie auf dem Rücken, im Nacken, das strahlend klare Morgenlicht enthüllt ein Ufer aus hellen Steinen und zeichnet Silhouetten auf das Ufer, eine Gestalt hebt sich ab, dem bauschenden Rock und der Anmut des Oberkörpers über der schmalen Taille nach ist es eine Frau, der Morgendunst hat sich in ein blühendes Tal zurückgezogen, die Frau am Ufer hebt einen Arm und winkt, die Schaluppe ist schon so nah, daß Marcos' Vermutung sich bestätigt, das, was er nicht zu glauben wagte, bewahrheitet sich, das Haar der Frau hat die Farbe von altem Mahagoni oder Malvasier-Wein, ihr Kleid den wundervollen, unbeschreiblichen Farbton, den man täubchenbrustfarben nennt. Plötzlich fällt ihm ein, daß er alt ist, über sechzig Jahre alt, und die Frau, die am Ufer entlang gelaufen kommt, ist schön und jung wie in der Nacht, als sie sich geliebt und entdeckt haben, wie kann er so vor sie treten? In stummer Verzweiflung blickt er auf seine Hände und sieht, daß die braunen Flecken, die unerbittlich die Hände alter Menschen zeichnen, verschwunden sind, dann fällt ihm auf, daß er weder die graue Flanellhose noch den alten Rollkragen-Sweater trägt, er steckt in der Uniform eines Sanitätsoffiziers der Kriegsmarine, und auch ohne Spiegel weiß er, ist er sich sicher, daß auch er in jene Dezembernacht zurückversetzt ist, in der er Raquel in einem unbekannten Paradies wiedergesehen hatte. Er springt aus der Schaluppe und läuft, jeweils zwei Stufen auf einmal, die Ufertreppe hinauf.

«Ich habe geträumt», stellt Marcos fest, als er Lucianas und Afonsos flüsternde Stimmen erkennt, «ich habe geträumt, ich wäre gestorben und Raquel wiederbegegnet, aber ich bin hier, spüre die Sonne, höre die *Eroika*, an den Schmerz gekettet, doch er schmerzt nicht mehr, jetzt betäubt und lähmt er und macht starr.» Er fühlt Lucianas Hände auf den seinen, was wird aus Luciana werden? Unendliche Traurigkeit überkommt ihn ihretwegen, er möchte sie streicheln, sie trösten, aber die Bewegung stellt sich nicht ein, die Worte kommen nicht aus ihm heraus, doch die Unfähigkeit, sich mitzuteilen, beängstigt ihn plötzlich nicht mehr. Marcos entdeckt, daß er sich in einem Zustand weiser Gelassenheit befindet, die auf vollem Vertrauen in die anderen beruht, Vertrauen in Lucianas Courage und in Claras Fürsorge, Vertrauen in die unwiderstehliche Verlockung des Lebens und die wunderbare, ganz schlichte Gewißheit, daß alles unveränderlich in der geordneten Abfolge der Jahrtausende fortbestehen wird. Er ist vom Teilnehmenden zum Zuschauer geworden, nur ein zärtliches, aber schon vergeistigtes Mitleid mit denen, die zurückbleiben, dauert noch an, er sinkt wieder in den Dämmerschlaf und das Sonnenlicht und denkt noch mit einem letzten Anflug von Humor und Interesse, daß er im Paradies Beethoven begegnen wird.

*Lissabon, im Dezember 1990*

# Aus unserer portugiesischen Reihe

## Curt Meyer-Clason (Hrsg.)
Portugiesische Erzählungen des XX. Jahrhunderts
*Erweiterte Neuauflage. 520 Seiten. Leinen*

## Fernando Campos
Das Haus des Staubes
*Roman. 508 Seiten. Leinen*

## Camilo Castelo Branco
Das Verhängnis der Liebe
*Roman. 251 Seiten. Leinen*

## Paulo Castilho
Rituale der Leidenschaft
*Roman. 360 Seiten. Leinen*

## Florbela Espanca
Der Rest ist Parfum
*Erzählungen, Fotos und Briefe. 117 Seiten*

## Manuel da Fonseca
Saat des Windes
*Roman. 190 Seiten. Leinen*

## Lídia Jorge
Der Tag der Wunder
*Roman. 265 Seiten. Leinen*

## Ilse Losa
Die Welt in der ich lebte
*Roman. 231 Seiten. Leinen*
Tagträume und Erzählungen der Nacht
*250 Seiten. Leinen*
Unter fremden Himmeln
*Roman. 244 Seiten. Leinen*

**Helena Marques**
Raquels Töchter
*Roman. 260 Seiten. Leinen*

**Júlio Moreira**
Requiem für einen Bösewicht
*Roman. 360 Seiten. Leinen*

**Carlos de Oliveira**
Eine Biene im Regen
*Roman. 188 Seiten. Leinen*
Haus auf der Düne
*Roman. 171 Seiten. Leinen*
Kleinbürger
*Roman. 182 Seiten. Leinen*

**Miguel Torga**
Die Erschaffung der Welt
*Roman. 615 Seiten. Leinen*
Findlinge
*Erzählungen. 197 Seiten. Leinen*
Neue Erzählungen aus dem Gebirge
*236 Seiten. Leinen*
Senhor Ventura
*Roman. 180 Seiten. Leinen*
Tiere
*Erzählungen. 184 Seiten. Leinen*
Weinlese
*Roman. 320 Seiten. Leinen*

BECK & GLÜCKLER